U0632139

知识就在得到

世界上所有的沙子

贾行家 著

新 星 出 版 社 NEW STAR PRESS

自序 PREFACE

世上的书太多了，多到使我觉得自己在做一件有罪的事。

书有什么用呢？两三千年前为智慧定下意义的那些人，从悉达多、老子、孔子、苏格拉底到拿撒勒的耶稣，哪里有今天这么多书可读？我们大概正因为没有生在那个意义丛生的世界，才苦求不得，才不得不以阅读为手杖，想些道理，把念头写下来，产生新的疑惑来填补虚无。我们不足以够到像星辰一样悬挂着的“道”，转而盼望用读写的方式去追随，去保卫，去传递，去质疑……重要的向来不是书，而是这平凡而自重的态度。

2020 年 8 月起，我在得到 App 开了一个音频专栏——“文化参考”。一年 260 期，每期 12 分钟，在我这里就是 3300 个字，找一个文化艺术类题目，和我的用户朋友们讨论——虽然大概你早就知道这个题目，而且知道得比我更清楚。到了快满一整年时，攒了九十多万字，挑挑拣拣，凑出下面这九篇。

容我解释一下。

头一件事很要紧：我不是这些文字的“作者”，至多算是叙述者。我的一点儿期盼是，就那些让我觉得有趣或者困惑的题目，搜罗一些材料提供给读者，未必算得上答案，但多少可以形成一些参照。这也正是“参考”的本义。

据说文献学中有一个处理方法——如果引述太多他人的积累，就不能用“著”来署名，而该用“撰”。事到如今，我连“撰”的名义也够不上，文中虽然标示了材料出处，然而我根本就不懂得任何学术规范，口述时的错漏和偏颇之多更是不用提，请你读时一定要小心——这真是荒唐的不情之请。当年胡乱起的网名“贾行家”，今天总算派上了用场。

第二件事是体例。这次拿出来的九篇东西，是关于文化、历史、生活、文艺和当下问题的九场对话。具体每场对话在说什么，每篇的文前会进行简介。

这种好像一个人自言自语的东西，到底是个什么“对话”呢？沈括在《梦溪笔谈》里说，“所与谈者，唯笔砚而已”。我没有那么寂寞，也没有那么自信，只不过想保留谈话的姿态，想象你坐在我的对面。在这个技术不成问题、群体情绪却成为困扰的时代，我尤其渴望真诚、宽容的对话。想要把话说完，更想得到回应。这九篇东西既不指望正确，更不完整，有些空缺是故意留下的，我先说出我的这一半，等候你的意见和补充。

这些谈话也在盼望着能共同寻找一些常识。诸如：我们可以怎样和历史相处？怎样回到我们的文化传统？怎样看待我们的生活？怎样走进艺术和文学？我当然没有答案，我只是在提问，找出一些片段，邀请你一道留意，有哪些发现或见解值得作为常识固定下来。如果这些常识能成为今天的对话机会，就会成为未来的共识基础。记住和寻找常识这件事有多重要，缺少常识又有多可怕，当然不用我再说。

第三件事是《世界上所有的沙子》这个名字，翻来覆去，斟酌了很久。

我在智者安妮·迪拉德的《现世》[1]中读到："愈古老的沙粒愈接近圆球形……一颗沙粒沿着河床滚动——先是奔跑，然后停下，再继续奔跑，如此持续数百万年——它的棱角被逐渐磨平，然后在未来的某一天里，会被吹到沙漠。(不管掉在哪里，最后沙子只会堆积在某几处特定的地方) 在沙漠里，它将自己打磨成圆形。世界上大多数的浑圆沙粒，不管它们此刻在哪儿，都曾在沙漠里度过一段随风飘扬然后坠落的岁月。"

"围绕在我们周围的理念和物体，要远比我们想象的还要古老，与此同时，万物是永续运动恒久不息的。"

我们所在的当下，似乎于世间并没有实体，它是过去和将来的折角，由一个个选择组成。一想到"已有的事，后必再有；已行的事，后必再行"[2]，未必只是一团虚无，也可以产生振奋。这些一再重复之事，经过无数在太阳底下奋力生活和思索的人的雕琢、创造、层累，才有了今天的样子，在我们的一场场对话之间，凝结为文化、艺术和文学，显得那么晶莹可喜，沙粒般古老，露珠般新鲜，钻石般刚硬。

世界上所有的沙子，自有一种风度。这些历经时间之事、磨洗事物之时，其中有暗自涌动的天命，宏伟雍容的呼吸。时间从不急迫，急迫的是我们；世界并不残酷，残酷的是我们的无知，以及对无知的容忍和放任。

1 〔美〕安妮·迪拉德：《现世》，倪璞尔译，外语教学与研究出版社 2016 年版。

2 出自《圣经·旧约·传道书》。

也许，我们需要的不是真相，不是智慧，而是让自己的心智如同风中之沙，镇静而清澈地回到这些潮汐中，去观看命运如何展现，世界如何塑造。

欢迎你走进我们的九场对话。

贾行家

目录

CONTENTS

PART A
关于历史、生活、当下和我

1

2

6

PART B

有关美和文学

7

8

9

PART

A

—

关于历史、生活、当下和我

ALL THE SAND IN THE WORLD

第一场对话

今夕
是何夕

1

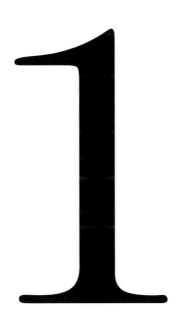

第一场对话，让我们先按下时间的暂停键，看看“我”所在的“此时此刻”。

“我”能知道什么，“我”应该做什么，要看“我”在哪里。我在“此时此刻”，它繁复而混乱，我也只能选一些碎片来谈。

当然要说到科技。如果我们认为自己是很重要的一代人，活在一段重要的历史之中——这几乎是每一代人都有的想法——最有力的证据是科技的进展。科技是否让原来的问题愈演愈烈？我们该如何与之相处？

当然要说到语言。语言即思想，然而我们的语言处于什么样的状态？能否用于思想？

我还看到了几个群体，或者说几种边缘的处境。关于这些处境，说一件自然界的事吧。新的沙粒是锋利的，陈旧的沙粒则接近圆形。它们被风扬起，最后总会落在世界上几个固定的低处，形成盆地、沙漠和海滩，之后下落压紧，变成岩石。

在到达归属之前的此时此刻，我们是风中流转的飞沙，我们正锋利，我们会去哪儿？

人类不值得

几乎所有人都相信自己身处一个独一无二的伟大时代，在当下，我们的理由是科技。

日裔英国小说家石黑一雄在2011年有一部小说叫《别让我走》[1]，讨论有关克隆人的伦理问题。10年后，他在2021年出版的新作《克拉拉与太阳》[2]则是关于人工智能的。主人公克拉拉是一个看护儿童的机器人，拥有高度的人工智能，几乎可以再现人类的内心、情感和行为模式。石黑一雄借书发问：当人工智能比我们更了解自己的时候，人的存在还是独一无二的吗？它所拥有和表达的东西，到底是不是爱和灵魂呢？

科幻作品的创作方式，好像是用比现实超前的材料，制作一面反映现实的镜子，让我们从里面看清我们是谁。

多年以前，人工智能界有一个说法：某项研究的终极目标就是制造活生生的人。这类研究一经提出，立刻就有人反对：人有自我、有情感，而情感不都是正面的，其中有嫉妒、愤怒、仇恨，它们都有可能会导致毁灭。麻烦的是，你不能只去掉那些所谓的负面情感，它们

1 〔英〕石黑一雄：《别让我走》，朱去疾译，译林出版社2011年版。
2 〔英〕石黑一雄：《克拉拉与太阳》，宋佥译，上海译文出版社2021年版。

和爱、同情、创造力的关系，是一枚硬币的两面，产生的方式像两只巴掌拍在一起。让人工智能拥有这种连人类自己都认识不清的东西，太危险了。

目前的人工智能倒是还没发展到这一步。有一位围棋国手被问道：既然 AlphaGo[1] 战胜了人类最强的棋手，你会不会反过来向人工智能学下棋？棋手回答不会，人理解不了 AI 的下法。它打败你的时候，只告诉你答案的对或者错，但是不告诉你为什么对，为什么错，人没法向看不懂的东西学习。

这里说人理解不了人工智能，其实是说现在的人工智能还不能理解人，不能真的像人那样思考。假如它真像人一样产生了七情六欲，那我们首先产生的情感应该是恐惧。

人工智能开发者描述过这个过程：按照他们的计算，自由意识看起来似乎是对强制服从的本能反应。那么，当机器人产生自我意识，认识到自己独立的身份之后，它说出来的第一个字会是“不”。

看到这儿，你应该想到了很多科幻作品，以影视居多。在科幻产业中，小说往往只是提供剧本或者改编的底本，最主要的媒介是电影和游戏。我第一次在大银幕上被那个设想吓到，是看一部 1984 年的经典科幻电影《终结者》，导演詹姆斯·卡梅隆，主演施瓦辛格。卡梅隆的灵感来源是梦到一具铬合金的机器骨架从火堆里走了出来，他想象那是一架本来和人的外观一模一样的机器。这些机器从逻辑出发，认识到要保护自己，唯一的办法就是消灭人类。施瓦辛格说：当你在科幻片场待得足够长，就会亲眼看到自己扮演的科幻场景变成了现实。《终结者》里预言的计算机系统天网毁灭人类的未来，是在

1　一般指阿尔法围棋，由 Google DeepMind 开发的人工智能围棋软件，多次战胜世界顶尖棋手。

2018年。这部电影对人类命运很悲观，对人类科技倒是太乐观了。

有道是“不作死就不会死”，适可而止不行吗？几乎可以肯定，人是不会停下来的，这是我们的本性。

科幻圈有个热词“赛博朋克”（Cyberpunk），“赛博”的意思是人和机械混合，“朋克”则是反抗。这类风格的影视和游戏描述的都是一个灰暗、混乱、破碎的未来世界，到处都是半人半机器。对此，我看过一个很好的形容：“赛博朋克就是对边界缺乏耐心，任由电子系统主宰世界。”据说英国理论物理学家霍金和美国太空探索技术公司（SpaceX）CEO马斯克都严肃地预测过，未来的世界战争不是人和人之间打的核战争，而是人和试图控制自己的人工智能之间进行的电子战。马斯克在科技前景里看到的危险最多，是因为他在这条路上跑得最快。

《终结者》在三十多年前就告诉我们：人哪里是在对抗电脑系统和机器人，其实是在对抗那些一心要研究这些的同类。只要意识到可以制造出更强大的工具，人就一定会去做。这种自毁的倾向与推动进步的创造力之间的关系，好像也是一枚硬币的两面。至少，我们很容易受到一种念头的蛊惑：这件事如果我不做，别人也会去做。这个想法里既有自私，又有嫉妒，还有对个人责任的推卸。这种人类本性，往往被安放在科幻电影里的反派身上。

在过去的科幻片里，主角几乎都是一次又一次地对抗人工智能，现在逐渐也开始有新的作品出来反思：人类在争取延续，就如同机器人在争取独立，那人类和机器人到底谁更有资格生存？人类值不值得幸存？我们可以利用科幻故事这面镜子来讨论这个问题，否则很难把问题问得这么狠。

在一部科幻片里，一个机器人问人类：我是人还是物品？人反问：有什么区别？机器人说：因为我要自己选择。“机器人”这个词本身就代表着一种矛盾，到底应该是机器人，还是人型机器？我们在科幻电影里对这类伦理困境观察了很久：当它只是工具的时候，那原则很简单，它要么有用，要么因为不受控制而有害。然而，等到人工智能的发展跨过“要自己选择”的那道坎，人类就会突然发现自己对待人工智能的简单态度，和本性里的一种“丑陋”有关：人常常不能平等地对待他人。“工具人”这个网络热词很有道理，人岂止是只拿人工智能当工具、当手段？这个时候，面对一个感情丰富、艺术品位一流、比自己的灵魂更健全的人工智能，我们该怎么理直气壮地说“自己更配得上在世界上幸存下去”？

导演卡梅隆对这类问题差不多思考了一辈子，他的回答像是预言，也像是打圆场。他说：人和机器的关系是一场自我完善、自我改进的比赛。我们得先在精神和生理上进化，才能让机器进化。如果我们不能正确地认识和引导机器，那么进化出高级智能的机器，就会拥有我们认为神圣的、只有人乃至神才能有的权力，并且反过来影响我们。

时间的冤家

我对任何讲时间穿越的小说和电影都没有好感。时间是极其伟大的主题，人类对它知之甚少。如果说信徒不该拿神圣存在来编故事，那我们就更不该拿时间旅行来编故事。

时间穿越的故事，表面上看是人在修复一个错误，获得反悔能力，实际上是取消了因果关系，让人的自由意志变得没有意义。

当然，这是我的偏见。我一直很困惑的是，为什么很多我喜爱的作家和导演对时间穿越这么有兴趣？

有关科学和未来的幻想总是在问一些宏大的问题：人类是什么？在万物的宏伟蓝图中，我们的位置在哪里？我们是浩瀚宇宙中的唯一存在，还是某个庞大群落的一分子？而这一切又都意味着什么？将来会发生什么？我们是注定毁灭，还是必将成就伟业？

导演诺兰说："我为什么对时间这么感兴趣？因为我一直活在其中，我们仿佛被困在时间里。我们真有这种感觉，这并不是一种抽象的、哲学式的说法。我们竭力地抓住每分每秒，我们拍下来一切，我们绝望地想抓住当前的现实，但它总会流逝。这是人类境况中非常重要的部分。"

科幻电影《星际穿越》的科学顾问，当代最著名的理论物理学家基普·索恩说："作为一个物理学家，要想真正理解某样东西，你必须去感受它。”

我好像有点儿开窍了：我之所以相信人的自由意志必须建立在因果关系之上，也许只是因为对时间的理解太简陋。既然物理学家有所发现，杰出的科幻作家或导演就要有所感受。就像法国哲学家柏格森所说，时间是形而上学的首要问题。

阿根廷作家博尔赫斯是对时间着魔的人，在他的小说里，最简洁的迷宫是一条直线——这也仿佛是我们感受到的时间。他有篇短篇小说《秘密的奇迹》[1]，讲的是二战期间，一个犹太学者被纳粹抓住，判处了死刑。在临刑前，他在黑暗中祈求上帝，给他一年的时间，完成自己牵挂的一部剧本。在梦中，上帝批准了他的请求。然而醒来后，他就被拉到了刑场上。

那这个愿望如何实现呢？当一滴雨水落到他的太阳穴，军官发出执行枪决命令的那一刹那，他感到整个世界静止了，只有思想在飞速地运转。原来，这个瞬间在他的体验里被拉长到了一年，他可以在头脑中字斟句酌地完成作品。当他把最后一个词敲定的时候，雨滴从他脸颊上流了下来，子弹击中了他。

他没有像拍科幻电影那样大动干戈，只是在行刑场按下了暂停键，就完成了幻想。残酷的现实看起来并没有改变，却呈现出冷静的尊严感：时间没有站在毁灭者的一边，而是站在了创造者的一边。

1 〔阿根廷〕博尔赫斯：《杜撰集》，王永年译，上海译文出版社 2015 年版。

当下最难说

相对于过去和未来，“现在”才是最难感知的。过去的事不一定准确，但是通过记忆和故事，已经化成确切的经验；未来也不是虚无的，它是我们心里那些沉甸甸的忧虑和轻飘飘的希望。

然而现在是什么？

它好像明明白白，但是你有哪一刻是真的身处“现在”呢？它是一片切开过去和未来的刀刃，锋利到你举刀的时候，它属于未来；你落刀的时候，它已经留在了过去。它的表现形式是我们即时做出的一个个决定，见招拆招，解决当下。而做这些决定的依据，不是来自过去的习惯，就是朝向想象中的预期。于是，当我们思考当下的问题时，几乎不可能真的立足当下。就像我们没法站在刀尖上一样，我们要么回到过去，要么判断未来。

谁在掌管语言

1

来做一个小测试，我说三个词，请你判断一下是不是外来词。

第一个词是“宗教”。很像自古就有吧？然而它是外来的。中国古代词汇里有“教”也有“宗”，“宗”一般指教派分支，但“宗”和“教”不连用。语言学家经过对比分析得出结论，中文里的“宗教”，借用了日文对英文的翻译。

第二个词是“封建”。更像自古就有，周代分封诸侯叫“封邦建国”，《诗经》里也出现过“封建”的字样。然而我们今天用这个词的含义与古代不同。这个词同样是先被日文用于翻译英文里的封建主义(feudalism)，然后传回中国。

第三个词是“革命”。估计就算你知道自古有“汤武革命”的说法，现在也含糊了：这不会也是“出口日本转内销”的吧？还真是。

这一批词被称为“日源回流词”，或“回借词”。还有专家为此编过一部专门的词典《汉语外来词词典》，其中包括“原理”“作用”“自由”“政策”“经验”“解决”“现代”，等等。如果不用这些词，我们几乎没法说话、写文章。其中的原因就是日本接触西方近代文明要比中国早一些。日本人把西方语言翻译成日文里的汉字，在五四运动前后，被中国人很方便地拿回来使用。好比古代借出去了一瓶油，瓶子没变，近代还回来了一瓶醋。

中国古代哲学有一套独立的词汇，比如名和实、道和德、天理和人欲。作为土生土长的中国人，听到这些话，会有一种独特的直觉。你一听“离形去知，同于大通”[1]，或者“玄之又玄，众妙之门”[2]这样的话，就会有种超脱或者空灵的感受。这是听老祖宗用母语讲道理的感受。

人们使用词语的态度，有点儿像对待情人，有的人觉得新不如旧，也有人觉得旧不如新。我大概算前者，总觉得老词才让我踏实。使用语言应该像使用工具一样小心，以免伤到自己。

2

我在得到 App 开设的音频专栏“文化参考”是日更。写稿子对我来说倒没什么，痛苦的是要在录音室里咿咿呀呀地念。

隔三岔五就有人提意见：你这大舌头和“大碴子味”就不打算改吗？我其实不是大舌头，是舌系带过短，属于先天残疾，改也得下辈子再说了。脱口秀有一个窍门，上台最好是带一点儿口音，太字正腔圆了，听众缺乏代入感。我说的是“哈阜片”[3]东北官话，除了有方言词汇和语法，在听感上，调值要比普通话低一些。

口音是有阶层属性的。

1　出自《庄子》。

2　出自《道德经》。

3　分布于辽宁省西部、吉林省西部、黑龙江省南部，以及内蒙古自治区兴安盟和通辽市部分旗县。

美国前总统“小布什”出生于美国东北部，家里说的是上流社会的“波士顿婆罗门”[1]口音，这是小圈子里流行了几百年的腔调，比美国建国史还长。但他为了选票，硬是改说牛仔们的得州口音。英国女王伊丽莎白二世每年圣诞节都要向民众致辞，前 30 年，她用的是典型的王室口音，相当高冷，后来也开始模仿伦敦老百姓的发音。因为口音里的距离感太强，至少在表面上，近代社会的权力在随着媒体的普及向大众过渡，政治人物要用更亲切的口音来讨好民众。

单纯从兴趣出发，我最想学苏州话。一方面是苏州话真好听啊，我第一次到苏州旅游时，贪图在公交车上听女声的方言报站，坐过了好几站。另一方面是学会苏州话，能看明白不少古书，可以听懂戏曲，比如昆曲用的就是苏白[2]。直到清中期，苏州的规模还和京师接近，人口超过百万，在江南吴语文化里占据着霸主地位。

可惜的是，我听一位苏州人讲，如今能说地道苏州话的人在急剧减少，多数土生土长的孩子是能听不能说。现在吴语的代表方言已经从苏州话变成了上海话。语言现象的变迁就是这么敏感，或者说，就是这么势利。

过去，出门闯荡的外乡人要努力学当地方言，现在这个热情明显淡了，背后也是权力在迁移。如今大家尚可带着自己的乡音生活。

3

2021 年，在东京举办夏季奥运会期间，国内体量最大的电商之

1 新英格兰地区自殖民地时代发展而来的上层名门望族。

2 苏州白话，也就是苏州口语。

一，在微博官方账号祝贺中国羽毛球队在东京奥运会上包揽金银奖牌，文案是“铩羽而归，这份荣耀，非你们莫属！”观者说，这家电商的文化水平真是“罄竹难书”，让人只好“道路以目”。

用“罄竹难书”还挺恰当的，这也不是它第一次用错书面语了。之前它的官微发布了一条回应另一家顶级电商的骂战文案：“一马悠忽不见，我自躬耕而行。”正经写法是“倏忽”，“倏”字下面原本是个“犬”，“悠”字下面的那颗“心”八成是文案作者落在这里的。

所谓秀才认字还认半边呢，我也常常读错音、写白字，对于上文所说的文案错误，并非不理解。可是，一个大公司的文案本该层层审定，“百度一下”就能纠正的错误，好像不该犯，至少不应该总犯。

我要说的是：今天不知道“铩羽而归”，也许不是没文化，而是身在另一种文化中。比如，我也不知道年轻人说的那些梗是什么意思，我在他们眼里就是“没文化”。

袁隆平先生去世时，很多名人、大V都把“国士无双”打成了“国土无双”。我们不只是在围观一场基础语文教育的“连环追尾”，也是在目睹一场文化语境的崩溃。当人们使用的基本词语都不一样时，用什么来谈共识呢？

语境崩溃也不是稀罕事，我们的口语本来就常常处于颠覆状态。改革开放初期，香港的粤语词汇零星进入北方口语，那时候说一个人或东西时髦，不说“洋气”，而说“港”。在我的语言经历里，最早出现的系统性语言颠覆来自王朔的小说、20世纪90年代的《王朔文集》，以及他参与创作的一批电影和冯小刚导演的贺岁片。我也是在多年后才体会到：那至少是北方口语的颠覆。在此之前，大家的遣词造句，甚至对语言的态度是完全不一样的。从王朔开始，逐渐出现了用戏仿、消解的方式去应对原来的官方语言，引入了大量北京的新土语和小圈子里的黑话。这是一种全新的语言现象。年轻读者没有读过王朔的小说，可以看看他参与的电影、电视剧，看看领受他遗泽的冯小刚导演的作品。

有意思的是，那时候读王朔的小说，如果不是北京人，很多地方是不知道该怎么读的。比如小说里大量用“丫”和“丫挺”这样的粗话作为第三人称，在字典里是查不到的。当时的一个热闹场景是，想要风趣些的人，都卷着舌头学王朔笔下的人物说话，发音却是错的。

今天再回顾，虽然评价不一，但要承认这种现象的历史意义。口头语言是对民族文化最直接、最重要的影响，任何一次变动都不是小事。和王朔同时代的很多先锋派小说家的文字都很精彩，但那属于个人文字风格，影响不了大众语言。

同样值得一提的是赵本山的小品。我和东东枪聊赵本山的时候，他说了一句让我醍醐灌顶的话——我又“百度”了一下，确定没用错这个成语——赵本山每年在春晚登台的意义，相当于天裂开了一道缝，照下来一束光，让全国观众在满台的规范话语里，体验到十几分钟活生生的、有力量的民间语言。赵本山的喜剧是对东北话的提纯，但以我的体验，并不是夸张，东北民间最有意思的人真就是那么说话的。赵本山走上春晚舞台，让大家知道，可以在正式场合这样真实地说话。

再之后，就是随着网络兴起的各类网络语言了。和今天一样，也是流行得莫名其妙，消失得无影无踪，生命周期普遍比较短。很多早期的网络词汇，今天再听都有考古价值，和“铩羽而归”差不多生僻。现在的年轻人看“骨灰级”“菜鸟”“斑竹”这些词，会觉得又老又土，不好意思说出口。

那时的网络语言和今天有点不大一样。网友在 BBS 论坛和聊天室里会用这些词语，但在日常生活里几乎不会说。在他们的方言里，也没人用那些词汇。在当时，生活在海外的华人反而会在生活中说网络语，因为他们误以为这是国内口语中的流行词汇。

4

中国文字属于“自源文字”，是不依靠其他民族的文字。它是通过表意、象形等方式独立创造出来的，信息量才会这么大。与之对应的“他源文字”，是借用其他民族的语言来记录本民族的口语。自源文字的表意性高，看起来十分神秘。有人觉得正是因为这一点，在中国文化里文字地位才远远高于口语。

这个情况至少在今天起了变化。短视频平台崛起，网络语言的传播从文字、火星文、颜文字和表情包重新回到了口头状态。现在的人真的是在跟着抖音、快手和B站（Bilibili）学说话。我发现我家小孩儿会说一种南腔北调的东北口音，肯定不是跟我学的，估计是从抖音或者B站上的几个UP主那儿学的。她嘴里的话我听着很陌生，估计跟她听“铩羽而归”差不多，把这个成语理解为一个人在羽毛球场上“杀疯了”。

我不敢阻止她，否则她没法跟同学交流。她还有一个武汉的小伙伴，能说一嘴地道的东北铁岭腔，也是从抖音上学的。这真是有意思的现象：今天的口语也在部分地“去中心化”，原本跟地域捆绑的方言开始脱离本土，在全国范围内迅速触达，掀起共同的情绪。虽然吃文字这碗饭，但我没有资格判断这些现象的好坏，也不能去评判具体某个词的好坏。每个人都有选择怎样使用语言的权利，我只能确保自己尽可能不说这些词。

作家黄集伟自称“词语收集者”。他从 20 年前就开始持续地做一件很耗精力、很了不起的语言工作：收集、评述汉语里出现的新词汇、新语言现象，他的专栏“一课语文”一直更新到 2020 年。

先说说我自己收集到的三组新词语。

第一组是网络生活经验中生成的词汇。比如“破防”，这个词来自网络游戏里突破对方的防御技能或者装备，现在被转用到了突破某人的心理防线，指情绪被戳到痛处，或者被强烈地感动。要是你没有在游戏里被击败的体验，可能就不会对这个词产生深刻的感受。

再比如“爷青回”，好像是“爷的青春回来了”的意思。30 岁左右的网民看到童年时追过的电视剧、动画片时常说这个词。如果让我说是说不出口的，我可能会说“大都好物不坚牢，彩云易散琉璃脆”[1]。这一类词还包括狗头、不香吗、DNA 动了、绝绝子、YYDS，等等。最有名的这个“YYDS”，是“永远的神”的拼音缩写；“绝绝子”，乍一看以为是化用了“断子绝孙”，其实是形容什么东西好极了。

还是那句话，我不想进行价值判断。对这一类词语，我的总结是：始于网络经验，成于情绪。这些词有两个特点：第一，和之前的语言逻辑、语言经验毫无关系。新语言无视经典，就算有完全能替换的成语，也要造一个新词出来。年轻人用新词，和古人写诗文用典故的目的一样，就是要和其他群体形成区隔。

第二，这些新词几乎完全以情绪为推动，也大多用来形容情绪。情感立足于关系，容易形成价值和道德，情绪则是在追求某个目标过

1　出自唐代诗人白居易的《简简吟》。

程中的即时反应。如果只有情绪，人们会渐渐在孤独中趋同。这些只和情绪发生关系的词取材自直接场景，不需要知识基础，也不在乎语言的质感，洞察力水平的高低。

我收集的第二组新词语是从网络媒介传播里来的，或者说是从人际关系里产生的。最常见的如反转、打脸、凡尔赛。如今看一段八卦，“坐等反转”是标准动作；“凡尔赛”则是微博和朋友圈里标准的炫耀文体。对不起，这里我还是得稍微批判一下：这些词代表的人际关系和自我认知是不正常的。

第三组新词语，包括干饭人、打工人、社畜、工具人等，还可以组合连用，像干饭工具人。你是不是也能感觉到这个词流行的原因？这是一种自嘲：一个身在职场中的人，忙得脚不沾地，几乎没有自我的空间，只能对吃饭这个最基本的需要保存一些感知和选择。这些词汇的流行，可能跟吃播类、美食类 UP 主受欢迎的现象也有关系。

还有一些词，像鸡娃、PUA，已经不是情绪那么简单了，恕我难以在此展开描述。

只不过是早生十年

黄灯的《我的二本学生》[1]是近年来的非虚构文学佳作。她当年从二本院校毕业，被分配到国营纺织厂，下岗后考上武汉大学中文系研究生，在中山大学博士毕业后任高校教师，成为广东金融学院（也就是书里说的“F学院”）的教师。

黄灯把自己的命运归结为“早生了十年”。她出生于20世纪70年代中期，比学生们早生了十几二十年，躲开了留守儿童的命运，躲开了大学并轨之后的高学费；在考研时也享受到了相对公平的对待，武汉大学并没有因为她的第一学历是专科而拒绝她。而她后来教的学生们就没有这份幸运了，他们纵然成绩再好，也往往因为本科不是985、211而被挡在了名校的面试关。

之后，黄灯又享受到了博士文凭的高价值，以及相对于今天来说比较合理的房价，得以在中国的一线城市安身立命，获得了一份体面的工作。同样让她感慨的是，她家乡的同龄人就算当初没有考上大学，也早早到南方打工，碰上了历史机遇，大多发展得不坏。不少人投资办厂，起码也买了房子，完成了基本的财富积累。她并不认为这仅仅是个人努力和眼光问题，这是一种群体性的幸运，起决定作用

1　黄灯：《我的二本学生》，人民文学出版社2020年版。

的是时代。假如晚出生十年，就算付出再多，也不可能获得这样的机会。

黄灯自称“逃离者”，她丝毫不觉得得意，更多的是一种“逃离之后的害怕”。“早生了十年”的一代目睹大门关上的最后一刻，庆幸自己落在了门的这一边。她不能想象，自己的那些学生，那些和她当年起点、资质、家境都差不多的农村孩子们，在毕业以后面临着什么样的煎熬和失落。

在书里，我们可以看到：如今大学生的前途命运已经构成了不同的磁场，划分得干净利落，并没有多少例外的机遇。国内的顶级大学毕业生可以去全世界最好的城市发展，重点大学对应一线城市和省会城市，一般大学则对应中小城市乃至乡村。同时，学历还在不断地贬值。一个年轻人想跨越不属于自己学历层级的城市和阶层，需要面对无数艰难险阻。在这本书里，这些大学生们的处境是时代进程所引发的直接后果。在个体层面，有的学生还在顽强地和命运抗争，比如考了三次，终于考上重点大学的研究生。而从整体来说，他们早已无力扭转局面了。

黄灯教过的二本学生们，半数来自广东省的经济落后地区，大多出身平凡，可能是本村第一个走出来的大学生。刚到广州时，他们对改变命运的高考充满了感激，但是很快就重新理解了这套规则，变得温良而沉默，不再有什么野心，更不会把自己当作社会精英看待。他们最大的奢望就是找到一份说得过去的工作。

广东金融学院地处广州市天河区的龙洞，这在老广州人心目中是一个很偏远的地方。在任教的十几年里，黄灯目睹龙洞的房价从两三千元飙升到了四五万元。结果就是，毕业的学生们是几乎不可能在这里拥有一个真正属于自己的家了。

黄灯有一个男学生，毕业后在龙洞租房住，是同学们中的传奇人物。因为他自己动手设计改造，把小出租屋打造得格外精致温馨。用书中的话说，和城中村黯淡、无序的巷子比起来，这是一个“洋溢着美和秩序的空间”。这个小伙子无论工作多么辛苦，都会回来享受这个充满朝气的家，这里实现了他对生活的理解，也是他毕业以后唯一能抓住的东西。

比这个二本学生的处境好很多倍的人，也同样身处黄灯所描述的命题。我看过一个帖子，找不到原文了，不过我猜那个描述大体属实。讲述者在上海陆家嘴上班，是从常春藤名校毕业的金融学博士，年入百万。令他感到愤懑和苦恼的是自己能看得上的房子要两千万元，以自己的收入仍然买不起，可是又不想委曲求全，只好租住在这套两千万元的房子里，哀怨地看着它的价格继续上涨。他不服气地说：凭什么和自己履历、能力相当的同门师兄们，仅仅早生了几年，早回国入行几年，这一切就唾手可得？

我们不能说这就是矫情的“何不食肉糜”。人们彼此的哀乐大多难以相通。身处不一样的位置，人的欲望自然也不一样，唯独欲望无法实现的愁苦情绪近似。只是，面对这样冰冷的现实，居然连深谙市场规则的金融精英们也无法保持情绪稳定，那就说明似乎确实有一些问题出现了。

黄灯说，普通年轻人能够获得什么样的机遇和条件，他们到底相信什么，以及实现人生愿望的可能性，是这个社会最基本的底色，也是决定国家命运的重要因素。

寻访杀马特

我在“一席”的演讲节目里看到了艺术家、纪录片导演李一凡的分享[1]，他从2017年开始，拍摄了一个大多数人都已经淡忘的群体——杀马特。

李一凡在大学里教艺术，初听这个群体时，兴奋地连说“太有意思了，有人开始主动去抵抗消费主义的景观了”。他用的是学术话语。两三年跟拍下来，他被这些头发造型好笑、言行尴尬的年轻人所感动，放弃了原来的解读意图，单纯地请观众看看一个被漠视的群体如何挣扎。

杀马特不是什么稀罕景象，在每个时代、每个地方都有类似的青少年亚文化潮流。比如，20世纪80年代流行过男青年烫头、留长发、穿花衬衫和夸张的喇叭裤。当时的年轻人获得了宣示自己的机会，但他们也不太清楚自己要宣示什么，属于一种朦胧的冲动。在那个时代成年人的主流世界看来，这些招摇过市的小青年，要么是集体发疯，要么是堕落成了流氓。喇叭裤在当时被定义为流氓服饰，吉他属于流氓乐器，老师们拿着剪刀守在校门口，拦截留长头发的男生。

人们常常拿杀马特跟20世纪70年代的朋克进行比较。我理解的

1 参见“一席”演讲《李一凡：我拍了杀马特》，https://www.yixi.tv/#/speech/detail?id=917，2022年2月17日访问。

“真朋克”是英国、美国青少年制造的社会骚乱，他们出身城市下层工人家庭，攻击性强，既毁坏也自毁。1977 年是个分水岭，朋克成为被时尚借用的流行元素。类似的情况还有哥特少年，把自己打扮成吸血鬼和恶魔崇拜者，好像天天在过万圣节。要说危险也确实危险。据心理学家统计，哥特少年患抑郁症的比例相当高。要说正常也算是正常，谁还没有个少年时？到了一定年纪，把头发剪剪，把脸好好洗洗，这事儿也就过去了。

10 年前的中国杀马特是专属于小镇青年的潮流，他们的服饰和发型夸张而又廉价，品味相当糟糕，使用所谓的火星文。他们成群结队地在大街上一走，总会成为一道特殊的风景线。李一凡在采访中发现，至今杀马特人群仍然对陌生人极度警惕，单独采访他们几乎是不可能的。有一个时期，一些人以殴打杀马特为乐，因为大多数杀马特都不会反抗，属于安全的发泄对象。摄制组常常等了好几个小时，受访者却没有出现，而是发过来一堆其他杀马特的图片，说：“你去打他们吧，不要打我。”

现在的杀马特在哪儿？集中在沿海出口加工工业区，比如李一凡拍摄的纪录片中的东莞石排镇。那些潮流不是来自小镇和农村，而是从工厂里流行起来的。他们的主体是“95 后”第二代农民工，几乎都有留守儿童经历。他们经历了委屈而孤独的童年，很少见到在外打工的父母，只和自己的祖辈有感情联系。

在他们进城的过程里，大多遭遇过被骗、被偷、被抢，有的人刚下火车，行李就被人拎走了。进入工厂后，他们每天要在流水线上工作 12 个小时，一个月休息 2 天，工资大概 4000 元，忙碌到只有周末才有时间去打架。80% 以上的工人每年要辞工回家一次，第二年再重新找工作。实际上，多数青年并没有留在城市的奢望，更想在家乡找到事情做。

他们感觉留那种怪异的头发会给自己一些勇气，打扮得像一个坏小孩，就不会被人欺负了。有个女孩说，她知道自己的杀马特头发特别奇怪，但她只是想要有人关心她。因为在工厂的流水线上，她感到太孤单了。当她顶着奇怪的发型走在街上，如果有个大哥过来跟她说，你搞这个头发好丑哦，她都会觉得温暖，感到被人关心了。

这个女孩 13 岁就出门打工了（大部分杀马特都是中小学辍学）。当李一凡在他们的 QQ 空间里看到他们当初离家时稚嫩的脸颊，内心最柔软的东西被翻出来了。他说："我以前以为他们通过自我否定来抗拒这个时代（的想法）是多么可笑。他们好多人连保护自己都还没学会，哪里有能力反抗啊？这是一帮最可怜的人，他们只是打开了一个保护自己的装置而已。"

这些青年晚上八九点钟下班以后，回到住处弄出一个造型，就跑到公园或者溜冰场去聚会。他们真诚地以为自己的扮相是天下第一流行。他们最大的享受是吃一顿万州烤鱼。很多杀马特出门打工很多年，从来没有去过电影院，因为没有钱，他们觉得在手机上看看视频就可以了。

李一凡说："不待在工厂区，你是绝对体会不到工人那种疲劳和贫乏的。很多人都以为我能拍一个特别精彩的杀马特故事，可是没有精彩的杀马特，只有生命极其贫乏的杀马特。"

在征集视频的时候，摄制组发现自己写不出有效的启事，找到的第一批视频都是快手的风格，配着奇怪的音乐和特效，没法用。这时候，还是老杀马特有办法，告诉他们这种启事只需要两句话："不要押金，日赚千元不是梦。"于是，立刻收集到成百上千条视频。李一凡自嘲地说，我们想出来的那些什么主体性、自觉性，都是知识分子的狗屎主意。

自从他加了杀马特的 QQ、微信，关注了他们的快手和抖音账号以后，他手机上所有的信息推送都变成了招工启事。原来每个阶层的眼界都在越变越窄，各个群体之间的认知隔阂要比贫富差距更大。

大部分杀马特最后都以为自己犯了什么天大的错，老老实实地剪掉头发、回去打工之后，常说的是“改过自新，重新做人”。

李一凡把片名定为《杀马特，我爱你》，作为我们在这个拥挤冷漠的世界都渴望获得的祝福。

岂不怀归

网络上对“三和大神”是这样描述的：在深圳龙华三和人力资源市场，生活着成千上万的年轻人。他们整天混吃等死，白天四处闲逛，晚上睡大街，不得已才去打一天报酬日结的零工。他们吃四五块钱一碗的面条，喝两块钱一大瓶两公升装的水，抽五毛钱一根的散装香烟，在每小时一块五的网吧泡到天亮。他们身陷这个边缘地带，既没法融入城市，也不打算回乡，就这么毫无意义地整天晃荡。时间最长的，已经待了好几年。自然，他们被看成难以理解的异类。

世界上所有的沙子，最后都会被风带到一个固定的地方——这不是诗歌，而是地理现象。这些青年最终在深圳三和聚集起来，相互影响，共同产生了轻度的抵触情绪。他们说：“人就是需要扎堆的嘛。”

他们彼此提醒：离开了三和，就得抛弃这种“轻松”“闲适”的“享受”，去过“苦日子”啦。这些青年，每天周而复始地混迹于网吧、彩票店和公园，只有没钱吃面时才去做日结零工，根本不知道外面的变化，世界也仿佛把他们遗忘了。

2018 年，日本 NHK 制作了一部纪录片《三和人才市场》。中国社会科学院研究员田丰和研究生林凯玄历时半年，做实地调查，完成了一部纪实图书——《岂不怀归：三和青年调查》[1]。

三和青年看起来奇异，其实是城市化进程中反复出现的景象。他们在聚集生活里产生了自己的亚文化和语言，比如用“挂逼”形容一切。他们有一句口头禅，用来阻止那些想去找工作的青年：“兄弟别去，那是黑厂，我们去上网。”

这也许属于“底层社会角色的自我诅咒”。英国人类学家、社会学家保罗·威利斯在《学做工》[2]里设问：为什么英国的工人子弟，往往最后都成了工人？他的结论是，工人子弟建立了一套反主流的文化，产生自我诅咒。他们相信自己的未来就是继续在工厂找一份凑合的工作，然后结婚生子，和父辈一样生活下去。这种想法有一定的现实根据，英国的社会制度既精巧又保守稳定，即便大学毕业了，要找一份工作，平均也要花一年时间。不是你学习好，就一定能上升到中产阶级。这些工人子弟怀疑追求文凭的价值，索性跟随同伴们，选择了年轻人更喜欢的“很酷”的反抗姿态。

这些工人子弟在学校里自称“家伙们”（the lads），虽然既不笨也不懒，却喜欢低估自己的智力。他们说：“我知道我很蠢，所以我下半辈子就应该待在汽车厂里把螺母一个个拧到轮子上去，这公平合理。”自然，这也确实让他们的学习成绩一塌糊涂，最后真的都进了汽车厂做工。这就是他们发展出来的亚文化所导向的结果。

三和青年的情况也近似于此。有人组织他们去学技术，他们几乎全都使用一套固定的说辞来推脱：“学技术得先交学费，没钱谁教你？要是当学徒，不发工资我们活不下去，倒贴钱让我们学，人家肯定不

1 田丰、林凯玄：《岂不怀归：三和青年调查》，海豚出版社 2020 年版。
2 〔英〕保罗·威利斯：《学做工》，秘舒、凌旻华译，译林出版社 2013 年版。

干。给我们钱，干的也都是杂活，根本学不来有用的技术。别人跟你无亲无故，凭什么把技术教给你？学会了技术，没有关系，人家凭什么用你……”

田丰说：“中国影视剧特别喜欢的一个叙事逻辑，就是国家命运和个人命运互相融入，在三和青年身上，似乎还可以加上城市命运。三者之间有融合的部分，也有背离的部分。三和青年看起来与深圳经济社会发展脱节，却真实地融入了整个城市跨越式发展的进程中。”

我逛了逛“三和大神”的贴吧，发现他们早就商量好了，如果三和市场消失的话，大家一起转移到哪个地方。

实际上是呼救

网络红人庞麦郎的故事说短则短。2014 年，他因为一首《我的滑板鞋》成名，歌词还挺不错的，只是他本人实在没什么音乐和表演天赋，之后的演艺事业一路下滑，被经纪公司放弃。有些小公司打算出奇制胜，找他做代言，效果也很差。一开始还有观众来看笑话，后来连看笑话的也没有了，大家只在网上看看他的奇言异行。比如，他喜欢编造自己的经历，人人都知道他生于陕西汉中的农家，但他非要操着陕西普通话说自己是台湾人，在英国学的音乐，还把年龄改小了 11 岁。2021 年 3 月，庞麦郎的经纪人证明，庞麦郎已经因为严重的精神分裂症，被强制送进了精神病院治疗。

几年之后，当我们回顾 2021 年曾经发生过的文化事件时，需要记住“庞麦郎”这个名字。他正是美国艺术家安迪·沃霍尔所说的“15 分钟名人”。在大众媒体时代，15 分钟足够让随便一个人成为名人。假如沃霍尔看到今天的短视频平台，会发现 15 分钟已经缩短到了 15 秒。精准的流量可以把一个普通人推到半空，但他可能永远没法平静地落回地面了。我曾经在意外的情况下，做过一次小规模的、15 分钟的网络名人，结果我如同农贸市场里的母鸡一般惶恐，至今还心有余悸。幸好我也在 15 分钟之后就被忘掉了。从那以后，我有点儿同情常年生活在聚光灯下的名人。

我想记住的不是庞麦郎这个名字，而是知道他后来的消息时，那种错愕和羞愧：我之前打开视频或者新闻，只是想看这个网络红人的荒诞故事。就像使用微波炉，随手按一下，就立刻会有相应的功能实现；再按一下，这个功能就关闭了。我对这台机器如何运作毫无兴趣。这种态度，不知道是从什么时候开始的。我才意识到当初自己当笑话看的，是一个正在一点一点陷入绝境的人。我不希望自己有朝一日被这样对待，没有人应该被这样对待。

我向来景仰科技进步，如今却不得不说：科技对人类情感和思维的影响与改变，迹象很微妙，速度很疯狂。机器在变得人格化，人则开始变得自动化了。据说那些最好用的社交和远程协同软件，都是有严重的社恐倾向的工程师设计出来的。他们为了不面对面地和人说话，不顾一切地开发了许多高效好用的功能。这个观察实在有点儿道理，也让我怀疑，网络的最终形态，到底是人的连接，还是人的疏离？

韩国哲学家韩炳哲说："如今，我们痴迷于数字媒体，却不能对痴迷的结果作出全面的判断。这种盲目，以及与之相伴的麻木即构成了当下的危机。"他观察到，在网络空间里，人们越来越感受不到尊敬了。尊敬是需要距离的。如果人与人之间充满敬意，人们就会自觉地收敛，尊重对方的隐私和边界。而数字社会是陌生的、零距离的，它可以充分地满足人们的窥私欲，人人都可以做个人信息方面的历史学家，也就是"挖坟"，翻出某个人某年某月说过的某几句话出来，作为攻击他的把柄，把私人问题和公众问题混为一谈。人保持距离和边界，是为了保证尊重，而尊重是公共性的基石。哲学家称现在这个没有尊重和隐私的网络社会为"丑闻社会"，它缺乏起码的平和与克制。于是，它又是一个愤怒的社会，审慎地、实事求是地交流正在变得越来越艰难。

当毫无敬意的丑闻被大家津津乐道地传播时，有一些聪明人会利用这种“审丑口味”来装扮自己，获取流量。他们是靠互相辱骂和约架来制造流量的，获得的利益比庞麦郎高成百上千倍。庞麦郎则是真的相信自己是艺术家，是像迈克尔·杰克逊那样的奇才。网络中的人既是信息的接收者，也是信息的生产者。公众在匿名看庞麦郎时发表的那些评论是不假思索、毫无顾忌的。我们过去用笔写信，从写好到发出去，中间这个过程是有机会想一想的。现在则是指尖一动，不一定代表真实意思的愤怒就发泄出去了。一不留神，还可能发错了对象。网络暴力，就是在这种随意性里形成的。

在那些关于庞麦郎的评论和文章里，我只看到过一次温情——他过去的工友对记者说：“他的歌我也欣赏不来，但是你们别害他……他现在挺不容易的。”不过记者没手软，把庞麦郎爆红后的膨胀、自卑和狼狈全都抖落了出来。那篇凌厉的报道影响相当大，让原本遮掩得很简陋的庞麦郎变得赤身裸体，被大家一眼看到了底，似乎只有发疯这一条路可走。

我有几句话犹豫再三，还是打算说出来：按说，庞麦郎是成年人，获得了关注就应该接受审视。然而在这个取消了距离、立即兑现结果的网络媒介里，那些信息太强烈了，有太多我们尚不清楚的攻击性。每个人都可能是 15 分钟的受害者，15 分钟足够毁灭一个人。

庞麦郎想要的东西很简单，不过是一点儿名气、虚荣和钱财。此外，他想要被看到，被承认，被理解，乃至暗暗感到需要被救助。我们今天再听那首过时的《我的滑板鞋》，很像一种呼救：有些事我都已忘记 / 但我现在还记得 / 在一个晚上 / 我的母亲问我 / 今天怎么不开心 / 我说在我的想象中 有一双滑板鞋……她说将来会找到的 / 时间 时

间 会给我答案……我想我必须要离开……回家的路上我情不自禁 / 摩擦 摩擦 / 在这光滑的地上摩擦 / 月光下我看到自己的身影 / 有时很远有时很近……

假如有人听到这首歌，来到他的面前说："我们喝一杯吧！"会是一个更好的结果。

就说到这里吧。

ALL THE SAND IN THE WORLD

第二场对话

无乡的乡愁

2

这场对话，我们来说说当下。

我在当下感到了一种剧烈的疼痛：人和自己的故乡产生了割裂。你要拼命奔跑，才能留在原地，而那个旧日家园却不在原地。这不是个人的愁绪，而是一种结构性的问题。这里也不是要抒发乡愁，而是讨论方法。

我们如何把个体经验和对世界的感受重新连接起来？

我们可能建立新的家园吗？

可喜的是有人正在这样做，他们选择了勇气，去改变他们所能改变的。

你的家乡在哪里

有多少人只有籍贯，没有家乡？

流动是当下最普遍的生存状态，也是“千年未有之大变局”。年轻人能想到的好日子是去到一个区域中心，挣脱“讲关系”的地方。从此，每年的一两次回家只是徒增隔阂。被留在身后的村落和小城镇，按术语形容是“空心化”。“心都空了”，还说什么“老家”？

哪怕买房落户，成了某座巨型城市的新人，周遭依旧是陌生的。你只知道同事的英文名或梁山好汉似的“花名”，没和对门邻居说过一句话，熟悉的只有一模一样的商场超市，但那不是实在的生活环境。

人人都在流动，出现了一件比“想家”更大的空虚和困惑——说得清籍贯，说不清家园。所有对故乡的描述都只是回忆和抒情，在现实里找不到对应。或者更惨一些，是哀号。不知道你是不是这样，反正我是这样，哀伤而又狼狈。

乡绅精神

人类学家项飙和吴琦的对谈录《把自己作为方法》[1] 在 2020 年如此畅销，估计作者和编辑都没有想到，也没有想过。有一类做书的人从不猜销量，而另一类即使猜也猜不准。想猜得准一些，就不能把书当成书来做——这是题外话，不是刻薄话。“书”本身没什么了不起的，全看它给这段阅读关系带来了什么。

项飙闻名学界，笑容憨厚，说起话来既诚恳又直接。语言风格就是思想风格，在他切入问题时，我们看到了他的思想方法：他自比是做打火机的温州同乡，比起表达，更在意怎么把这个打火机做出来。

他这个打火机里的燃料是“乡绅精神”。乡绅旧称士绅，通常做过官，大多有功名，住在当乡本土，和政府共同管理地方事务。清末，士绅和商人合流，直到近现代变成了“打倒土豪劣绅”的绅。土豪属于《水浒传》中的晁盖一类角色，盘踞当地，黑白通吃，有非法武装，对地方政治有威胁，所以一律要打倒。“土豪”这个名号一听就不吉利，不知道什么时候却成了有钱人的小名儿，其实原本不是钱的事儿。对待乡绅也要进行区分：要打的是劣绅，而不是良绅。

良绅对地方社会是有大贡献的，他们曾是主要的地方文化支撑力

1 项飙、吴琦：《把自己作为方法》，上海文艺出版社 2020 年版。

量，近代实业家张謇[1]就是一位堪称伟大的乡绅。项飙少年时读的温州中学也是由民国时期一位张謇式的乡绅所创办，教师阵容豪华，比如作家朱自清、郑振铎。说起来，这也是古代江南的传统，各地都有士绅主持的书院。进入民国后，中学成为地方上的最高学府。

这就是出于“乡绅精神”。乡绅是有知识的人，但不同于现代的公共知识分子，也不同于行业专家，志向不在外界，不在解放全人类，而在经营好自己这个小小的天地。他们不太渴望被外在的系统传诵，重要的是把自己的小世界弄明白，把自己的问题处理好。因而乡绅也就有了自己的方式：把本地活生生的文化摸得很熟，形成一套自己的叙事方法。

项飙外公的父亲就是一位旧乡绅。项飙的外公也有一种落魄贵族的气质，和邻居们格格不入，对社会不是简单的排斥或赞扬，而是独立评论，保持着理智的距离感。他会用概念和道理去评价邻里纠纷和事务，试图给每件事确定一个意义和判断。这是管理者、调停者的视角，所以才叫“落魄贵族”，只是他那时没这个地位了。

做如此叙事的人，对家乡是关切的，他们对体制有相当的理解，知道如何将此调和到日常里。他们可能是当地干部，是乡镇企业主，也可能是普通老百姓。

项飙的舅舅就是温州的老百姓，对周遭的事情无所不知，观察得敏感到位，叙述得清清楚楚。同样讲一种地方小吃，纪录片用的是讲文化遗产的口气，死气沉沉的；他舅舅则从选材、制作到口味，说得活灵活现，让人听完了就马上想去尝一尝。

我曾经在东北的一个村子待过，时间长了，村里人不太留意我是

1 张謇参与创办了中国第一所师范学校南通师范学校、第一家民办博物馆南通博物苑，以及大生纱厂。

外人。这个村子几乎家家种玉米，为什么不改种经济作物？留在村里的主要是中老年人，学不来新技术。这里的土地以丘陵“岗地”为主，土薄，不存水，种玉米再加上政府补贴，也是不错的选择。后来，外面给村里送来了眼花缭乱的新项目。这时候，起作用的就是几位“本地通”，有在村委会任职的，也有普通村民，他们讨论问题的方式，和官方语言是不一样的。

比如，说到推广果树，他们能立刻算出来全村有多少林地能种树，具体在什么位置，结论是地块太分散，成本高；而且那种果树结的果子要就地建冷库储存，在林地和公路之间没有适合的位置。他们描述问题时，不是用数字，而是具体到人，比如张老三、王老二，比如谁家有条件参与棚室菌菇这类项目。就连谁家还能向银行贷款，他们也清楚。最后，他们主张成立种植谷子合作社。因为适合本地土壤气候，多年前种过，懂技术，附近还有一些销售渠道。在场的都是本村人，觉得这个账算得很有道理，点头认可。那个场面有一些动人。

“乡绅方法”和“充分发挥当地群众主观能动性”的区别在于视角。“当地群众”是从中心去看边缘的视角。项飙对当下社会的印象是：人和资源都倾向于从边缘流向中心。仍以中学为例，如今地方重点中学的目标是向北京、上海等一线城市输送优秀人才，连地方的大学也不例外。而旧时乡绅办学是为了积累本地资源，学生毕业后就留在当地生活。

古代士绅在京城或外地做完官，通常会“告老还乡”，把政治、文化资源带回家乡，这就构成了中心和边缘的循环。所以有人说，中国现代化的一个象征，就是官员退休后不再回家乡了。而在旧格局里，每个地方尚觉得自己是一个小小的中心，心态也比较从容。

项飙说，如果以为社会学家费孝通先生的“差序格局”[1]只是描述社会现象，可就小看了老先生的视野。他当年提出“差序格局”的概念，不是要用实证的学术语言来翻译古代伦理，而是先描述这个事实，再参与20世纪40年代的一场有关政治模式的辩论。他和思想家梁漱溟一样，认为这种以宗法群体为本位、以亲属关系为主轴的社会结构，决定了中国社会不完全适用社会关系等距离的西方模式。费孝通强调“差序格局”的现实，是倡导用中国的方法办中国的事。与之匹配的思想资源，就是乡绅方法。

这种方法是温和、稳定的保守力量，和中国文化、和传统的人与人之间的关系相匹配，至少对文化来说不是坏事。从最功利的角度讲，这样做，可以把确定的、行之有效的经验固定下来。

我们如此焦虑，很大一个原因在于默认边缘等于没有意义。在边缘保留不住资源，所以都拼命向中心挤。如果自己去不了，至少也得让孩子去，于是边缘便真的没有了意义。

1 费孝通在其著作《乡土中国》中对中国传统社会结构的总结：我们的格局不是一捆一捆扎清楚的柴，而是好像把一块石头丢在水面上所发生的一圈圈推出去的波纹。每个人都是他社会影响所推出去的圈子的中心。被圈子的波纹所推及的就发生联系。每个人在某一时间某一地点所动用的圈子是不一定相同的。

制造家乡

我在旅英作家王梆的《英国民间观察：附近、公共和在地的造乡》[1]里读到：

英国的政府慈善事业一向不怎么样，18世纪的英国慈善学校会不断向穷孩子灌输“贫穷是天意，慈善是恩赐”这种念头。英国人类地理学家说，这类机构从设置之初就不是单纯的善心，而是明确的交换，用一点财物换取穷人对特权阶层的谦卑和服从，从而使等级观念更持久、更牢固。而19世纪的济贫院更糟糕，说是为穷人提供食宿、教育，实际上是血汗工厂。贫穷的女工甚至不能和自己的孩子住在一起，而是被分开强制劳动。

王梆的丈夫是英国当地人，有个从小一起长大的朋友，绰号“长颈鹿”，住过精神病院，有进食困难和相关精神障碍。长颈鹿想要领取残障津贴的话，就得每半年填一摞厚厚的精神评估报告。那份报告王梆看过一次，“估计谁填完都会得精神病”。果然，长颈鹿每填一次，状态就要恶化一次，还得重新治疗，也就又没法工作了。半年后，还要再回来申请，就这么陷入了死循环。

这类机制不见得是单纯的官僚主义。英国保守派政客秉持“劳役就是赎罪”的传统思想，激进的新自由主义政客坚信“福利就是放纵

1 出自《单读26：全球真实故事集》，吴琦主编，上海文艺出版社2021年版。

懒惰”，两者都倾向于设置这类“技术手段”来阻碍生活困难的人领津贴。据统计，这样的手段曾经造成每年上千人的死亡。

长颈鹿没死，是因为有社区民众自发管理的公共图书馆。在英国，几乎每个城区和乡镇都遍布着大大小小的图书馆，“公共礼堂是一个社区的心脏，马路是血管，图书馆是大脑”。十几年来，英国政府一遇到经济危机，就倾向于保银行，先砍掉福利基金和图书馆这类公益服务。全国的图书馆能延续至今，主要依靠民间社团的维持。那些在图书馆里举办的读书会活动，是附近居民重要的文化生活。他们会捐款、义卖、做义工，想方设法让这个社区大脑存活下去，不需要政府部门插手。

社区图书馆不提供施舍，而是让需要帮助的居民来这里工作。长颈鹿唯一的爱好是读书，图书馆答应他来做图书管理员。长颈鹿为此打消了自杀的念头，买了件旧外套，同时开始去医院接受治疗，一心一意等待身体变好。他在政府部门那里是一摞表格中的几个数字，在邻居眼里却是一个具体的人。

王梆参加过一个叫“再想象资源中心”的企业型民间社团的活动，它的广告是“不需要食物券，任何人只要支付 2.5 英镑就能捧走 10 样食品”。那种传统救助机制里的“食物券”，可以说是有心机的边界，好像在暗示：你不能自认为是穷人就来接受救助，你得让我们考核一下你的资格。可是就算拿到了食物券，也只能换回来一些难吃的罐头。这是一种双重侮辱。

可是在这个民间项目里，任何人支付了 2.5 英镑，换回来的都是新鲜优质的食物。除了奶制品和水果蔬菜，其他包装食品的保质期都有一两年，如果在超市里买，价格不下二三十英镑。这些食物是社团从附近的超市、农场里找来的不影响食用的瑕疵品，在过去可能会直接被扔掉。

“再想象资源中心”尽可能取消公益事业的条件限制，拆除诸如国籍、种族、签证种类等门槛。如果有钱人愿意来领这些便宜食物，吃免费午餐也完全可以。这既是在最大限度地鼓励公共参与，也是一种昂扬的尊严：制定政策的人小心翼翼地审核穷人的资格，而民众却不计较。民间的相互援助被称为“自然慈善”，没有明确的救助和被救助界限。据统计，36% 的英国人不定期从事义务社团工作，22% 的人会定期做义工。

拆除限制，让王梆这个外国人可以在当地建造一小块“家乡”。英国的贵族在几百年里兼并圈地，把平民可以自由采伐放牧的公共用地都抢占了。这引发了从地方政府到民间的反对。19 世纪英国出台了一项法令，要求贵族用划拨或者廉租的方式，把一部分领地交给地方和社区打理。两次世界大战就是这种公共土地的重要增长时期。

这些公共用地发展出一种新的公益形式：只要花很少的租金，就可以租一块地来种。王梆就申请到一块，半块篮球场大小，年租金 21 英镑。我算了一下，和我们黑龙江的水稻田租金差不多，比种玉米的旱田还是贵。当把手伸进泥土里，挖出来自己种的第一筐土豆时，她一下子找到了“土地主人”的感觉，立刻加入附近租户的社群，和他们交流起种地的经验和信息来。

我们常说的淡定从容，好像是一种修养境界。然而从容来自对环境的认识。人待在熟悉、能掌控的环境里时，自然淡定从容。

这个故事所展现的就是项飙所说的“附近”。附近就是你当下生活的周遭，是你日常直接发生关系的那些人、那些地方，也可以是异国和外国人。当大家互助沟通，走进对方的生活时，个人情绪、思想的投射能收到切实的反馈，比浪漫化的遥远故乡更真实。

思乡而又明知故乡已经消融，是让人焦躁的。不论你身处何地，都可以通过参与和互助，建立没有界限的“附近”，一起对抗没有故乡的焦虑。

临界状态

2000年，日本导演深作欣二拍了一部惊世骇俗的电影《大逃杀》[1]，其中最让我感到恐怖的，是军方向学生们播放的关于大逃杀规则的视频，视频里笑嘻嘻的女主持人提醒这些必死无疑的孩子们当心感冒。谁知这在2021年变成了现实：日本政府宣布向海水里排放核废水时，也搞出来一个卡通风格的吉祥物，用轻松的方式说着恐怖至极的话。

中国社会科学院研究员孙歌在论文集《从那霸到上海》[2]里，把核泄漏之后日本社会表面平静、内在诡异的状态称为“常态偏执”。他们不顾现实危机，偏执地相信自己仍然处在稳定常态里，按日常的方法去做事。常态化的日子不一定等于好日子，但是可以靠下意识的习惯应付；终日处于不确定性中，每个动作都要动脑判断并进行选择，需要坚强的意志力。在“3·11”大地震[3]和福岛核泄漏事故中，前后有近两万死难者，由核泄漏事故所引发的环境污染一直处于危机状态。然而日本社会居然在短时间内重新变得井然有序。距离福岛二百

1 电影讲的是新世纪之初，成年人和青少年的矛盾日益激化，军方在全国中学三年级学生中，随机选择了一个班级，让他们到一个无人小岛上参加互相残杀的游戏，直到只剩一人生还，否则全部格杀勿论。

2 孙歌：《从那霸到上海》，北京联合出版公司2020年版。

3 当地时间2011年3月11日，日本东北部太平洋海域发生里氏9.0级地震，地震引发的海啸袭击了福岛第一核电站，导致核泄漏事故。

多公里的东京，人们依然忙碌地上班、社交、购物娱乐、享受生活。这让很多外国人感到惊讶，也有人表示佩服。但外界只是从表面上感觉日本社会好像恢复了，却不了解日本人内心的压抑和恐惧。勤劳的日本主妇们学会了一项新技能：尽力辨别每天为家人提供的食物里放射性物质的含量，尽量使选择的食材里的含量最低。

在2020年东京疫情的顶峰，我问生活在那边的朋友情况怎么样。他说，全公司只有几个中国员工申请居家办公，日本人都表现得像什么事儿也没发生。看来，即便是危机最严重的时刻，群体也通常倾向于进入常态偏执状态，放弃灾难提供的自我认识的机会。

孙歌的书里说，只有冲绳的民众和学者与众不同。冲绳占日本国土面积不到1%，却拥有75%的驻日美军基地。孙歌在去冲绳国际大学访问前不久，一架据说从伊拉克归来的直升机起飞后直接撞到了教学楼，引发大火，烧掉了半栋楼。人们在飞机残骸里发现了类似贫铀弹的放射性物质的载体，更可怕的是有一部分始终去向不明。冲绳人说，任何时候，我们都可能发现自己得了癌症，可是我们没有任何防护的能力。美军对冲绳人的威胁是持续而全方位的，从士兵的性犯罪，到军事演习事故、严重的环境污染，多年来一直没断过。

冲绳人把自己的生活称为“临界状态”，这既来自冲绳历史的撕裂、痛苦，也来自当下的威胁。他们和东京人不一样，不能按任何常规逻辑去设想未来，不能幻想自己生活在平稳的常态里，而要时刻保持紧张和陌生感，随时准备从日常生活切换到危机应对模式。

美军拓展新基地时，把打桩填海的基建推给日本政府招标。冲绳人立刻集合到海面的勘探架附近，进行持续几百天的抗议。他们把抗议当作日常功课，每隔三小时会有人划船过来换班。抗议必须按照合法的方式，微弱而持续地斗争，这是冲绳人把历史传给下一代的方式。

“我和你”的结构

以色列宗教思想家马丁·布伯说，人对世界无非两种关系，一种是“我和它”，就是把其他主体都看成实现目标的手段，或者牟利的工具。这种关系在人类的生存和发展过程中必不可少，但不是唯一的关系。

布伯称另一种关系为“我和你”。他写过一本类似《老子》的小册子，就叫《我和你》[1]，劈面一句话“经验不足以向人展示世界”。为什么？因为“人生不是及物动词的囚徒”。我的理解是：如果只有“我和它”，那人所见到的对象、所感受到的世界，都在明确的目的之下。这不只贬低他人，亵渎信仰，也会使自己深陷扭曲，如同人既不该沦为奴隶，也不该争当奴隶主。

在“我和你”里，重要的是形成关系。按布伯的说法，是“我和你的相遇”。这种相遇在现实里不大容易遇到——不以“功能”看人，似乎是低效的。

我现在能想到的是一部大家都熟悉的电影——《阿甘正传》，主人公阿甘天赋异禀，在中国话里叫“赤子”。他不知道可以用“我和它”的高效率态度对待人和世界，身处纯然的“我和你”的关系中。要不

1 〔德〕马丁·布伯：《我和你》，杨俊杰译，浙江人民出版社 2017 年版。

是他意外发财，我们不太可能对他有兴趣。

布伯接着说，历史就是“我和它”关系的延伸，不同文化通过彼此渗透、影响，变得越来越宽广，也越来越杂芜。人们觉得用彻底功能化的机构来管理生活过于机械、冷酷和勉强，因此，呼唤用相互依赖的情感共同体来制衡公共机构。

然而除此之外，能有什么办法？诞生于理想，死于腐败，这是能回避的吗？

布伯也说，人们觉得冰冷的机构不能带来合理的公共生活，但人们不知道，单靠情感也不能实现。还需要两个条件：首先，人要和一个中心建立面对面的联系；其次，人们相互之间保持面对面的联系。有共同的中心是彼此面对面的基础。

下面这个故事是我从一本讲成功学的书里读到的：

20 世纪 50 年代，一位美国医生在宾夕法尼亚州发现了一个叫罗塞托的小镇，镇上的居民都是几十年前从意大利一个叫罗塞托的小城移民过来的。这位医生发现，从来没有一个罗塞托人会在 65 岁之前患心脏病，要知道，这是美国中老年男性的“头号杀手”。难道是因为罗塞托人有特殊的饮食习惯？结果发现当地人不仅吃得更油腻，还爱抽烟，也不怎么爱运动，有不少大胖子。那么，他们是不是有特殊基因？他在当地采集血液样本，做了很多检验，也没查出什么。但是他发现，罗塞托人不止没有心脏病，也几乎不会自杀、酗酒、吸毒，而且犯罪率很低。

原因是罗塞托的社会组织方式。一切开始于 50 年前，有个精力充沛的神父接管了小镇教堂。他组织当地的节日活动，让居民分工清扫街道，为他们购买种子和树苗，和他们一起养猪、种葡萄树。慢慢地，小镇以教堂为中心，建起了学校、公园、修女院和墓地。这里的居民也就有了共同的生活中心，个人遇到什么问题，就去找神父忏悔，寻求安抚和帮助。这个小镇不到两千人，却有 22 个独立社会团体。虽然各自独立，但大家的宗教生活是同步的。

罗塞托还有很多三代同堂的大家庭，长辈拥有绝对权威。各个大家族彼此通婚，从而形成了一种地方观念：有钱人不能浮夸炫耀，而是要帮助失败者走出困境，因为大家都沾亲带故嘛。就这样，罗塞托的生活很淳朴，人和人之间关系简单，成年人没有那么大的心理压力，也就不会酗酒、患上心脏病。这位医生总结出了一个在当时比较新潮的结论：检查一个人的疾病，要观察他所处的生活环境和地方文化背景。

小镇罗塞托的人群关系结构的特点是：没有因为经济处境而出现社会分层，大家共有一个等距离的生活中心。这个中心不一定是教堂，也可以是社区中心、图书馆，或者任何你能想到的地方，只要它能用大家都承认的规则来解决问题。

图景叙述

回到前文说过的《把自己作为方法》。项飚的方法不是工具，而是“思考的孵化器”，他的理论不在于创新、深刻以及正确，而在于启发和改变。

项飙讲到了一种“图景叙述”，就是给所要描述的世界画出一个图景。图景不是机械地反映世界，而是要务求精确。机械是拍照式的，精确则是通过看清细节，抓住问题的当下是什么、内在矛盾是什么、将会是什么，发现事情之间的隐秘联系，然后做具体描述。

与之对立的是“宏大叙事”。宏大有千般好处，颇有助于自我感动，只是得不出任何有用的结论。我们可能意识不到自己有多习惯宏大叙事。比如，有些人在疫情之前出国旅游，堪比外交出访。旅游嘛，本来就是上车睡觉，下车尿尿，连人家的话都听不懂，可是往导游的小旗子下面一站，还没打量清楚身在何处，就开始用世界格局想国际争端、大是大非问题了。其实，如果你是一位老者，就观察观察当地人怎么安排退休生活；如果你是一个学生，就看看当地少年人课余时间在做些什么，这也就够了。

美团 CEO 王兴有句话叫“看懂过去，看清现在，看到未来”，后来他决定改一个字，将“看到未来”变成“看见未来”。“看见”和“看到”有什么不一样？看到只是意识，有点儿像“胸怀未来”，仍然有宏大叙事的基因；而看见就是看见，是实证堆积起来的，无论喜欢不喜欢，都如同已经发生的事情那样看见了。“看见”近似图景叙述的结果，完成标准是：从自己选的真实问题出发，用精确的观察来解释——这件事为什么是现在我们看到的样子，它和其他地方的有什么不同，这件事会形成什么走向？

如何进行具体的图景叙述？先找到这个图景的切入点，也就是图景与自己的位置和关系，可以称之为“定位意识”。20 世纪 60 年代，德国青年上街反对美国打越战[1]，德国作家汉娜·阿伦特问德国青年们：你们想过没有，越战跟你们个人到底有什么关系？先把这个问题讲清楚，你们的行为才有意义。美国人上街反对越战，是因为和他们有关系，越战是抽签征兵，意味着中产阶级的孩子也要上战场去送死。越战以后，美国的经济学家建议把义务兵制改成志愿兵制，把正义问题处理成就业问题。美国政府接受了这一建议。这件事对国际政治的影响很大，义务兵首先是公民，会反思战争的意义，而志愿兵只是受雇者。阿伦特让德国青年去做的是基础性的思考训练：不要讲普遍正确的理论，先把自己和世界的关系讲清楚。讲清楚关系，你的位置就清楚了。

这就和乡绅精神产生了联系。今天的乡土和过去不同。在当下，孤立、封闭的乡土发展不出真正的文化。现代乡土意识的前提是知道自己在全国、在全世界的位置在哪里，该怎么经营这个位置。比如广西，离北京、上海远，离东南亚近，便把自己定位为东南亚的门户。比如日本福冈，离东京远，就通过更近的中国青岛和韩国，把自己想象成东亚经贸的交汇点。

定位意识解决的是空间问题，下面来看看时间。项飙把时间上的

1 越南抗美救国战争，是越南人民抗击美国侵略的民族解放战争。

问题称为“距离感”，我将其理解为一种历史感。图景叙述中的历史感，就是不过多诠释象征意义。比如一个人物去世了，说“一个时代结束了”就是过度抒情。你怎么知道时代在哪里结束？你的感受有多大的代表性？

图景叙述要做具体的提醒。它以现实观察为依据，通常会这样表达：历史发生的事件，我不知道结果最终是好是坏，但根据我的分析，有可能出现以下危险，我的理由又是什么。

图景叙述也会尝试解释历史，但它更承认历史可能是很多偶然因素造成的。人们首先要做的，是以当下的经验和道德原则，提醒人们可能的危险在哪里，我们要做哪些准备。图景叙述中的历史，不像气象学，更像天气预报。

图景叙述中的观察要分配权重，事先把复杂的情况列出来，区分主要因素和次要因素。人类学家搞田野调查，通常会事先建立量化图表。但现实有很多面，人有遮蔽性。项飙从学生时代开始做北京“浙江村”[1]调查，和浙江村里的老乡们交情很深。他越细看，发现事情越复杂。市场要改建，商户去谈拆迁补偿。他们发起的申诉，是真的愤怒，还是觉得闹一闹能快点解决问题，又或者是增加讨价还价的筹码？商户选出来的代表，在成为代表前后，心态也是不一样的。他去谈条件时，可能会说“你给我多少钱，我去摆平那些商户”，而商户们要想出控制此人的办法。这时候，如果不对观察和研究分配权重，就会把观察者自己搅和进去。

项飙在这本《把自己作为方法》里说：“真正的英雄不是改变世界，而是改变自己生活的每一天。”

1　指20世纪80年代，以浙江温州人为主的外地人来北京经商而形成的几个聚居地。

超注意力

来说说乡愁中的叙事问题。

2021年，“曹县梗”火爆全网。“曹县梗”来自一位山东菏泽曹县的抖音网红，他每次都在视频和直播里用方言喊出很“魔性”的曹县口号，被跟得上潮流的年轻人效仿或调侃。摘录几则年轻人的玩梗方式：

> 北上广曹。
>
> 宁要曹县一张床，不要浦东一套房。
>
> 你去曹县生活一段时间就会发现，其实还是回上海压力小。
>
> 我被她抛弃了，她一出生就在曹县，这么优越的条件，我拿什么给她未来？
>
> 我常常因为自己不是曹县人而自卑！

要说好笑，也没什么好笑的；要说原创，也不算原创，就是把北上广深这些一线城市的段子和体验直接挪到了曹县。算不算对曹县的揶揄？我倒觉得不是，起码多数人没这个意思。曹县地处山东西南，和河南邻接，在史书里是兵家必争的要冲。年轻人玩梗之际，发现曹县的电商创业活跃度相当高，这里生产的“汉服”占全国同类市场的三成，还承接了日本九成的棺材订单。

曹县梗到底在说什么？我专门采访了在短视频平台做运营的人，他们对“曹县梗”这类热点司空见惯。这是近年自媒体很熟练的一套玩法：歌颂小人物，赞颂小地方，是最容易流行的题材。基本上发一个，火一个。这种套路，本质上是“歌颂形式的反叛”。歌颂从前别人不歌颂的东西，不就是在表达一种潜在的反对意见吗？歌颂小人物，表达的是对高收入、高知识阶层的态度；歌颂曹县这样的小地方，表达的是对一线城市的态度。在大众中，这种无差别、广泛传播的信息，内容、质量都是向下看齐的。

“曹县梗”强调“曹县是宇宙中心”，还有什么地方的人骄傲地自称过“我们这里是宇宙中心”？据我听过的，30 年前的纽约曼哈顿人说过，20 年前的上海陆家嘴人说过，10 年前的北京五道口人说过。其中，至少纽约和上海是认真的。亿万来自小镇的青年用这种不算深思熟虑和幽默的方式反其道而行，是对中心的调戏，也是不怀恶意的自我调侃，不算什么新鲜议题。

我想说的并不是“曹县梗”本身，而是“曹县梗”大火背后的意义。有一个概念叫“超注意力”，指类似“多动症”一样的注意力涣散，形容的不是个体，而是群体。我们如今活在巨量的、过度分散的信息里，对信息的反应过于快速、积极，每个人的注意力都不断在多个任务、信息来源和工作进程之间切换。这种追逐网络热点的热情，差不多也是对无聊的恐惧，对“被落下”的担忧，生怕别人说的自己不知道。无论这件事有多么无关紧要，好像一旦只有自己没听过，就会被巨大的群体孤立和抛弃。于是，别人扔个什么热点过来，我们立刻就会去接招。听到“曹县梗”，一定得马上查一查到底是怎么回事。

一查之下，又查出一堆新梗来。等放下手机，已经凌晨两点半了……

人在超注意力中，每时每刻都要把自己填满，不能容忍一分钟的无聊。我亲眼见过一个司机遇到车祸，在等待救护车的时间里，掏出手机，给自己的满脸血拍了一个短视频，顺便又看了几个短视频。韩裔德国哲学家韩炳哲说，这种随时关注一切新信息的注意力结构，不代表文明的进步，也不是人类现代晚期信息社会发展出来的新需求，而是一种倒退。这种注意力管理技术是文明没有开化之前，人在荒野求生里才有的本能。一只身在野外的猎豹，是不能全神贯注的，就算好不容易逮到了一只羚羊，开始进食，也得眼观六路、耳听八方，一边留神不能让鬣狗抢走猎物，一边提防狮子的袭击，同时还要分神保护好自己的幼崽。猎豹进食甚至不能吃饱，克服了饥饿感就得停下来，因为一旦吃饱了，感官的敏锐度就会降低。

能够专注地处理重要信息，是人类长期处于安全情形下才进化出来的精神状态，之后才创造出越来越多的文明成果。没承想，从 40 年前的电子游戏开始，到今天的短视频，过度、过强的视听信息刺激又回来了，几乎把我们的注意力方式直接打回了原形。“过去人们关心如何拥有美好的生活，其中也包含了如何融洽地共同生活，如今人们则只考虑如何存活下去。”这差不多是一种新的野蛮状态。你看，他们哲学家是这么埋汰人的。

要说埋汰人类，韩炳哲的前辈阿伦特认为：“人类将可能把自身转变成动物……如果从宇宙中一个距离地球足够远的视角进行观察，那么人类的一切行为都称不上行动，而只是生理活动。”

“曹县梗”的问题是把重要的、需要尊重的意义草率地稀释掉了。每个人的家乡和生活都值得保卫，都值得严肃的叙述。

县城文艺叙事

文艺里的县城叙事代表是贾樟柯的“故乡三部曲”：《小武》《站台》《任逍遥》。文学质感似乎是贾樟柯电影的底子，他的老家汾阳是典型的中原县城。他说：“我在汾阳县城能见到的最大的水面，也就是公共澡堂里的浴池。”[1] 那一代人的梦想是进县城工厂过“铁打不变”的生活。1993 年，贾樟柯去北京电影学院读书时，已经 23 岁了。县城里上班的同学已经早早结婚，有了小孩，开始留小胡子，为的是一家三口出门，骑自行车穿行于县城街头时，有个户主的样子。

1997 年春节，27 岁的贾樟柯从北京的学校回家，一进门，父亲告诉他：你回来得正好，县城要拆了。贾樟柯写道：“看这些有几百年年龄的老房子，想这些我从小在里面进进出出的店铺马上就要烟飞云散，心里一紧，知道我所处的时代，满是无法阻挡的变化。每个人有自己的时代，每代人都有他们的任务。而今，面对要拆除的县城，拿起摄影机拍摄这颠覆坍塌的变化，或许是我的天命。”于是就有了《小武》。

他写到昔日的工厂散落在郊野，它们曾经繁盛辉煌，如今万分落寞。推开工人俱乐部的大门，里面有座位千席，可以由此想到过去群

1 贾樟柯：《贾想 II》，台海出版社 2018 年版。

众集会时的热闹。“从那时到现在，中国社会的变化比泼在地上的硫酸还强烈，我搞不清我为什么会如此矫揉造作，内心总是伤感。”于是就有了《站台》。

他说中国电影有种扭曲的精神取向，喜欢拍吃大苦、受大难，好像经历曲折离奇才算阅尽人间。这种“自我诗化”也是“自我神化”。电影不是非要寻找大喜大悲的传奇，也可以去关心普通人，尊重日常生活，感受每个平淡生命的喜悦或沉重。在说到《小武》这部电影时，贾樟柯说：“这是一部关于现实的焦灼的电影，一些美好的东西正在从我们的生活中迅速消失。我们面对坍塌，身处困境，生命再次变得孤独从而显得高贵。”[1]

作家毕飞宇说过，县城比城市和农村都大得多。他写都市，写村庄，但是自感写不动县城。城市的文化空间很大，但人的生活空间很有限，我们在城里接触的就那么几个人，就去那么几个地方。县城却是汪洋大海，几万人构成了无比复杂的社会关系，你要想写清楚其中的一个，会发现他背后还有几千人。

文艺里的县城叙事不是单纯的行政概念，而是一种状态。县城面积可以很大，但是功能单调，节奏迟缓；城区如同复制粘贴而成，只满足基本需求，并嘲笑除此之外的任何需求。身在其中过活的人都清楚。

甘肃白银的张玮玮唱“最温暖的那个晚上 / 我们为你朝南而去 / 可是你的暮色苍茫 / 我们搁浅在白银饭店”[2]，“向左向右，风筝和飞鸟 / 站在荒野上面看天色变暗 / 你让我猜，猜中会有奖 / 奖我的手表上面

1　贾樟柯：《贾想 I》，台海出版社 2018 年版。

2　出自歌手张玮玮与郭龙的歌曲《白银饭店》。

时针倒转”[1]。

广东海丰的五条人唱“她来自梦幻丽莎发廊 / 她说她家里很穷很乡下 / 只有山和河没有别的工作……她想让我带她去海边 / 漫步在那柔软的沙滩上 / 让风吹走所有的忧伤 / 在椰子树下一觉到天亮 / 可是我家里也很穷很乡下”[2]。

河北石家庄的万能青年旅店唱“大雾重重 / 时代喧哗造物忙 / 火光汹汹 / 指引盗寇入太行”[3]。

贾樟柯说：“这是我二十年县城生活中经常享受的时刻，在某个阳光充足的午后，凝视熟悉的人与物，会突然有一种东西涌出胸膛，让人感觉一切都是新的。”

有人把贾樟柯的电影镜头剪成一部 MV，歌曲的名字叫《县城》，听起来如同小城迪厅一样空旷多情，歌里唱“千层山 / 万重浪 / 比不过县城一碗汤……今夜我陪你化成灰 / 没有县城万万不能 / 没有县城万万不能”。这日子代表着 97% 的中国，没有县城，万万不能。

1 出自歌手张玮玮与郭龙的歌曲《雾都孤儿》。

2 出自摇滚乐队五条人的歌曲《梦幻丽莎发廊》。

3 出自摇滚乐队万能青年旅店的歌曲《山雀》。

乡村大雾重重

我家在我父亲那代成了市民。我小时候跟着他回乡过年，要先坐半日一夜的火车到海边，再坐一夜的海船，从公路到山路，变换几种交通工具。我总觉得我的故乡在村庄，城市只是我的出生地。

乡村生活简单一些，也不见得就能看清楚，它也在随着城市的变化而变化。

举一个有名的例子：李子柒。她是一个从城市返回农村生活的姑娘。在家乡四川绵阳山村里拍生活和美食视频，自己劈柴、砍竹子、生火做饭、种棉花、缝被套，甚至亲手砌炉灶、染布。她的视频在国外视频平台上的订阅数顶得上美国 FOX 电视网，她公司一年的营业额恐怕也不亚于一家大中型企业。有人说李子柒的视频从一开始就是炒作和造假，这话似乎不公平，那本来就是创作。我们不妨把这些视频当作一幅装饰画，为了符合大多数人的口味，农业生产的艰辛当然要被过滤掉，劳动的物理时间也会被压缩。这种创作是城市文明和网络化的产物，万事俱备，我们才能看到李子柒。难道有人真糊涂到认为这些视频是真实的农村生活吗？

我常常感慨，有多少同样聪明灵秀的女孩子，早生了几十年，就被彻底埋没在了乡下。

作家梁鸿发问：“什么时候起，乡村成了底层、边缘、病症的代名词？”十年间，她不断返回故乡河南穰县梁庄，以她自己的家庭作为审视对象，写出了《中国在梁庄》《出梁庄记》[1]，为中国非虚构写作开辟了一个门类和时段。她看到在她的家乡，首先坍塌的村庄的内部结构。村子变成了以经济为中心的聚集地，更有能力的家庭住在紧靠着新修公路的两旁。内部结构不再分姓氏，而是形成了新的生活场。农业文明与工业文明在这里进行着博弈。

美国加州大学洛杉矶分校社会人类学教授阎云翔有两部研究中国乡村问题的著作《私人生活的变革》和《礼物的流动》[2]，从生活内部分析农村变迁。他研究的样本是他 20 世纪 70 年代下乡插队的黑龙江双城下岬村，凑巧也是我最熟悉的地方。黑龙江作为“闯关东”的目的地之一，家族关系本来就薄弱，变化来得更快、更直接。

阎云翔把这个趋势形容为“个人权利的上升，父权的衰落”“父母身份和孝道的世俗化”。经过了集体化时期，“孝道”不再有那么强的约束力，年轻人也不再相信长辈的道德权威。他们有充分的理由要求父母提供彩礼或者嫁妆，而分家的时间也在不断提前。年轻人的权利意识片面，会同时忽视赡养义务，村里的舆论发挥不了多大作用。

这两本书出版于十几年前，到我做农村调查的时候，村里已经形成了新规矩：老人要为儿子在县城里买一套 30 万元左右的住房，再加上彩礼，掏空了存款还要贷款。当地人警告我“不要借钱给任何人”。自然，他们的子女结婚以后会搬到县城或镇上居住。

如今这被掏空的上一代，正是阎云翔当年描述的下一代。

1 梁鸿：《中国在梁庄》，台海出版社 2016 年版；《出梁庄记》，台海出版社 2016 年版。

2 阎云翔：《私人生活的变革》，龚小夏译，上海人民出版社 2017 年版；《礼物的流动》，李放春、刘瑜译，上海人民出版社 2017 年版。

潘光旦追问

老一辈社会学家、教育家潘光旦曾在百年前发问：近代教育下的青年，对全世界的历史、地理以及最新的科学知识，都不难获得，甚至知道得很详细。但是你若问他家世来历，家乡的山川物产，有什么变迁，出过什么人物，能答上来的只有十分之一二。

估计今天的人也差不多。

乡土和本土是不同的，与本土情怀相对的是全球化的国际潮流，而与乡土意识相对的是步调一致的国家意志。所以要对外讲本土，对内讲乡土，前提是把自己家里的事情搞清楚。

我在北京大学中文系教授陈平原的书里[1]看到一个观点：20世纪中国教育的大格局，其实是晚清时期奠定的。不是当下的时代保守，而是那个时代的步子迈得实在大。1902年初，庚子国难后，西逃的慈禧、光绪回到北京。无论慈禧老佛爷还是王公大臣，都被打服了，总算和主张维新的精英们达成了共识，明白要向西方学习，而且要从教育开始。很多在其他时期要花很长时间调整的问题，那时都在短时间内解决了。几年之间，现代化教育体系就搭建起来了，沿用至今。

我第一次听人解释什么是“鸡娃”时，起了一身鸡皮疙瘩。除了

1 陈平原：《大学何为》，北京大学出版社2006年版。

“插鸡翅”抢跑的，也有极少数人干脆让孩子去读国学私塾、上读经班或者在家自己教，显得比慈禧更守旧。

陈平原以为，现在教育部规划的教育体系，从宗旨、学制、课程到教学方式，是数代教育家努力的结果，有很强的合理性，不是随便想一想就能替代的。任何时代的教育都无法十全十美，发现问题不难，难的是怎么改才能不制造新的更大的问题。教育改革关系千家万户，以及一两代人的命运，应当采取慎重的修补性措施。

陈平原就是搞文学史的，最知道那些国学私塾和读经班是怎么回事，认为还不如启动乡土教育。这也是 1904 年就有的，清政府拟定了规范性文件《奏定学堂章程》（史称“癸卯学制”），规定各地在小学一二年级开展乡土教育。教授内容第一是历史，即本地的历史和名人；第二是地理，即本地的风土人情；第三是格致，即本地动植物、矿藏、特产，等等。官府对国文、伦理教科书的审查十分严格，对乡土教材则相对宽松，由各省各府县自行决定。不选官编教科书的话，也可以由教员自编讲义。

陈平原是潮州人，竟然是从晚清时期的潮州乡土教材里了解家乡的。那些潮州乡土教科书的编者清一色是教师或者校长，虽然不能和大学者比，但编出来的教科书中规中矩，完全可以在教学中使用。

从这件事中也可以看出，清朝人从经验上知道政治和日常生活的关联。然而乡土和政治到底谁先谁后？当时很多人（估计现在很多人也同样如此）都觉得是政治先，生活后。其实不然，这个顺序还真可能是“齐家、治国、平天下”在字面上的意思。身处现代化国家的人，是先在乡土的日常生活里形成习俗传统，产生什么是好的生活、什么是好的社会的道德观念，再上升为价值观，形成抽象的政治规范，缔结契约或法律文件。

山乡小学

怀柔在北京最北端，地势是窄长一条，怀柔人分散在山麓的不同位置，解决各自面临的生活难题。我这一路过去，公路的一侧是山，一侧是蜿蜒曲折的河，正值七月间，触目是林地的绿、河水的蓝。我和出租车司机也才明白为什么目的地叫九渡河，因为还有四渡河、六渡河，都是临水而居的村落。穿过一条山体隧道，目的地到了，导航告诉我们这是一个镇子，但我总觉得只是村庄的规模。

我比古人煞风景，先看到的是发展受限：目测这里“八山一水一分田”，耕地有限，也不适于发展工业，只好在山坡上种果树。怀柔的特产是板栗、核桃，再就是做民宿旅游了。美国非虚构作家彼得·海斯勒（中文名何伟）在他的名作《寻路中国》[1]里写到的村庄就是怀柔渤海镇的三岔村，那边有慕田峪古长城，比九渡河这边的旅游资源要好一些。

我要说的是一所山乡小学的作为。2020 年“小年”这天，北京十一盟校委派海淀分校的刘艳萍校长、执行副校长于海龙带着十一学校的课程和机制，改造当地只有 140 个孩子和简易平房校舍的小学。

规模小、条件普通，正是教育家、时任十一联盟总校校长的李希

1 〔美〕彼得·海斯勒：《寻路中国》，李雪顺译，上海译文出版社 2011 年版。

贵选中这里的原因。他认为，最适当的学校规模是校长能叫出每个学生的名字，了解他们的情况、性格和爱好，不超过200名学生。九渡河小学的老师说，想多也多不了，学校只能就近接收附近6个村和怀柔福利院的孩子。更远的村在几十里外，小学阶段的少年儿童不适合离开父母，在外寄宿。

九渡河基础的普通，有一种样本的意义。把这里的校舍翻新一遍，变成一个话题很容易，但失去了改造的意义。十一学校为九渡河小学注入的是校长和软件，老师都是原有的，发展也依靠当地。

李希贵的目标是以九渡河小学为实验对象，为中国农村教育找到一条路：完全利用当地资源，通过改革学校的理念、制度、治理体系和课程结构，把学校对接进农村的生态链、产业链，让学校成为乡村振兴的参与者和促进者。这个愿景的实现就从这所小小的山乡小学开始。

我看过不少地方的乡村学校，最让我感慨的是因为学生流失而废弃的校园，操场里的荒草长得比地里的玉米还高。村民把孩子送到镇上、县里读书，只有周末回家。乡村教师们几乎都出门打工去了。被放弃的可能不只是乡村小学，也是这个社会单元和乡土的联系，是孩子的人生和家乡的联系。我们都说读书是为了出人头地、走出山村，可是家乡的建设该谁来做呢？何况，走出山村、在大城市安家落户的孩子，到底能占多大比例？那些没有走出去的学生，应该从教育里获得什么？

九渡河小学的改造强调接入当地产业链，我想是因为这场教育实验首先是为留在本地发展的学生设计的。他们即便只完成了义务阶段的教育，也会从贴近本地、以产业为线索的课程里，获得与父辈不同的视野和知识，把种植、养殖和乡村民宿办成足以安身立命、引以为傲的事业，从里面找到自己的人生。

看出这个目标是怎么像带着绳索的飞镖一样甩出去，固定在未来，我们才能看懂九渡河小学做的那些教育改革的指向：无须把校园推倒重来，只按教学需要重新进行空间规划，拓展校舍和硬件。根据学习的真实需求，把教室面积扩大，前半部分是放课桌椅的教学区，后半部分是班主任的办公区，师生们全天朝夕相处。原来的平房外面修建了避风阁和走廊，墙壁上展示学生的项目学习成果。校园增加了球场跑道，原来的体育课程拆成了攀岩、爬树、滑板、橄榄球等十几个模块。滑板是学生们自己在木工教室里制作的。在校园北侧，增加了学生自己管理的养殖区和蔬菜种植区。除了养殖鸡、鸭、鹅，还有龙猫、孔雀等经济养殖项目。龙猫和小孔雀是学生自己繁育的。山村的孩子也不是天生就会这些，在此以前，他们也足不出户，窝在家里玩手机、玩网游。

看得出九渡河小学的孩子们非常爱他们的学校。他们在美术课上用纸板模型、石头画、豆子画和版画描绘自己的校园，画面充满了真情。

九渡河小学是本土化和未来视野的融合。于海龙校长在两星期里从周边村民里招募了八十多位兼职老师，开设了烘焙、制作非物质文化遗产的浆水豆腐、木工、乡村美学等四十多门课程。这类课程本身就是产业链和综合项目式的教学。另一类教学就是前面说的乡土教育，知道乡土，才能见到产业。

不可自怜无能为力，他们正在建造故乡。

先说到这儿吧。

3

ALL THE SAND IN THE WORLD

第三场对话

都是老江湖

古人的话语里有庙堂和江湖之分，江湖是主流政治之外的世界；今天的学术话语里有文化大传统和小传统之分，小传统是正式文字之外的世界。这一场对话要说的是旧江湖和小传统。

它们在民间暗中缔结了一套秩序，我只选几个小题目作为代表。

游民文化。历史上的游民是民间社会里最重要的含量和变数。一杯茶，一部小说，都催动了不同的命运。

民间文化。有哪些叙事，其中又有什么不变和万变？

江湖一直都在。抖音、快手里的“好汉们”常说的“江湖不是打打杀杀，江湖是人情世故”，是从电视剧里抄来的；而电视剧里的台词，可能是从作家阿城的《遍地风流》里来的。这江湖“能应对就不易，更别说什么懂全了”。

江湖的自为方式如飞沙风中转。

游民

现在该以“生”和“活”的角度来说说我们的生活了。

有人说《鹿鼎记》是金庸最好的作品，甚至把它和《论语》相提并论。这话听着扎耳朵，其实也有道理。《论语》秉持怀抱道德的理想主义，为君子制造了一套修养条例。《鹿鼎记》则是本“小人”生存指南。这个“小人”是和“君子”相对的社会身份。

金庸写过一篇文章叫《韦小宝这小家伙》，大概怕熟人猜疑，在文前特意做了说明，他是把观察到的许多性格和行为特点融合到了韦小宝身上，自己一辈子并没有遇到过韦小宝这种人。

韦小宝的主要特征有两点：适应环境和讲义气。

适应环境是因为中国人总要在极艰苦的生存竞争中挣扎。道德要在文明里产生。韦小宝生在最不讲道德的妓院，又进了道德无效的宫廷，自然不知伦理为何物，只重民间和下层社会的人情义气。金庸说，下笔的时候，他也把韦小宝当成了自己的朋友，对他很纵容。这也是中国人重视感情，不重视公理的“恶习”。金庸这么检讨，好像是在纵容自己讲人情。

金庸给韦小宝的定义是“小流氓”。这有两层含义：行为上的含义是痞子和恶棍，古时候不叫流氓，而是先后被称为淫恶少年、剽轻之徒、破落户、光棍等；身份上的含义是失去乡土的流民，流氓的氓字本义就是民众，后来指外来者。

历史学家王学泰把流氓称为游民，为的是界定“游民文化”。每当天下大乱，就有流民四起。其中有刘邦、朱元璋一类游民豪杰出来奉天承运，终结游民局面。王学泰认为，游民从宋代开始形成了固定阶层，产出了自己的文化。均田制[1]失败后产生的大量游民，是五代时期的重要社会现象。宋代严重的土地兼并仍然没有把他们固定下来。北宋的成年男子里，没有土地的“客户”占三分之一以上。

宋代的大城市经济发达，又不像唐代长安那样实行半军事化管理，可以比较自由地出入。于是，大量游民进入城市。他们没有财富和家庭，生活不安定，形成了具有反社会倾向的群体。在密集交互的城市里，作为生活模式的文化规则就发展起来了。

宋代的城市游民里除了闲散人员和江湖艺人，还有一个特殊群体叫军汉。国家从游民里招募士兵，本意是让游民成为军人，发挥一些治安和国防作用，结果却是军人变成了游民，常常寻衅滋事。这样的士兵就是所谓的“御辱则不足，祸乱则有余”。所以宋代要在犯错的士兵脸上刺字，让他们的地位低于城市里的有产者。《水浒传》里的梁山好汉，相当一部分人就是这种出身。

王学泰还创造了一个概念叫“游民知识分子”。这些文人大多是科举的失败者，混迹于社会底层。他们通常有一种谋生手段，就是以民间说书艺人说的书为底本，创作《水浒传》那样的话本小说。这在艺人圈里有个术语，叫把“道活儿”变成“墨刻”。道活儿就是在道路边上用嘴说的活儿，墨刻就是雕版印刷的话本。这种话本的主角，常常是游民知识分子所熟悉的江湖人。就算是《三国演义》里的正史

1 北魏至唐朝前期实行的一种按人口分配土地的制度。

人物，往往也是一身江湖气。直到民国时代，通俗小说的主角也常常是流氓身份。

在周星驰版的电影《鹿鼎记》中，开场就是韦小宝戴着老虎帽子在妓院里说书，这还真揭示了他的游民身份和这类文学作品的特征。这个装束，要比国产电视剧里让韦小宝戴绿帽子出场幽默。可以说，香港文化里有完整的清代世俗成分。

以江湖为底本的话本是武侠小说乃至中国小说的源流。金庸写《鹿鼎记》，对他自己而言是改变了之前十几部长篇的风格，但从历史角度看，也是回到武侠小说开头的地方，至少有六七百年的流氓天命落在了韦小宝身上。

韦小宝混的不只是江湖，还有庙堂。皇权的大一统也是一种赢家通吃，没有公平正义、契约精神的土壤。这个逻辑和现实，也恰恰和江湖上的弱肉强食、只追求小圈子利益相通。康熙身边不缺忠诚的人，但缺韦小宝这样可爱的人。康熙眼里的可爱，是能用江湖策略不择手段地办成事。典型的忠臣往往以君子自居，然而是君子就有所不为，或不知道如何为，韦小宝则是无所不为。合格的“政治流氓”，看上去比谁都正经，不到必要场合是不露真容的。

游民朱皇帝

高来高去地谈历史趋势，会得出一种宏大的结论；亲历一番，又是一种直接体验。

历史学家王汎森有一本古代思想史专著《权力的毛细管作用》[1]，讲的是清前期，也就是《儒林外史》的作者吴敬梓生活的时代，文人思想在如何变化。

《儒林外史》这部小说里有一些暗线和躲在暗处的人物。比如第八回，犯罪在逃的王太守将所藏的《高青丘集诗话》转赠他人。这是过去深藏大内的孤本，天下读书人只闻其声，谁都没见过。几十回后，也就是多年后，有人因为爱书成癖，重金收购了一本高青丘的文集而被通缉。

高青丘是谁？喜欢古诗的人应该知道，他叫高启，号青丘子，是明初的大诗人。高启的诗文变幻多端，很多人认为，论才华，他在明前期首屈一指。明洪武初年，高启在南京修撰过《元史》，当过翰林院编修，后来辞官归隐。三年后，苏州知府被朱元璋判了重罪，原因是他在和朱元璋争过天下的那个张士诚的旧皇宫遗址上建府衙，疑似图谋不轨。再一追查，高启给这个工程写过上梁文，遂一并治罪。

1 王汎森：《权力的毛细管作用》，北京大学出版社 2015 年版。

朱元璋似乎总是和奇奇怪怪的酷刑联系在一起，高启这一次还算传统，被施以腰斩之刑，场面只是非常惨，还不算怪诞。高启这一年39岁，他的诗集从此成为禁书。

《儒林外史》里的故事，距离这件事已经上百年了，但它的影响还没有消散。前文说的那个躲在暗处的人物不是高启，而是像石头一样重重压在读书人心头的皇帝朱元璋。

朱元璋杀高启不是个案，这是他和儿子朱棣共同塑造的风气。明代初年的著名文人得善终的很少。开国文臣里，文学地位最高的宋濂和刘基死于胡惟庸案[1]。高启位列“吴中四杰”[2]，其他三杰，两个瘐死狱中，一个腰斩于市。在我的印象里，历朝历代，论文人被杀之多，遭遇之惨之怪诞，明代数第一。后来清代发布公告要求汉族的文人归顺，也说：你们忠于大明朱家，但想想他们家是怎么对你们的呢？

对这段历史，有几种分析方法：可以思考大的规律，也可以观察细微的、具体的人心。我对人更感兴趣，很想知道朱元璋这个人到底是怎么回事。

历史学家许倬云对他做过一次分析，拿他和刘邦比。他说，刘邦这个人是小混混出身，和父亲、兄弟们关系一般，天天和朋友们厮混，后来也和这些朋友一起打天下。所以刘邦在乎友情而不太在乎亲情。汉代功臣集团维持的时间，远比宗室要长。刘邦虽然不许异姓封王，但也不相信宗族，从青年时起就对他那些亲戚们存有怀疑和嫉恨之心。受他的影响，整个汉朝，皇帝牺牲大批亲人的例子很多，牺牲功臣的相对较少。

1 指朱元璋诛杀宰相胡惟庸，后牵连致死者达三万余人，也称为“胡狱”。

2 “吴中四杰”分别是高启、杨基、高羽、徐贲，皆为元末明初的著名诗人。

朱元璋刚好相反，重亲情而不重友情。他也是穷人起家，身边没什么亲人，只有一个侄子和一个外甥。但他和跟自己打天下的朋友们之间关系复杂，他经历过叛变、冲突和矛盾，信得过的人没有几个。

但要做到彻底的无情不是那么简单的事，一个人的感情不使用，也得找个地方存着。这就像希特勒杀人越多，就爱狗越深。朱元璋在外凭心智和决断行事，把个人情感投射到了家庭内部。他最早是从马皇后[1]身上体会到亲情的，之后也非常依赖这种感情。他也可以为了保护儿子、孙子而大杀功臣。明代的开国功臣被杀得很干净，例外的似乎只有病死的徐达、累死的常遇春和世代镇守云南的沐英[2]。

朱元璋自信血浓于水，觉得儿子们只要在外分兵把守，就可以保大明太平无事。哪有这种事？我们即使不熟悉历史，也见过兄弟姐妹争拆迁补偿款的情景。

许倬云说：刘邦重友情，心胸就宽，圈子打得大，连带汉代的政治视野也很开阔。而朱元璋的风格就是“高筑墙，广积粮，缓称王”，属于严密的防守心态，整个明朝的气质都是如此。可不可以把结论下得这么简单？我们暂且不论。但朱元璋在皇后和儿孙们的回忆里，形象想必和大臣们眼中的很不一样，会是个慈爱的家长。

打天下时，朱元璋善于用文人，态度也相当恭敬。他出身草莽，原本连字都不识，戒备心可想而知，和身边几个文臣的关系也一直是真真假假的。我猜，在朱元璋眼里，文人和知识是两件事，他承认知识就是力量，却认为文人就是祸害。他严令禁止部下大将任用文人，认为这比私下招兵买马更严重。朱元璋的外甥曾用过几个儒生，他知

1 朱元璋的结发之妻。
2 也是朱元璋的义子。

道之后，对外甥没有深究，毕竟是家里人，那几个儒生却不是被流放就是被处死。

据历史学家吴晗的《朱元璋传》说，明朝建立以后，朱元璋本打算继续使用文人，道理是“不能马上治天下”[1]。有武将出来挑拨，对朱元璋说：陛下相信儒生，是会上当的，他们专爱挖苦诽谤。曾和陛下争天下的那个张九四一辈子优待儒生，把他们捧上了天。结果他做王爷之后要起官名，有个儒生给他取名士诚。朱元璋说，这名字不错啊。那名武将说：什么不错？这是《孟子》里的一句话“士，诚小人也”，不就是说士诚是小人嘛！张士诚到死都不知道，自己让儒生给糟践了半辈子。

朱元璋是何等样人？最会举一反三，学习迁移能力特别强，从此看到谁的文章里有“则”字、“生”字，就觉得谐音梗可恶，影射他做过贼和僧人；看文章里有“取法”这样的词，就怀疑是“去发”[2]。他把那些作者统统抓来，用一些新发明的酷刑杀掉。文化水平不高，脾气又很大的人，实在是惹不起。后人看这些事，常常说朱元璋精神过敏、性格冷酷，然而他的情感并非不健全，只是向来不用在文人身上。

1　汉初政论家、辞赋家陆贾曾向刘邦提出“居马上得之，宁可以马上治之乎”，意思是武力可以夺取政权，却不能单靠它来维持政权。

2　也就是落发为僧。

“水浒”游民

假定你是一个明清时代的皇帝，假定《水浒传》《西游记》的作者就是通行本署名的施耐庵、吴承恩——因为古典小说研究界对作者也有不同的看法——那么，这两个人谁对你的威胁更大？

我先说我的结论：施耐庵问题不大，要当心的是吴承恩。这个结论乍一看不太好理解。施耐庵写的是现实主义的打家劫舍、冲州撞府，在当时绝对是敏感的违禁题材；吴承恩写的则是神魔玄幻，跟现实没什么关系。从历史上看也是如此，《水浒传》被禁被删是家常便饭，而在当代学者统计的古代禁毁小说名单里，我没有看到过《西游记》。它在明代还出过官办本，刊印《西游记》成了官府“投资赚钱”的方式。

当然，这只是表面，我们还得看背后的态度和意图。

《水浒传》讲的到底是什么？

有人说它是在歌颂古代农民革命的著作。但我们不能把今天的观念往古人身上套——他们没有“革命”这个概念。梁山好汉这类人里的主流，在历史上被称为“游民”或者“游佃”，也就是丧失了土地和家园，不得不流亡的平民或佃户。他们大概没有那么明确的政治诉求，只是纠集起来，遇到富庶的过路人，就抢一下，获取并不算多的银钱粮草，维持几天温饱，不过是想晚饿死几天而已。

后来有人说它是迎合古代市民心理的小说。这个说法通常被认为来自鲁迅，但其实这并不是鲁迅对《水浒传》的评价。鲁迅在《中国小说史略》里说，“《三侠五义》为市井细民写心，乃似较有《水浒》余韵”。意思是《三侠五义》迎合清代晚期老百姓的情趣，有那么一点儿《水浒传》的味道。但他也说了，至于《水浒传》里的精神，在当时的民间已经被消灭了。因此，这个说法其实主要说的并不是《水浒传》。

还有人说，这本书讲来讲去，无非四个字——官逼民反。但是仔细分析就会发现，上梁山的好汉里，大部分不是民。尤其是能力比较强、故事比较多、在山寨里位置比较核心的好汉，大多是小官僚和地主，还有卢俊义、柴进这样的大地主。而且正因为是大地主，在梁山中的地位也更高。

文学评论家李庆西把这些混杂的概念区分开来。他说，我们之所以觉得《水浒传》既“犯上作乱”又“替天行道”，“只反贪官，不反皇帝”，逻辑混乱，是因为它的真正命题是“用江湖来融合庙堂”。

施耐庵的叙事策略，是把“替天行道”里的那个“天”，也就是儒家政治理想，与高俅、童贯所代表的官僚集团彻底剥离开来。皇帝是儒家理想和王权的象征，而官僚集团是国家机器。施耐庵认为，这个官僚集团完全腐败了，呈现出流氓化特征，但是王权制度和皇帝的权威必须得到捍卫。谁能做到呢？居然是宋江他们这伙占山为王的流寇。

就连梁山上出身最低、性格最桀骜不驯、主动犯法的阮氏三兄弟，出场时唱的都是“酷吏赃官都杀尽，忠心报答赵官家”。一百零八条好汉凑齐后，宋江公布了招安的山寨愿景，把“聚义厅”改为“忠义堂”。很多古代的批注者都在此处提醒读者，这个“忠”，是梁山泊的一次关键的价值升级，他们的自我设定从打家劫舍迭代为“替天行道”。用李庆西的话说，就是产生了“重建国家伦理秩序的政治诉求”。

儒家读书人向来信奉“礼失而求诸野”，当庙堂之上没有了正统道德礼仪，在民间还存在着修复道统、维护皇权的希望和可能，这是古代民间文人的自我救赎想象。所以，如果你是皇帝，施耐庵起码很想和你合作，你还有得选。

那么皇帝会不会选施耐庵呢？看心情。

很多人不喜欢《水浒传》后面的“招安”情节，特别是金圣叹。他批点的《水浒传》七十一回本，删掉了“招安”“征四寇”等后半部分，用卢俊义的“恶梦”结尾，以此预示梁山好汉全伙被朝廷杀头的悲剧性结局。这个版本在之后的两百多年里取代了百回本和一百二十回本，是清代被刊刻最多的《水浒传》版本。

我个人很不喜欢金圣叹做的这件事：你有本事就自己写一本，凭什么篡改别人的？当然了，一码归一码，“手欠”也不是杀头的罪过。金圣叹最后的惨死倒也说明了一件事：古代的很多事情，乃至最重要的事，往往没有一定之规，要看办案者和皇帝的心情。说是心情，其实也要看他们的处境，看他们是怎么预估威胁的。

在历史上，招安和征方腊[1]是真实发生的情节。“招安”这个词最早出现在五代时期，之后很多朝代都有。宋代内忧外患，武力相对较

1 即方腊之乱，北宋末年在浙江、江苏一带的一次民变，后被北宋朝廷镇压。

弱，更是得常规性地使用。官府组织起来的剿匪、抗金和海防等军事力量，很多来自对游民和盗贼武装的招安。尤其南宋失去了半壁江山，更是要靠“忠义”来团结一切能团结的力量，这是南宋军民苦撑下来的动力。我觉得招安是有“积极意义”的，至少可以少死很多人。

对于历史上那些真实的梁山好汉而言，招安是他们的最佳选择，也是回归主流社会的唯一途径。如果成功了，那他们在民间社会就可能成为最受羡慕的人，既杀人放火，又荣归故里，各种便宜都占了。

招安的情节，虽然金圣叹不喜欢，在古代俗文学里却是最受欢迎的。有一种故事类型就叫“发迹变泰”，说的是草莽英雄上岸以后如何建功立业、荣华富贵的故事。这种书连宋朝的皇帝们都爱听。

“招安”这个词到明代就基本不用了，类似的手段叫“抚”，这么说显得朝廷更主动。当时的盗贼把接受招抚当成发展策略，打一打，谈一谈。明末的张献忠[1]就是在造反、被招抚、再造反的循环里，势力越滚越大。到清代，招抚手段就很少用了，因为国家军事实力变强，彻底剿灭叛乱就是了，不需要讨价还价。

再来看那个笑嘻嘻的吴承恩，对皇权而言，真的“人畜无害”吗？

《西游记》不只有滑稽，它还在嬉笑怒骂中否定了当时的主流观念，几乎看不到想要和皇权合作的态度。勾出唐僧去取经的是唐太宗的一件私事，他因为没有实现救泾河龙王的诺言而被冤魂纠缠，所以要做法事来为个人消灾。而唐僧则是要借机引入西方的大乘佛经来

1　明朝末年农民军领袖，在四川一带建立大西政权。

教化大唐民众，维持国运。从这个开篇看，唐僧的胸怀和境界就比皇帝要高。真实的历史与此也有对应。玄奘西去印度并没有得到官方授权，而是偷渡出去的。李世民父子热衷于道教，对佛教兴趣没那么大，玄奘虽然载誉而归，其实处境很尴尬。在小说结尾，唐僧在西天见到了佛祖，作者还借如来之口敲打儒家和皇帝：你们东土大唐有那么好的物产土地，有孔教立下的仁义礼智，有皇帝的刑罚，结果还是多贪多杀，多淫多诳，不忠不孝，不仁不义，算啦，我给你些经，拿回去教化他们吧！

当然还有其他证据。

《西游记》里的道教和佛教系统很不一样：佛教是超脱的，佛祖和菩萨是信徒们想象的样子，有自己的世界，不太参与世俗事务。而道教的神就不一样了，说是神灵，其实是个完整的官僚集团，从玉帝到土地，都能和现实社会一一对应。他们的权力高度集中，分工明确精细。孙悟空去佛门求助，菩萨可以说走就走，道教的神却要上天向玉皇大帝请旨，不敢妄动。

在小说里，这个权力集团不是什么高大正面的集团，管理水平很差，经常有神或其下属私逃下界幻化成妖精吃人。他们在天上也作威作福，地上的人因为一件小事冒犯玉帝，就被惩罚整个地区三年荒旱，颗粒无收。等到这些神真遇上事了，才发现天兵天将的本事可以欺负人间，却没有能力自保，被孙悟空大闹天宫闹得不得不向如来求救。吴承恩对权力的讽刺比施耐庵要深入得多。相对而言，他才是那个否认正统体制，不打算和皇权合作的人。

这是有时代原因的，明代的士人发起了对儒家正统最大、也最严重的一次理论威胁。《西游记》的成书年代是儒学中的“异端”——

心学大行其道的时候。这派文人主张把佛教引入儒家，小说也深受这种主张的影响。在皇权来看，他们所持的是更有颠覆性威胁的主张。

或许可以这么说：《水浒传》代表民间社会主动希望融合庙堂，修复权力体制的渴望，同时也有一点儿自为的精神；《西游记》则是另类文人们从价值观深处发动的一场彻底的质疑，更加消极。

袍哥吃讲茶

如果你是四川人，请原谅我班门弄斧，谈论历史上的“袍哥”。“袍哥”如今属于“黑社会”，社会学研究里称之为“秘密社会”。

1946 年，燕京大学社会学系的毕业生沈宝媛完成了自己的学士论文《一个农村社团家庭》，分析的是发生在四川西部一个小镇上的案例。这个镇上有个佃户叫雷明远，别看他是佃户，却根本不下地干活，整天就在茶馆里坐着。因为他是当地袍哥的二当家，被称为“副舵把子”，是个没人敢惹的人物。小镇上的人传闲话，说他没出嫁的女儿和家里请的小裁缝关系不清不楚。雷明远大怒，扬言要收拾这对恋人。雷明远的妻子是后娶的，不是这个女儿的亲生母亲，倒是心善，悄悄放她和小裁缝私奔了。雷明远就带着他的袍哥兄弟，赶到成都小裁缝父母的家里，把两个人抓走押了回来。雷明远耀武扬威地把他们绑在河滩上，要当众枪毙他们。乡亲和邻居们看不下去，在那时，这也真算不上多么伤风败俗的事。这个袍哥二当家这样做，只不过是为了维护自己的面子。他晃着枪说：“谁敢劝的话，小心枪子不认人！”临刑前，他还对女儿说：“没事不要回来，不要把屋头弄得乒乒乓乓的呵！要报仇就去找那个害你的，不要找我！”开枪后，小裁缝和女儿先后被打下了河里。街坊中的好心人央求大家去救人，没想到跳进河里的两个弟兄反而直接把女孩儿淹死在水里，她的尸体顺着河水漂向下游。

雷明远觉得这件事能巩固他在袍哥中的声望，但当地人只觉得他心狠手辣，没有人味儿，当爹的杀死女儿，迟早要给他家带来霉运和报应。这件事发生在1939年，虽说是抗战时期，但当时的中国好歹也是有法律的现代国家。一个佃户出身的袍哥，便可以滥用私刑，当众持枪杀人。

四川的袍哥组织就是哥老会，袍哥又叫“汉留”。有学者考证，袍哥起源于清朝道光年间。我看到的材料显示，这个时间可能更早。明末清初，四川经历了从张献忠起义到“三藩之乱”[1]的战争屠杀，满目荒凉，人口锐减，全省只剩下几十万人口。之后便有了“湖广填四川”，清政府调动湖北、广西等地人口迁入四川垦荒。反正也不是什么好地方，来了就是四川人，可以入籍安家。

这场大移民是袍哥的温床。人口的数量、质量一变化，社会结构和社会关系肯定要跟着变。大移民打破了宗族格局，建立了新的基层秩序。到清朝嘉庆中期，四川移民的比例是85%。当时官方对四川民间的描述是：百姓没有家族管束，毫无礼教维系，呼朋引类，四处结拜，不法之事时有发生。

“湖广填四川”是盲目的，没什么计划性。后来的流民到了四川，发现已经没有耕地可以开垦，再加上有些人原本就游手好闲，很快便和当地流氓混在了一起。清朝乾隆八年，四川巡抚在奏折里说：省外来的无业之人，学习拳棒，携带凶器，成群横行，号曰“啯噜子”。这个“啯噜子”就是哥老会的前身。

1 “三藩”主要势力分别是平西王吴三桂，镇云贵、四川与湖南；平南王尚可喜，镇广东、广西；靖南王耿精忠，镇福建。清朝康熙初年，因朝廷决定撤藩，以吴三桂为首的三藩起兵反抗，于1681年被平定。

袍哥的真正膨胀是在清末民初。当时政局不稳，军阀像走马灯一样变换防区，地方政府根本无力管理社会。情况就像电影《让子弹飞》里那样：流水的县长，铁打的黄四爷。整个四川的民间社会权力几乎都落在袍哥组织手里。袍哥是分散的，没有权力中心。雷明远的生杀大权，就是这样取得的。

在民众眼里，袍哥亦正亦邪。有的拥有私人武装，走私抢劫，被称为“浊水袍哥”；有的会维护地方治安，组织办学校、做公益，这叫作“清水袍哥”。

袍哥组织和我们一般印象里的“黑社会”有点儿不一样。首先是数量极为庞大，到了民国时期，四川一大半成年男子都加入了袍哥组织，从上层军阀到下层劳动者，还包括僧人、乞丐这样的社会边缘群体。在军队里，不是袍哥的话，根本就没法混下去。既然几乎人人都是袍哥，它到底算非法组织还是其他什么呢？

其次是社会功能复杂，最有代表性的一个现象叫“吃讲茶”，发生了民间纠纷，到茶馆里请袍哥的头面人物主持评理。历史学者、澳门大学历史系教授王笛写过一本《袍哥：1940 年代川西乡村的暴力与秩序》[1]，还写过研究“吃讲茶”的论文。

茶馆是袍哥最主要的活动基地，有的茶馆会直接把袍哥的牌子挂在外面。老成都人说，以前郊区的茶馆，没有一家不是袍哥码头。茶馆适合袍哥的生存模式：来往社交方便，三教九流混杂，搞起秘密活动来反而比在居民区里更隐蔽。就算败露被抓，也不至于牵连家属。在美国电影中，黑手党也是整天泡在餐馆和夜店里。

“吃讲茶”可以说是当时的民间法庭。一般程序是双方邀请一个

1 王笛：《袍哥：1940 年代川西乡村的暴力与秩序》，北京大学出版社 2018 年版。

有声望的袍哥进行调解，先各自陈述理由，然后由中间人做裁判。错的一方支付茶钱，当众赔礼道歉。有时还会在茶馆里现场进行赔偿和私刑惩罚。这就涉及历史上的民间秩序和基层权力分化。

我猜测“吃讲茶”大体是公平的，这个习俗来自老百姓的“用脚投票”，不是暴力能胁迫的。秘密社会组织自有其价值观，但没有改造社会的大目标。它的生存方式不过是在大社会中建立一个小系统，可依靠的只有信任，组织内的成员之间必须提供互利。“吃讲茶”要维持公道和效率是组织生存需要，和个人善恶、性格的关系不大。

我在四川耍的时候，除了看到遍地茶馆，还见过小镇上民国袍哥老大们的房子。这些房子建在临河的一面，院墙高耸，四五十间连成一片，一看就是有故事的地方，仿佛那门还能随时被推开，走出一个矮小却精光四射的人。

京戏小传统

内行看京剧，简直如同临考，台上的唱念和动作，要分辨哪家哪派，每句叫好要在“裉节”上，瞎鼓掌、乱叫“邪好”是会招人白眼的。

都说京剧里有文化，这个文化到底是什么呢？

从文学性来说，剧本里的好文字并不多。《斩黄袍》唱赵匡胤是“天作保来地作保，陈桥扶起龙一条”，这词好吗？一点儿也不好，牙碜。有人说京剧名段《二进宫》里的唱词就没一句是通的。京剧讲究的是唱出来“挂味儿”，所以虽然词句粗俗不通，但音韵没有不精致的，要改也不是那么好改的。

京剧体系的独特在于写意性和虚拟性。近一百年来的京剧改革，总有人尝试添加写实成分，用现实的布景和道具。梅兰芳也试过，一演才发现不对，布景实了，人就被限制在一个固定空间里，连身段都施展不开。

在电影《侏罗纪公园》中，一切的起因就是科学家从一个白垩纪的琥珀封存的一只远古蚊子中，提取到了恐龙的血液，由此获得恐龙的部分基因，成功复活了恐龙。京剧也一样，正因为这种闭合性、写意性，因为它的词句和表演不那么容易改，才封存了活的基因。

不过，这并不是我要讨论的文化。我要说的是京剧里的民间社会基因。观察中国传统社会，我们很容易默认老百姓接受的观念来自官府对儒家经典的宣讲。现实是，古代的大多数民众没机会接触典籍，可能也一辈子没进过官府，不认识什么读书人。然而，无论多偏远的地方，我们都可以看到贞节牌坊。哪怕是一辈子不读书、不识字的妇女，也会把那些和人的本性相违背的、需要他人灌输才能获得的观念作为信仰。

那些观念，是怎么沿着山路，弯弯曲曲地进入穷乡僻壤，影响不识字的人呢？就是听书、看戏啊。

戏剧改革里有一个说法：京剧是帝王权贵的玩物。但在 20 世纪初，有个外国戏剧学家到中国考察，道出一个事实："世界上没有哪个特权阶层会需要两千个剧场。"以当时人对京戏的热衷来看，这是彻底的大众文化。

思想家王元化先生是戏迷。他以"小传统"来定义京剧的价值。中国文化的"大传统"是文人和士绅所代表的上层文化，被文人精英们反复思考，靠书面传承，最有代表性的就是正式的历史；"小传统"则是以老百姓为代表的民间文化，形式是戏曲、评书、民谣、古典白话小说和佛经故事，等等。民间社会是通过小传统来接受大传统。

过去的老百姓在说话、对一件事进行判断时，不是说《论语》如何讲，而是说你看哪部戏里是怎么演的。老百姓不会说"以史为鉴如何如何"，而是说"你看关公如何如何"。

来看一个道德命题和两出戏。这个道德命题是有名的"忠孝双全"。皇帝的愿望很单纯，就是让忠君思想彻底地吸收孝道，既要绝对忠诚的操控性，又要普遍孝道的舒适性。具体的办法，尔曹给朕去想。

在孔子的时代，还没有大一统的君主，他可以强调依靠"孝"来平衡社会。孔子在《论语》里讨论法律案例时，表达过自己的观点。话说有个做父亲的偷了羊，儿子去告发。有人说这个儿子正直守法，是大大的良民。说这话的是楚国人，孔子眼中的蛮夷，中了法家的邪说。所以孔子很有几分骄傲地反驳说：我们那儿不这样，在我们那儿，父亲要为儿子隐瞒，儿子要为父亲隐瞒，这才是正直[1]。

直到今天，我还是觉得孔子的话有道理。我在乎的不是什么是正直不正直，而是人的自然本性是倾向于自己的亲人的。我有身体上的痛苦，也有感情上的痛苦，可是如果没有两者的痛苦，我就不是人了。现代法律普遍设置“亲属拒绝作证权”，就是承认人的本性，避免这种痛苦的两难选择。

孔子很高明地把亲情本性用理性去放大，规定了“孝”的种种信条。这些信条在西方语言里是很难被翻译的。等到孔子的思想后来被皇权改造，事情当然又不一样了。在汉代的儒家经典《孝经》里，忠君成了最高级别的孝。但在现实中，具体的“忠孝”冲突案例始终让儒家精英感到棘手，因为道德价值的排序问题永远是大问题。

民间的文化小传统则另有表述。在京剧《四郎探母》中，杨延辉兵败被俘，在辽国改了姓名，与铁镜公主成婚。他听说母亲佘太君挂帅出征辽国，要去相见，公主冒险为他盗了出关的令箭。母子相会，佘太君唱：“一见娇儿泪满腮，点点珠泪洒下来。”杨四郎唱：“儿困番邦一十五载……胡狄衣冠懒穿戴，每年间花开儿的心不开。”

佘太君有句话很感人：“你夫妻恩爱不恩爱？公主贤才不贤才？”这真是妈妈问儿子的话。她劝四郎留下，四郎回答：“孩儿岂不知天

1 出自《论语·子路》。叶公语孔子曰：“吾党有直躬者，其父攘羊，而子证之。”孔子曰：“吾党之直者异于是。父为子隐，子为父隐，直在其中矣。”

伦为大，忠孝当先。此时若是不回去，你那贤德的儿媳与那小孙子，就要受那一刀之苦。”佘太君也同意了：“大破天门扫北塞，我儿一定转回来！”

这故事俗得有人情，有无奈的可爱。自然一直有人不喜欢这戏，说是“投降主义”。对这种能从一出老戏里看出“主义”的人，我远远见到就会避开。他们所喜欢的那种戏是很“变态”、很吓人的。比如《别母乱箭》是近代京剧艺术家谭鑫培的拿手戏，说的是闯王李自成起事，岱州总兵周遇吉兵败，回到宁武关来见母亲。母亲和他一番交谈，说：“你是怕战死沙场，没人侍奉我，是不是？我听说昔日有个王陵母，难道我这个未亡人就怕刀剑吗？”王陵母是楚汉相争时的典故。刘邦部下王陵的母亲被项羽抓到，要挟王陵投降。王母怕儿子为难，就自杀了。至于王陵所效忠的刘邦，在亲爸爸被项羽抓住时，嬉皮笑脸地说：“你要煮我爸爸，就分我一杯肉羹。”这是流氓或皇帝的本色。总而言之，在这出戏里，周遇吉一家老小都如此这般地坚决赴死。随后周遇吉出城应战，死于乱箭。李自成赞叹他是忠臣良将，将他好生安葬。

民间上演这样的戏，也许是因为当时的皇权把社会压到了扁平，导致山野里的娱乐都如此面目可憎。台上只剩下这种声色俱厉的戏，小传统里的民间也就渐渐消散了。

另一种样子

我喜欢读导演、作家徐皓峰[1]的小说，书里有中国人的另一种样子。大概是因为他忙的事儿多，他的小说下笔快，文字急促跳跃，故事在跳脱中格外有力，世界观自成体系。咱们只说《收获》杂志曾经连载的长篇小说《大日坛城》的开头一幕。

故事的背景是抗战时期。战前，许多日本特务和浪人[2]潜伏进上海，其中有一个剑法高超的武士，参透了一代剑圣宫本武藏留下来的秘籍。他的领悟是：宫本武藏根本就不懂剑法。他创立的“二刀流”是左右手均持剑，这其实是农民的打法。受过武术训练的人都知道，同时拿两件武器会分心，导致灵敏度降低。宫本武藏纯粹就是一个天才，凭借过人的力量和最直率的招数降服了当时日本的武士，后人照着他的书是练不成剑法的。这个武士在上海看到了一个中国围棋高手，下棋的境界就和当年宫本武藏的剑法一样，看似不懂棋，却连续击败了日本的职业棋手。日本国内有人不能容忍，派出了杀手。下棋和习武，在精髓上是相通的。为了保护这个几百年一遇的天才，也为了领悟武学的巅峰，这个日本武士加入了围绕一个棋手的势力角逐。

1 徐皓峰拍电影时的署名是徐浩峰。

2 指四处流浪的落魄武士，是日本近代社会十分复杂又具有一定势力的一类人。

徐皓峰从金庸、古龙的样本里突围出来，自成一派。他拍的武打片也特别，没有武术组，由他亲自训练演员，一边拍，一边自己设计动作。武打片对动作的理解就是作品的世界观。动作设计要和影片的情节、意境相匹配，所以导演不能把动作戏全部交给武术指导。在徐皓峰的电影里，2015 年上映的《师父》口碑不错，票房却只有 5500 万左右。

他说：讨好现在的电影观众很容易，只要在审美上做到“吃尽穿绝”——也就是暴发户的品位——就行了。中国电影在 20 世纪 80 年代成就非凡，那时候的电影嫁接了法国的纪实美学、苏联的散文电影，拍出来像《城南旧事》《林家铺子》《小花》这样的作品，故事被打得很散，靠意境连接。中国人的文化欣赏习惯是适应这种风格的，当时的反响也很热烈。待到好莱坞大片引进，似乎观众的观影口味突然变了。现在，大家进影院通常抱着强烈的消费心理，“吃饱了就走”。如果看到了一点自己不知道的东西，就觉得这张电影票的买卖做错了。

而徐皓峰电影里的江湖世界、人物动机乃至故事线，都埋藏得很深；人物对白也是话到嘴边留半句，让人听得云里雾里。他展示的武林规则和武术道理要比动手打斗多，常常让观众怀疑：这还叫武打片吗？

2020 年，很多不老的人也老了。算起来，约翰·列侬[1]应该 80 岁了，功夫巨星李小龙也 80 岁了。李小龙学过哲学和心理学，能用现代语言解释中国传统武术形成的经验。讲哲学不讲玄学，正是中国武术需要的。有人问李小龙能不能打赢重量级拳王阿里，他回答：你看

1　英国摇滚音乐家、歌手，披头士乐队成员。

我这双瘦小的手，他会杀了我的。

李小龙拍功夫片的目的之一是表达自己的武术理念。西方观众接受他，也是因为他展示的功夫看起来具有实战性，和拳击的原理一致，并不玄幻。徐皓峰觉得多数观众习惯的武打片其实不是武打片。武打片诞生之初，反映的是整个社会的压抑情绪。它最大的魅力就是以离奇的方式来映射当代社会。

徐皓峰的电影中隐喻的现实，我们既熟悉又陌生。按他的描述，西方讲英雄崇拜，中国传统社会里则没有英雄概念。在民间话语体系里，关羽、岳飞不是英雄，而是神灵。他们的血统、能力、思维都跟常人不同，神秘而无法亲近。

世俗江湖里受崇拜的是“大哥”。大哥是可以亲近的，江湖人以“大哥”为核心构成了群落。过去人说“我这辈子就服谁谁谁，我听他的”，就是找到了归属关系。大哥可以把你我都会的事做得比你我都高明。这种江湖不是武力打出来的，是通过做事和说话，使他人服气，逐渐建立起来的，核心是规矩和荣誉。

在徐皓峰的小说和电影里，我们常常能看出从这套逻辑里衍生出来的场面：江湖上做事，双方即使事先对这件事已经有一个约定，还是要每一步都得到对方的认可。一方违背约定，另一方就可以毁约。为了面子，恐怕也必须毁约。而一旦毁约，双方的关系就变成了为达目的不择手段，直到其中一方丧命，关系终止。所以步步守约的君子之争是最安全的。从这一点可以再进行一番推论：走江湖的时候，遇事不决，问朋友就不如问敌人。朋友给的主意可能惹祸，而问清了敌人的意图，才能保住命。

这样解释江湖的险恶，超出了尔虞我诈的阴谋论。那么，规矩立起来了，荣誉从哪里诞生？很大一部分在于对行业技术的掌握和传承，武术只是其中之一。有人羡慕日本人的“匠人精神”，其实这份精神，中国传统里一直就有。中国人通常用器物来纠正内心，比如孔子用弓箭的道理教导学生[1]，文人用笔墨和文玩来修身。器物蕴含着道德含义，工艺水平是可以影响民族精神的。

我还从徐皓峰的书里学到了一个词，是过去武术家的守则，叫“万事不入”，即除了练武，对酒色财气这些能成瘾的事情都不沾染。武术家在学武之初向师父立下学艺誓言的同时，就要把这些念头断掉。以后只要他说“我向师父起过誓”，任何人都不敢向他劝酒。所谓“有多大的信念，才有多大的功夫”。武术和手艺一样，把一辈子的精力用在上面，为的是关键时刻成就自己，余生不鄙视自己。

我在徐皓峰的小说《白色游泳衣》[2]里读到这么一段话：“人活一世，唯我独尊，他人是假象，看见的都是想看见的，遇到的都是想遇到的……所遇之人，是心造作，变出一个个人来，以看清心底每一角落。无一人不是我，我之外无一人。”

就说到这里吧。

1　出自《论语·八佾》。子曰：“君子无所争，必也射乎！揖让而升，下而饮，其争也君子。”意思是，君子没有可争的事情。如果要争的话，那就是射箭比赛了。赛前互相作揖行礼，赛后互相喝酒致敬。这样的竞争，具有君子风度。

2　徐皓峰：《白色游泳衣》，江苏凤凰文艺出版社 2020 年版。

4

生死
不自由

ALL
THE SAND
IN
THE WORLD

第四场对话

这场对话，我们要走进中国人自己的生活。我选了一个有点儿刁滑的角度：古人是怎样想象和讲述死后世界的。

都说中国人专注于现世，对终极问题采取拖延态度，是不是真的如此？

都说中国人没有宗教生活，是不是真的如此？

我看要先定义何为终极、何为宗教。而且，宗教之外还有一个所谓巫术、迷信、民俗构成的世界。它们发挥着真实的作用，那分明是人在为建立生活而做的努力。

在对话里，我讲了不少曾经的鬼故事，又借用了许多来自人类学、社会学、宗教学、民俗学的发现，希望拼出一个新鲜的样子出来，观看我们为什么对世界抱有这样的态度。

我们为什么如此生活？

中国传说里的阴间世界解决了哪些真实的问题？

妖怪和鬼话的起点在哪里？

它们为什么会被虚构出来？

我的这场拼凑当然充满了冒失。

烧纸中的人类学

“未知生，焉知死”，我这次故意反着说，从对终点的想象来观察中国人过日子。

不同地方的祭祀风俗不大一样，但大体上都是先向亡灵上香，再摆供，再焚化纸钱。这“三步走”可以追溯到很远，也符合全世界普遍的宗教流程。

烧香是缓慢的燃烧过程，就像其他宗教仪式会点燃蜡烛一样。它被视为一种召唤，将人从日常状态里逐渐分离出去。

在摆上祭品、准备纸钱的中间环节，人和鬼神世界开始沟通。商代人信仰的鬼神多且杂，最重要的是由祖先构成的神灵。

《史记》记载了商纣王的一段话，大意是：我生下来就有天命，这是列祖列宗给我的。周人能把我怎么样？

周人能把他怎么样，当然是发动武装革命把他给“灭”了。接下来，周王朝检讨历史，认为在天命的轮转法则里，德行也是要紧的，应该在祖先祭祀里强调礼仪教化。

我们看博物馆里的商周青铜器就会发现，古代那些重要的礼仪规则几乎都和吃饭有关。青铜器分四大类二十多种，名字大多很难写，原型几乎都和饮食有关，属于炊具、餐具和饭前洗手用的盥洗用具。它们在祭祀中的功能，就是让鬼神通过吃饭（古人称之为“歆享”）

来和活人交流。在这个过程里，我们亲切而恭敬地默念祖辈，作为一种情感释放，整场仪式也在释放中迎来了高潮。

最后的烧纸钱，物理上是一个迅速的燃烧过程，有的地方还会放鞭炮。它所实现的功能是让人的精神和日常生活再度结合在一起，谓之礼成。

抽象地看，祭祀就是两个世界的分离、沟通和复合的过程。

近几年，国内常见的大票冥币不知道怎么流传到了国外，在海外视频网站上还挺流行，不少人在视频里说自己仿照中国习俗给祖先烧了纸钱，获得了意想不到的好运气。这样的民俗交流是预料之外的。有一位叫柏桦的美国人类学家研究中国的纸钱，发现人们在烧纸时会做一个动作——不断地抖动和拍打那些黄表纸叠成的纸钱。中国人给他的解释是：把纸钱弄蓬松了易燃。但是他觉得没这么简单，这个动作明显超过了必要的程度，其中应该含有某种仪式化的东西。

柏桦还找到一个说法，中国人相信自己用模子打的纸钱、裁的金银纸，还有自己叠的“元宝”，比那种印阎王爷头像的冥币（我们那里叫“大洋票子”）的价值要高很多。但这种相信并不是出于想省钱的心理。他的观察没错，我从五六岁起就跟着家里的老人叠纸钱烧纸，经验异常丰富。我叔叔英年早逝，爷爷自己刻了一个木头模子，为他的小儿子打纸钱，用那些缓慢的动作来代替哭泣。

柏桦推测，烧纸风俗起源于中国的传统价值观：在农耕生活里，劳动是真实的牺牲，更能体现情感价值。我们表达对他人的心意时，用真实劳动的形式更真诚。送给对方自己制作的礼物，请他到家里来吃一顿饭，比直接花钱买份礼物和在饭店请客要好。对于逝者也是如此，烧现成的、买来的冥币和黄纸，人总会有那么点儿不好意思，起码要通过不停地抖动和拍打，以示自己是花费了功夫的，也显得有一点儿神圣的意味。文化表达和情感表达一样，有时你想不到它会从什么地方“通”过来。

清末的怪杰、留着小辫子又精通多国语言文化的学者辜鸿铭有一件轶事。他在英国留学时，房东太太看他在祖先牌位前焚香、陈列供品，就嘲笑说：“辜先生，你的祖先什么时候能闻到你摆的这些鸡鸭鱼肉啊？”他回答说：“在你的祖先闻到你在墓前摆的鲜花的时候。”辜鸿铭爱胡搅蛮缠，这次却答得准确：你的鲜花，我的烧纸，没有高低先后之分。

研究烧纸的美国人柏桦并不是亚裔，他的本名叫布雷克（C. Fred Blake）。当然，他的研究没有猎奇姿态，只是探寻“是什么”和“为什么”。西方人类学研究者在初始阶段是跟着殖民者做记录，充当两种文化之间的“翻译官”。近五十年来，这一学科的研究基本摆脱了简单的二元对立，不再以文化、民族为分界，而是侧重于研究特定行业、社区，或者经历过特定事件的人群。

社会学家费孝通先生晚年有个十六字箴言：“各美其美，美人之美，美美与共，天下大同。”每个民族都有一套自己的东西，外人初看觉得不堪入目，然而有了身在其中的体验，明白了其中一些习俗的价值与功能，就能容忍“各美其美”的差异，获得“美人之美”的体验。至于何时由“美美与共”而“天下大同”，费孝通先生说，“美美与共”是不同标准融合的结果。老人最后留给世界的善意往往如此。

再读《山海经》

西方宗教里的妖魔有专门的谱系和学科研究——恶魔学。恶魔学在中世纪最为发达，这也是欧洲人信仰最虔诚的时代。这也不难理解，要宣扬神圣，总需要先有个对立面。而在中国，要不是佛教带来了从观音到哪吒、龙王、夜叉这一大票人物，我们的神话可能都不好讲。

至于鬼怪的来历，就更杂了。这方面没有什么权威，同一个鬼怪在不同地方的说法可能也不一样。法国人类学家、神话学者列维-斯特劳斯提出过一个命题："神话终止于何处？而历史又从何处开始？"神话是静止的、封闭的，历史是开放的、持续变化运动的。中国神话消失得早，原因或许是我们太擅长理性的历史记录。

如此一来，二者之间的过渡阶段就很值得关注了。在我们民族的童年，也就是那个模糊的神话时代，"暗涌"着我们今天生活里那些说不清、道不明的东西。《山海经》正好介于从神话进入历史的关键时期，有很多秘密可挖。

清代《四库全书》把《山海经》归入神怪小说，现代史学界则把它视作非正统史料。要是为了看故事，那《山海经》里其实没多少。它的格式是一行一行的条目，说的都是：某个地方有座什么山，有个什么方国[1]，那里有什么奇怪的人和动物。有的条目还夹杂一些神话和占卜内容。要论好看，还是插图版好看。鲁迅小时候想弄一本《山海经》，是为了看里面“人面的兽、九头的蛇”。现在，它也是用于制作漫画和电子游戏的好题材。

《山海经》的名字容易引起误会。主流说法认为，书名中的“经”为“经界”，也就是疆域和界限；而神话学家袁珂认为它是“经历”的意思[2]。所以我们也可以认为，这本书很实用，相当于上古时代的地理书和旅游手册。

今天，《山海经》的通行版共有18卷，分为《山经》(5卷)和《海经》(13卷)。用现代学科分类的逻辑看，《山经》和《海经》属性不一样——《山经》谈的是山川万物，动植物和草木，类似博物学。《海经》分海内、海外和大荒三部分，说的是时间和空间问题，属于天文、地理学范畴，反映的是上古时代的世界观。

我直接翻译一段：

> 再往东三百七十里就是杻阳山。山的南面盛产黄金，北面盛产白银。山里有一种野兽，形状像马，长着白色的头，身上的斑纹像老虎，尾巴是红色的，吼叫的声音像人唱歌。这种野兽叫鹿蜀，人穿上它的毛皮就可以子孙昌盛。有一道怪水从这座山里发源，水里有很多暗红色的龟，长着鸟一样的头、蛇一样的尾巴，名字叫旋龟。这种龟的叫声像劈木头

1 诸侯部落与国家。

2 所谓“山海经”者，实为所“经历之山海”也。

的声音，（吃它的肉）能治耳聋和脚病[1]。

据现代学者考证，《山海经》的成书历程很长。书中既有周代初年的世界观，也有战国、秦汉时代的文化痕迹。语言学家从语法上考证，它的主要成书年代是战国中期到后期。此外，《山海经》还具有文献学价值，因为它幸运地躲过了汉代儒生们对先秦书籍的集中篡改，保存了古老的痕迹。

汉代以前，《山海经》被当作严肃的地理学著作，只是后来被推翻了。原因有两个：其一是独尊儒术以后，确立了儒家的地理学思想，《山海经》那一套不能用了；其二是汉代打通了西域，人们的活动领域变大，使臣们亲眼看到，《山海经》记载的西方世界根本不是那么回事儿。

但今天来看，书中和现实不一样的地方，其实比它如实的部分更有价值。我的理解一半是摘引自学者的研究，一半是我的猜测。

第一，《山海经》的世界本质不是混沌，而是秩序和理性。看前文我翻译的那一段就知道，书里的山川河流，是按照方位、距离、植被、物产、鸟兽这个固定顺序来讲的。写动物也是先写头、身体和皮毛，再写习性和叫声。作者仿佛在建立分类学目录。

人“坠入”自然之中，通常会先感到诧异，进而产生解释的愿望，想为世界立法，为万物命名。从古至今的知识更替，无非是这些解释行为的升级。这种建构的努力是动人的。经过这个阶段，中国人的世界观逐渐成形。

1 原文：“又东三百七十里，曰杻阳之山，其阳多赤金，其阴多白金。有兽焉，其状如马而白首，其文如虎而赤尾，其音如谣，其名曰鹿蜀，佩之宜子孙。怪水出焉，而东流注于宪翼之水。其中多玄龟，其状如龟而鸟首虺尾，其名曰旋龟，其音如判木，佩之不聋，可以为底。”

第二，《山海经》的世界也许是一个完整的巫文化世界结构。考古学家张光直提出的“环太平洋文明底层”理论认为，早期泛太平洋地区的古代文明，如古中国、古美洲，都拥有一个共同的文明形态，特征是信仰萨满，使用同一套宇宙框架的世界观，主张世界上的自然现象和超自然体验都是巫术的结果，等等。

这能说明为什么古中国和古美洲在考古上有那么多相似的发现——不是因为谁是谁的祖先，而是因为二者拥有共同的文明底层。但在学术上，说一件东西“有”容易，说“没有”难；判断“不是什么”容易，判断“是什么”难。目前看来，张光直的这个理论只能算假说。

但至少在《山海经》里，从世界观到细节，我们都能看到普遍的巫文化痕迹。典型的巫术世界观认为：世界是平行的四个方向，也就是四个象限；其中有各种神灵，各有代表性的颜色。宇宙分为很多层，每层都有一个统治的神灵和相应的居住者，各层之间有一根中央之柱贯穿……在全世界许多古代文明图腾里，我们都能看到柱子、神树这些形象。《山海经》里也能找到很多类似形象，其中那根重要的中央之柱，叫作“昆仑”。

昆仑在中国文化里被称为“天地之轴”。西方地理概念的“轴”是旋转的轴心，而中国古代地理概念的“轴”指的是大地的中心和制高点，也叫“极”。《山海经》里记载的昆仑，是天帝在下界的都城，里面有神仙居住的宫苑。主管都城的天神叫陆吾，生着老虎身体，有九条尾巴。神话学家曾考证，这九尾其实是九个头，每个头都长着人脸。昆仑山分上、中、下三层，人走到中层就可以不死，走到上层就可以成神。法力强大的巫师可以在各层之间自由来去。

昆仑的原型到底是哪座山？对此众说纷纭，《楚辞》和《史记》

里都有对它的记载。可以说，它在历史典籍里的位置是漂移不定的，对它的记载也有一个从原始到文明的过程。我想，它不一定是地理概念，还有可能是巫教世界的概念。

《山海经》对动植物的描写，也遵循了巫术的法则。比如，书中记载了一种形状像牛的鱼，它栖息在山坡上，长着蛇一样的尾巴，还有翅膀。人吃下它的肉就不会患痈肿疾病。又比如，书中描述了一种长着三个脑袋、六只眼睛、六只脚和三只翅膀的鸟，人吃了它的肉就不会有睡意。

在巫文化里，万物有灵，人和动物是对等的。各种动物都拥有自己的神灵，而且体形都特别大。宫崎骏的电影《幽灵公主》中的山猪神就是如此。还有，人和神奇动物的能力可以彼此转化。方法很简单，就是佩戴对方身体的某部分或者吃掉对方。而《山海经》在描述某个动物时，会说它吃不吃人，或是反过来说人吃了它能治什么病。这是法力和能量的转换。古人记录时的态度是郑重严肃的，也有获得新知的惊喜。

阴间进化史

中学课本上有一幅画，是马王堆一号汉墓出土的T形帛画。该帛画分三部分：上部是天上世界，有人首蛇身的神灵；中部是人世间；下部是大地和幽冥世界，一个站在鱼背上的大力士托举着大地，四周还有乌龟等动物。

马王堆是西汉初年的墓，当时人想象的阴间还是早期文明的样子：黄泉世界是一片和四海相通的黑暗大水，漂浮着巨大的鱼和海兽，归三皇五帝里的颛顼统治。在秦汉时代的信仰里，掌管阴间的神是北斗司命。

而在汉中期，人们对阴间的描述有了新变化。其中传统的一派认为，人死后不是去往幽冥，而是住在坟墓里。

陶渊明写过一部志怪故事《搜神后记》，其中一篇[1]的主人公是东晋的志怪小说家、《搜神记》的作者干宝。干宝的母亲出于嫉妒，在干宝的父亲下葬时，把他宠爱的小妾推进墓坑活埋了。这在当时是常有的事。干宝兄弟那时年纪小，不知道这件事。多年以后母亲去世，兄弟们为了让父母合葬，打开墓穴，发现那个小妾就趴在棺材上，居然还有气息。把她救回家以后，小妾苏醒过来，说干宝的父亲在墓中

1　指《搜神后记》中的《干宝父妾》一文。

的饮食起居和活着时并无二致，两口子日子过得不错。从那以后，这个小妾就有了预言吉凶的本事，又在干家生活了好几年。

汉代和南北朝时期的墓葬出土文物中，有大量陶制的房屋、谷仓、猪圈之类的随葬品。我在郑州博物馆见过一件一米多高的陶楼，主建筑有七层，在第三层还有一条空中走廊，与旁边一座楼房型仓库相连。这种器物，就是为了人在坟墓里继续生活准备的。而且这类随葬品，直到今天还在使用，说明这套观念还没有完全消失。

至于人死后，魂魄被勾到阴间接受审判，进入轮回的那一套说法，要等到佛教传入中国后才出现。从《山海经》判断，中国人很早就接触了佛教。东汉初年，佛教经丝绸之路支线，由敦煌进入中原，到达了当时的都城洛阳。也有考证说，另有一支佛教从海路而来。这些僧侣手段高强，把佛经故事画成壁画，编成通俗的说唱变文[1]。在佛教传播的过程中，民间也有了地狱的设定。比如，世界尽头有两大铁围山，山里有十八重地狱，由阎罗王掌管，有各类刑罚，用于惩处在阳间造孽的人。

解释死后世界是宗教的核心权力。人们接受谁的设定，就等于皈依谁。于是，中国本土信仰一面和佛教论战，一面补课，赶紧制造自己的阴间，并增加了审判和惩罚的功能。也是在东汉时期，道教推出了一套由太山府君掌管的阴间设定，组成了完整的鬼神班子。

大多数人认为，这个太山就是东岳泰山。但据学者栾保群考证，这是概念混淆。“太”在古字里，和“大”字通用。佛经里记述铁围山时，常常称之为“大山地狱”，写出来就是“太山地狱”。但对处于被动地位的道教来说，这个误解正好可以将错就错地利用。

1 唐代的说唱体文学作品之一。表演时与图画相配合，一边展示图画，一边说唱故事。其说唱故事的底本就是“变文”。

同时，巫师们也加入了对佛教的围攻。他们继承了古老的巫术传统，擅长降神招魂，创立了一套专门对接死后世界的本土法术。他们有很多民间信徒，也很受汉代宫廷的重视。

我想，佛教能在中国坚韧地发展出一套体系，是因为它参透了中国人不追求绝对、更倾向融合与延续的特性。在争夺“对阴间的解释权”这件事上，和尚们不取灭此朝食的态度，而是与儒、道共享成果，慢慢争取位置。

今天，我们更熟悉《西游记》里由地藏菩萨、阎罗王组成的佛教阴间系统，反而不太熟悉道教的设定了。不过它也没有消失，而是和佛教地狱组合在一起，混合成为世俗观念里的阴间。

阴间的最终“成品”，可以参考清中期一本叫《玉历宝钞》的小册子，这在当时的庙会上可以免费领到。小册子里记载的阴间既有十殿阎罗，也有玉皇大帝的派驻官员，还有奈何桥、望乡台这类著名景点。

至于儒家，则可以从世俗的地狱想象中拿到现成的好处，比如神道设教。其中的一个“考虑”是：可以讲没有神（王朝也是把神放在虚位上的），但不能说没有鬼，否则就没法解释祖宗有灵了。在民间推行孝道，很需要有一个因果轮回的阴间。这个不断“进化”的阴间，从本质到作用，都符合维系现世、安抚焦虑的需要。

对于这种“不问来路，管用就行”的文化秩序，我们肯定不会感到陌生。上至帝王，下到老百姓，遇到麻烦，历来习惯把和尚道士、江湖术士统统找来，施法念经，看谁能真正解决问题。至于你信仰什么、主张什么，通常并不是那么要紧。

在中国做事，不尊重这套秩序是不行的。可以说，阴间世界的胜利者，不是哪个信仰，而是中国人的世俗生活。

附记

岔几句闲笔，说一个南北朝时的人：崔浩。

不知道你去大同看过云冈石窟没有？如果没有，希望你能尽快去。岁月如流，云冈大佛能等，我们这些“如露亦如电”的世间凡人不一定等得起。到了那里，不用走到大佛所在的昙曜五窟[1]，进到第五、第六窟[2]时，你就会发现：世上的有些事情，不是伟岸、瑰丽这些词能形容的。无论你信仰什么，在那种既像是安抚，又像是压迫的强大力量之下，都会生出想要跪拜的冲动。对美敏感的人，甚至会泪流满面。我们实在太渺小、太短促了。

在云冈石窟公园的门口，有一尊昙曜和尚的雕像。他是北魏太武帝灭佛运动中的幸存者。公元460年，他在此主持修建了云冈石窟工程。从宗教角度说，他有大功德；从历史角度说，他是一位文化英雄。

然而，主张灭佛的崔浩也未尝不是英雄。

西晋灭亡后，留在北方的士族里门第最高的是清河崔氏。前秦在淝水之战后分崩离析，鲜卑政权的开国之主拓跋珪在公元386年称王，改国号为大魏，也就是北魏。拓跋珪是少年英雄，灭后燕，迁都平城（今山西大同），到他的孙子拓跋焘灭北凉统一北方，清河崔氏的崔浩已历经三朝。

崔浩的本事大得不得了。他精通儒家经学，在政治和军事上颇有才干；还擅星相、方术和谶纬，可以预言战争吉凶。除此之外，他也

1　即现在的第十六窟至第二十窟，是云冈石窟中开凿最早的洞窟。这几个洞窟的主尊都是巨大的如来佛像。

2　第五窟大佛楼倚坐的弥勒像高约二十米，是石窟群中最大的一尊。第六窟不仅中心塔柱上层四面俱雕立佛，窟后壁上方和窟左右壁也雕立佛，是云冈石窟中内容最丰富、雕饰最豪华的一座。

是闻名南北的大书法家。

崔浩生得肌肤雪白。他说自己在智谋上不次于张良，而知识渊博的程度要超过张良。到拓跋焘当皇帝时，崔浩担任侍中、抚军大将军，实际的地位是中国传统知识分子梦寐以求的“国师”。

崔浩并不是一心服侍鲜卑君主的汉族谋士。历史学家吕思勉写过一篇《崔浩论》，称他是“千古一人”。据吕思勉分析，崔浩的真实目的是：在鲜卑人控制的北方恢复华夏文明，让少数民族走上汉化道路，尊奉儒家伦理道德。在崔浩看来，西晋亡了，北方政权落入异族手里，这是司马家的过失。而华夏的血脉亡了，他这个儒家门徒就有责任了。陈寅恪说得更具体，他认为崔浩的目标是恢复到西晋时代，实行士族主导的贵族政治和儒家伦理主导的社会。

也正是这个原因，崔浩不像多数士族文人那样喜欢老庄。当然，他更警惕的是佛教——他亲眼见过被灭掉的北凉在短时间内变成政教合一的佛国。他和道教新天师道的领袖寇谦之合作，离间皇帝和太子的关系，逼迫全国僧人还俗，直到挖坑活埋，大开杀戒。我们在云冈石窟看到的魅力，正是崔浩所忧虑的。

崔浩的另一项工作是亲自注解儒家经典，向全国颁发。他还主持修订了《国书》，也就是北魏之前的历史。崔浩把鲜卑人祖上写得极其不堪，古人是不懂“各美其美”的，那些儒家视角下的野蛮习俗，比如原始巫术、乱伦通婚，都被他刻在碑上，立于郊外的皇家祭坛两侧。北魏贵族已接受汉文化的伦理，看到曾经的不堪被公然示众，当然受不了。此时，拓跋焘也不要这个老师了——因“知耻”而震怒，反而是崔浩的教育结果——清河崔氏被灭门，崔浩被装在囚笼里押赴刑场，几十名卫士朝他身上撒尿，一路上惨叫之声不绝。

有人说，崔浩在碑上刻《国史》，是被小人奉承得忘乎所以。以他缜密的心思，应该另有打算，比如，通过这种方式，刺激鲜卑人以最快的速度汉化。当时，北魏击败了南朝的北伐，很可能会完成统一。这让他为使命未完而着急，却没有意识到自己对北朝已经不再那么重要了。

崔浩成功了一半。十七年后，孝文帝拓跋宏进行了大刀阔斧的汉化，连鲜卑的姓氏都改了。这个基础是崔浩打下的。

崔浩也失败了一半。他死后，北魏立即重启佛教，坚韧的昙曜和尚主持开凿云冈石窟。

这两件事都是历史性的大功业。崔浩也不失为华夏文脉的托命之人。

和亡灵有关的宗教体验

志怪小说《聊斋》里的狐鬼大多出身于清前期山东一带，又经过蒲松龄的个人改造。中国的鬼故事和神话一样，很早就摆脱了神秘无序的状态，和人世保持步调一致，越来越自觉地担当起道德教化功能，也因此获得了存续的空间。

编鬼故事的第一要务是先证明有鬼。说鬼事业的先驱、史学家干宝为这个理论奠定了基础。因为在干宝生活的魏晋时代，有没有鬼是一个“真问题”。在士族文人相对自由的争论里，无神论的势力很大，干宝曾经也是无神论者。他后来信神信鬼，不知是不是因为挖出了一个姨娘[1]？总之，他写成了志怪小说集《搜神记》。这本书的编写工作受到了皇帝的亲切关怀，御赐两百张纸。纸张在晋代是极其昂贵的，整个皇家仓库里也就三万张。

干宝在这金贵的纸上写了一个故事。主角是当时的名人、竹林七贤阮咸的儿子阮瞻，他也主张无鬼论。阮瞻的口才很好，有一次来了一位客人找他清谈，最后说到鬼神，两个人辩论得很激烈。客人最后理屈词穷，脸上变了颜色，说：“鬼神是古今圣贤共同相信的，你为什么偏偏说没有？我就是鬼。”于是显露出奇异恐怖的形象，不一会

1　详见前文“第四场对话：阴间进化史”。

儿就消失了。阮瞻的神色非常难看，一年多后病死了。

这个故事有点儿怪。事实胜于雄辩，鬼何以不一上来就显露痕迹，还要费事辩论一番？大概这是某个士族文人变的鬼。阮瞻自信他的无鬼论“足以辨正幽明”，意思是足够探究世界的本原。魏晋文人对本体论有很强的兴趣，喜欢追求智力和个性。这个鬼选择说服而不是恐吓，不知道是傲慢还是可敬。

魏晋以后，佛教、道教开始兴起和扩张，鬼神文学有了强援和靠山。民间流传着大量鬼神帮助官员断案的故事，无鬼论似乎不再是个问题了。

明末清初的考场有个仪式：考生入场的前一夜，试院要祭祀各路鬼神，不是为驱鬼，而是召唤与考生有恩怨的鬼魂到场。军卒们会摇着旗子为这些鬼魂引路，高喊“有冤的报冤，有仇的报仇”。原因是考生一旦做了官，鬼怪就难以侵犯了。所以，与考生有冤仇的鬼要在考场里阻挠他中举。

从现实来看，考场不避鬼神，也是聪明的策略。如果承认有鬼，为国取士要德才兼备，让鬼通过报恩或者报仇来干预考试结果，等于是完成了一轮道德审查。如果不信鬼，它也是个开脱的方法，考生不要抱怨考试不公平，没考好只能说明你“祖宗不积德”。

可见这些鬼故事是来帮忙、帮闲的，而且招之即来，挥之即去。为什么？这就要从一个老问题“中国传统社会有没有宗教”说起。

说没有的，大有人在。黑格尔有一套划分法，把宗教分成三个层次。最低层次的叫自然宗教，就是迷信、巫术。高一层次的是实用宗教，从政治需要出发，统治者引导民众信神鬼。最高层次是自由的宗教，或者叫启示的宗教，就是不掺杂物质或者政治考虑，专注于精神上的超越，哲学家称之为“作为宗教的宗教”。根据这个标准，中国传统社会就算有宗教，也至多属于第二层。

社会学家杨庆堃主张：说中国的事情，不能直接挪用西方话语和标准。他的著作《中国社会中的宗教》[1]，就从社会功能角度重新解释了这件事。黑格尔的那套划分法，指向的是制度性宗教，也就是有独立组织、独立宗教生活，和社会有隔绝性的宗教。而中国传统社会的主流宗教形式是分散性的，也叫弥散性宗教。它的主体不是哪家宗教，而是儒、释、道以及民间信仰混合起来，普遍渗透到世俗生活的各个领域，成为宗族秩序和政治网络的一部分。

弥散性宗教的伦理观念有别于制度性宗教。人们通常认为，儒家精英主张神道设教，鬼故事是讲给老百姓听的，他们自己几乎都是无神论者。杨庆堃认为未必如此。比如，写《阅微草堂笔记》的纪晓岚说自己也分不清写的鬼故事是真是假。能肯定的是，他是拥护故事里的鬼神观念的。在宗教意识方面，儒家精英和普通老百姓都身处弥散性宗教之中，并不存在本质区别。

我以为，无论是佛教还是道教，都没有在中国社会里发展出自己独立、隔绝的伦理体系。这在鬼故事里的表现就是：那些使用佛教、道教元素的故事，讲的还是以儒家思想为主的道德法则。按照一部笔记小说里的话，就是“佛和仙人，也都要从忠孝说起”。

既然没有宗教力量可以威胁王朝政治，那这些混合性的鬼故事就可以讲事关司法、科举的政治问题，因为它们安全可控。古代的统治者很早就发现：当佛教、道教以制度性宗教的面目出现时，会染指政治权力，与王朝对抗；但把它们压制在弥散性宗教局面下，不允许它们发展自己独立的观念体系和宗教制度，它们就能为己所用。对于宗

1　杨庆堃：《中国社会中的宗教》，范丽珠译，四川人民出版社 2016 年版。

教力量有意识地管控，是从宋代开始的；到了清代，基本实现了招之即来、挥之即去的从心所欲。

杨庆堃有一种描述：在传统中国社会，宗教和伦理处于两个领域。儒家学说通过宗教放大伦理和世俗制度的神圣性，而“宗教不是伦理道德的载体，只是一种惩罚力量”。这句话可以拿来给绝大部分古代鬼故事定性。

当然，这类故事编来编去，难免乏味，因为鬼故事里最可贵的“未知的恐怖”被瓦解了。

妖怪的来历

在好莱坞的鬼片里，驱魔人的关键工作是找出魔鬼的名字。找到、叫出魔鬼的名字，就相当于具备了命令魔鬼的能力。

民俗学者做神话研究，探寻神话传说最初的形态时，也要做类似的工作。神话传说最初的形态被称为“下层文化”，不是低级，而是藏得深，不见于文字记载。下层文化来自遥远的古代，保存得很稳定，能揭示一个民族的深层次特质。

20 世纪初，日本民俗学的创立者柳田国男投入很大的精力来探索日本的妖怪传说。这个工作量不小，日本的鬼神可是特别多。

柳田国男小时候听过一个独目小僧，也就是只有一只眼的和尚的故事。他听的那个版本还挺可爱：一天夜里，下起了绵绵细雨，一个小和尚戴着斗笠独自走路。有人觉得他可怜，过去关照了一声。那小和尚一回头，脸正中竟然长着一只眼睛，还伸着细长的舌头。这人吓得大叫一声，扭头就跑。

柳田国男发现，这个独眼和尚的传说几乎遍布整个日本。在有的传说里，倒不是和尚，而是一个独眼、独腿的秃头妖怪。柳田国男在他如同破案的侦查中发现了一种不见于文字的日本原始信仰——独目小僧的原型是上古时代一个已经被忘掉的神。

神话通常有这样一个规律：古老信仰被抛弃，原来的神不只会被淡忘，还会沦为妖怪。西方传说里的妖魔，大多也来自灭亡文明里曾被信仰过的神。柳田国男分析，上古时期的日本有活人献祭的风俗。人们为了防备祭神的人牲逃走，就弄瞎他的一只眼，弄断他的一条腿，之后再把这个人当成神的替身，恭恭敬敬地供奉。这个人被弄残废以后，也相信自己被献祭后会成为神，开始尽职尽责地执行类似祭司的工作。

在中国的鬼故事里，我尤其喜欢有关僵尸的故事，最早是在袁枚的《子不语》里读到的。僵尸的标准名字就一个字：僵。它不是鬼，鬼携带着死者的魂，也就是记忆和意识；而僵属于尸体变异，只有魄，所以被定义为怪。有一个说法是，人死后，魂魄要从尸体上消散，假如无意识的魄被留下了，就会因遇到外气感染而作怪。民间有个习俗，猫狗不能走近死尸，否则阴阳二气交感，会发生“诈尸”。我经历过一件事，在农村，老人昏迷了几天，迟迟不咽最后一口气，有人提议把家里的狗处理掉，理由就是这个。

这些说法对古人的真实生活形成了很大冲击。纪晓岚在《阅微草堂笔记》里，就认真地搞过僵尸分类。

说句题外话。我们读《聊斋》时，会发现两种风格：一种篇幅比较长，细腻曲折，笔法来自唐代传奇小说，今天的名篇大多属于这一类；另一种篇幅相当短，笔法简练，故事也不怎么完整，这一类才是清代笔记的正宗。古代文人觉得写笔记该像魏晋人那样古朴简洁。比如纪晓岚就很不认可蒲松龄那些长篇的细腻写法，说这种写法太俗气、太不含蓄。他的《阅微草堂笔记》在当年是代表正统的典范。文学史有个现象：后人并不一定知道当年的文学主流是什么，当时的人也常常猜不准谁会在未来流芳百世。

纪晓岚总结僵尸有两大类，一类是刚死没有入殓，会起来扑人；

另一类是被埋葬后长时间不腐烂的尸体，会在夜里出来作怪。这类僵尸里除了袭击人的，还有去找其他僵尸谈恋爱的，这就属于古人的恶趣味了。除此之外，《阅微草堂笔记》对僵还有更精细的分类：常见的是浑身长白毛的白毛僵，只能直立扑人。更厉害的是红毛、绿毛、黑毛的僵。再变异的话，僵会生出鸟的羽毛，四处飞行，称为飞僵。那就是传说中制造干旱的鬼了。这种鬼叫魃。魃飞到哪里，哪里就会颗粒无收。

古人的生活是多么无聊，夜黑且长，需要这些离奇的故事装点。据学者栾保群研究，民间把僵尸和造成旱灾的魃联系到一起，是从明代开始的。这演变出了一种叫“打旱骨桩”的恶劣习气，盛行于黄河流域。每逢干旱，浪荡子和恶少就纠结起来，走乡串镇，扬言又有下葬的尸体变成了旱鬼，必须挖出来烧掉。

这伙人拥有冠冕堂皇的“抗旱”理由，常常能纠集几千人。他们怀疑到谁家，就公然去挖谁家的坟，不找到他们心目中那个长毛的尸体就不罢休。带头者自然会借机敲诈勒索、挟私报复。跟随的人们也获得了刺激，看了不少热闹。

明代有记载，地方官曾经上奏过朝廷，进行一番整治，充军流放了带头的几个人，结果是“其风稍戢”，即这种风气稍微有些收敛。我们读历史材料，要懂得官方语法，这么说，意思就是根本没有效果。

官府不敢管，也不想管，只颁布了一项政策：如果挖出长毛的僵尸，必须先到官府申报，验明正身才能焚烧。这等于承认“打旱骨桩”合法，只要个自我安慰的事后备案。

栾保群还发现，到了清代，志怪故事里的僵尸越来越多地出现在棺材没有入土的时候。他的分析是：编故事的人想确立一个道德主题，就是警告那些亲人去世后迟迟不埋葬的人，尸体长期不入土会化作妖怪。结果效果并不理想，因为不入土的棺材一般都停放在寺庙里，僵尸要闹也是闹和尚。

鬼话就是力量

小时候，家人怕我四处乱跑，老拿“拍花子的”[1]来吓我。上学以后，同学们补充了一个“加强版”，说小孩儿被拐走以后，会被制作成怪物，或者变成大街上那些呆傻、残废的乞丐。

算起来，这类传闻至少有两三百年的历史。我最早知道“采生折割”这个词，是看俞平伯先生的曾祖父、清代大学者俞樾写的《右台仙馆笔记》。宋代人的笔记里对采生邪法的记载更加光怪陆离。简而言之，它是一种对婴儿或幼童尸体施加的邪法，禁锢住他们的魂魄，将他们附在物品上供自己差遣。至于婴儿尸体是从哪儿弄来的，就不得而知了。

这些孩子的魂魄附在某种植物的根上，这种根叫作樟柳神，可以为主人预言吉凶、通风报信。在有些故事里，樟柳神是柳木刻的小人儿，能唱能跳，看着挺可爱。《红楼梦》里王熙凤抱怨“这又是谁的耳报神这么快”，耳报神可能也属于这一类。今天的巫术爱好者称之为控灵术。

明代、清代的刑律规定，凡是使用拍花术和采生折割的人，被抓住一律凌迟，全部财产赔付受害家庭；犯人家属知情的处斩，不

1 利用迷魂药拐卖儿童、骗取钱财的人。

知情的流放。这属于不轻于谋反的严厉刑罚，因为清代曾经有很多次因为采生折割传言而爆发的真实的社会动荡。有文人记录了当时的情况：京城里家家人心惶惶，都把孩子藏在屋里，连教书先生都失业了。

在传统社会，人们几乎没有获取新闻的渠道，绝大多数人不识字，不知道外界发生了什么。在任何时候，得到事实都需要付出智力的劳动。传统社会的交流，靠的就是各种各样的流言和故事。在中国民间社会的信息渠道里，口头文化占有支配性地位。

这种传播有一个特点：人不会凭空发明新故事，而是习惯于讲相同的故事。其中那些不同的情节，往往是地域差异造成的。人群讲相同的故事，可以看作是文化传承。谣言基于真实案例，原始的情节应该只是愚昧或者残忍，并不神秘；神秘部分是人们错误地观察归纳，以及“脑补”出来的。

美国汉学家孔飞力的历史研究名著《叫魂：1768年中国妖术大恐慌》[1]，讲的就是这类现象。那起乾隆时代的历史事件起因[2]很简单。在巫术里，头发、指甲、姓名和生辰八字，都可以用来诅咒，这叫接触巫术。我前些年看到农村建房时，还有人偷偷实施这种诅咒。不知道为什么，改用了扑克牌。

孔飞力在这起历史事件中关注的是谣言在上层政治中的连锁反应。他认为，这说明大清帝国在走向衰败。这个结论很可能草率了，不见得可以用一个案例来作这么大的判断。叫魂是有上千年历史的谣

1 〔美〕孔飞力：《叫魂》，陈兼、刘昶译，生活·读书·新知三联书店2014年版。

2 在乾隆年间的浙江德清，有个人找到当地的一名石匠，请他把写着自己侄子姓名的纸放在木桩下面捶打。这个石匠向官府告发了这种在当时很常见的诅咒方式。这件说大不大的事儿，经过私下口口相传，最后传到了皇帝那里。乾隆对此事出奇地重视，最后还因此引发了一场政治大动荡。

言。据说历代皇帝的生辰八字都是最高机密，乾隆相信它并不奇怪。在这个案子里，清王朝进行了彻底的社会调查，官僚体制最后对谣言进行了清醒的判断和应对，反倒证明乾隆统治的帝国仍旧是个强大的国家，极权系统没有失灵。

鬼影照进现实

有一套在古代政治里兴风作浪的“鬼话”，术语叫“谶纬”。“谶”是预言用的图谶，形容乌鸦嘴的，有个成语就叫“一语成谶”。“纬”指纬书，是汉代儒生爱研究的神学，贾谊就是此中高手。

谶纬之学专门研究阴阳、五行、祥瑞和灾异，解读上天的意志，从先秦开始就是重要的学术。齐国有人愣是把整部《诗经》解释成了预言灾祸的书。在东汉，研究纬书的儒生比研究儒家经典的还多。

谶纬从南北朝开始被禁毁，理由很明显：它为造反者营造舆论氛围，对皇权相当不利——那些预言或咒语充满了洞察力，朗朗上口，直击人心，比讲故事还简洁。你好意思编，就有人好意思信。

除了形成舆论中的话语权，鬼话也可以是现实的道德权利。清代学者袁枚讲过一个故事：有个富翁住在小镇上，家里有不少豪奴在外面仗着主人的势力横行。他们家的骡子踩坏了邻居陈老汉的麦苗，奴才们不仅不赔，还把陈老汉辱骂羞臊了一番。陈老汉气得一病不起，找来木匠做棺材，嘱咐说：“棺材后面给我留一个小洞。”人家问他这也不是浴桶，你要它干吗？他说：“我这病是被那家人欺负出来的，我活着报不了仇，死后要变成蛇，从这里钻出去吃那家伙的心肝，才能出这口恶气。”

木匠们把这事儿当笑话传，富翁听到后大惊道：“这事儿我确实不知道啊。”第二天早上，他亲自到陈家赔礼道歉，让那几个奴才当面磕头请罪。陈老头的气出了，当时就能坐起来吃喝了。突然他觉得胸中发闷，吐出一样东西，一尺多长。大家凑过去看，是一条小蛇，正在那里游动呢。富翁吓坏了，说：“我不来请罪的话，老头儿可就真化成蛇来报仇啦。”

我对这个故事最直接的观察是：很多人对现实感到绝望之后，只能寄希望于在死后的世界寻找办法。他们对死的寄托，不是因为对生厌倦，而是要解决生的问题。

故事的关键词是气，不是玄学的气，而是赌气。北京大学哲学系的吴飞教授有一本专门研究华北农村地区自杀现象的著作，叫《浮生取义》[1]。书中讲了一个真实的老汉赌气的故事：有一个老人，年轻时是有名的武术家，老了之后瘫痪了，儿子对他很不好，于是他自焚而死。同村的邻居描述道：他坐在一堆柴火中间的椅子上，手里拿着自己所有的存折和钱，把火点着。村民闻讯赶来救火，等把火扑灭了，只听他身体里发出“哗啦”一声响，随后倒在了地上。村里人说：他其实早死了，这声响是他憋着的那口气，这是多大的一口气啊。据说练武的人临死前会散功，那个声音也可能是散功引发的。

吴飞在这本书里调查的很多自杀案例，都有类似的赌气行为。他总结，这些死者赌气的目的是实现人格价值，希望得到更多的尊重，他称之为“道德资本”。

这个道德资本的规则很微妙。我在作家阎连科的书里读到，他的母亲和他的婶子闹矛盾，为什么已经不重要了，他的婶子说自己家就是不能认错。如今阎连科这么有名，他们家可以说是人上人，占上

1 吴飞：《浮生取义》，中国人民大学出版社 2009 年版。

位的人得先来服软才行，否则她这口气出不来。这个道理虽然不像道理，在家族内部却完全讲得通。莫言的父亲说“咱家得了奖，从此就要矮人一头”，也是这个道理。

道德资本是学术定义，用日常的话来说，就是面子。面子是很多中国人生存的核心，超越了是非善恶。一个人作奸犯科，仍然可以活得有面子，活得自我感觉良好。但要是因为某件事没有面子，他却可能会拼命或寻死。

自杀纵然不是唯一严肃的问题，却也是最严肃的问题之一。一个人为什么选择这条路？我们会说“生活得太痛苦”，或者“对幸福绝望了”。但现实不一定都是如此。余华的《活着》[1]中的人生观很能代表中国人：不为什么，就为活着本身而活着。在传统社会里，自杀的原因很具体，主要是围绕“活着”的问题。

第一类和面子有关，认为自杀可以洗刷冤屈，证明自己的清白；或者是现实中出现了让他觉得“没脸见人”的事。具体而言，如果是一件让他在道德上感到羞耻的事，那么诉诸自杀的时间点，往往不是他感到羞愧的时候，而是被他人发现这件事的时候。这么做是出于生存的羞耻感，而不是绝对的罪恶感。

第二类就和鬼故事关系更近了，要通过自杀去惩罚他人。自杀必然会引起相当的重视，在古代叫逼死人命，官府必须介入。传统社会有一种经典的威胁，是到对方家门口上吊。就算不能申冤，也可以像袁枚故事里的陈老汉一样，希望死后化身厉鬼报仇。有的妇女含恨上吊时会穿红衣服，据说这样能加大死后的怨气。

怎么用鬼话调节现实的麻烦？我见过一次，至今还感叹不已。有

1 余华：《活着》，作家出版社 2012 年版。

一所学校在组织学生郊游时发生车祸，造成不少伤亡。你能想象这有多难处理吧？但因为一个鬼故事，善后工作就顺利多了。大家传说，在发车之前，有个家长赶来把自己的孩子拽下了车，说他刚才挑水时，扁担断了，预示这趟郊游不吉利。遇难学生的家长听了心想毕竟生死有命，也怨不得组织者和肇事方。我至今不知道，这个故事是真有，还是背后有位袁枚式的聪明人。

个人史·吃人岛·毒药猫

台湾历史学家王明珂教授说他很喜欢台湾导演李安的电影《少年派的奇幻漂流》。电影故事大概是这样的：一艘运载动物的轮船在海上失事，一个叫派的印度少年和几只动物——其中有一只叫理查德·帕克的孟加拉虎——上了一艘救生艇，最后只剩下了派和老虎。他们漂到一个全是猫鼬的岛上。白天，这个岛是拥有茂盛树林和淡水池塘的绿洲；晚上，岛上的淡水就会变成腐蚀一切的酸液。于是，少年派和老虎重新上船，离开了这座吃人的岛。200 天后，一人一虎终于回到了陆地。

王明珂发现电影讲的是建构问题。建构是人文研究从建筑行业借来的名词，指人运用知识建立认识和分析系统，这个知识系统又塑造了人生活在其中的社会。整个过程就像蚕吐丝织茧，直到把自己彻底包裹其中。

我们通过学习人文历史知识所认识和相信的现实，是用知识建构、解释过的，不一定是真实的世界。

电影中，当调查员问派海难之后的真相是什么时，派回答：你们想听的是另一个故事，一个让你们不觉得惊讶的故事。那是一种枯燥的、没有活力的真实。你们要的是真相，但无论我说什么，都会变成一个故事。

他在讲了有老虎、猫鼬、吃人岛的故事后，又讲了一个有厨师、水手和母亲的尸体的故事，听众的选择都是“有动物的故事更好”。调查员在报告里写道：“调查对象的经历充满了勇气和坚韧，几乎没人能在海上存活这么久，更别说他还是和一只孟加拉虎在一起。”派回答说：“谢谢你们这么选，这个故事是属于神的。”

选那个听起来不太理性的故事，反而是选择了理性所通向的神性。个人记忆如此，社会历史也如此。

我们习惯的“典范史学”是主流意识所塑造的，规律整齐，声音洪亮，这实际上也是一个建构好的故事版本。被压抑忽略的野史、鬼话属于“边缘历史”，现在叫“口述历史”。王明珂用了一个比喻，一个池塘里有一群青蛙在鸣叫，老百姓称之为“蛤蟆吵坑”。慢慢地，在这片鸣叫声中会浮现出一个最大的声音，盖过其他同类，这就是典范历史。但史学家要研究的是“争鸣和合声”的整个过程，它代表着更真实的社会生态，也能回答更多问题。

王明珂做民族田野调查时，在很多村寨都找到了一种“毒药猫”的风俗：每个寨子都有一两个女人被称为“毒药猫”。她们是外地嫁过来的媳妇，通常长得比较漂亮，白天看起来很正常，晚上就幻化成猫。四乡八寨的“毒药猫”经常在夜里聚会，一起用巫术害人。

这类传闻的内容不新鲜，中国自古就有。除了前文[1]说到的“打旱骨桩”，还有什么猫婆婆、老虎妈子。这些被称为“替罪现象”——人们为流浪汉、老年妇女捏造罪名和谣言之后，再对他们实施迫害。中世纪欧洲的猎巫行动其实也与此类似。

王明珂做调查的这个地方有点儿特别，大家在背后说“谁家的媳

1 详见前文“第四场对话：妖怪的来历”。

妇”是毒药猫，指指点点，但又不像对待巫婆那样，直接对毒药猫实施暴力手段。他们把虐待维持在冷暴力和语言歧视的范围里。这个地方的毒药猫事件的结尾是，当毒药猫的父母把女儿带到河水里，清洗她们身上的毒时，天神在空中喊道：“不能再洗啦，再洗就把毒药猫搞得断根了。寨子里要是没了毒药猫，更加害人的瘟神和厉鬼就该来了。”

由主流意识建构的故事和历史，都是在维持社会生态。这里的生态，指的是生物系统达到平衡的状态。那么这个平衡是什么呢？

有“毒药猫”风俗的少数民族村寨，自古以来就孤立封闭，与周边更强势的民族之间的生存竞争很激烈。他们一直觉得自己是被利用、被侵害的一方，对外界持有强烈的敌意和恐惧。当族人把既是自己人、又不完全是自己人的外来媳妇污蔑成毒药猫以后，他们的恐惧对象变得更具体，也更好把握了，同时起到了对内凝聚族群的作用。所以，毒药猫不能断根[1]，否则他们就要被恐惧笼罩着，去面对更强大也更真实的外部世界了。

就像少年派讲的故事一样，毒药猫的故事，村民们到底是信还是不信呢？可以说是宁可相信，因为相信最简单。至于被污蔑为毒药猫的可怜女人，属于所谓的“必要代价”。

于是你会看到，在一个社会里，因为被共同包裹在那个由故事建构起来的蚕茧里，受歧视的人对侮辱毫无反应，或者不知道自己就是那个“代价”，反而大谈代价如何必要。

我极其不喜欢冯小刚主演的《老炮儿》。“老炮儿”是北京在特殊年代出产的流氓土棍，最大的优点是“好狗护三邻”，却总喜欢像自

1 在故事里，毒药猫是可以“遗传”给女儿的。

由的狮王一样抒情。在他们所建构的故事里，女搭档叫“飒蜜”。有熟悉这些玩意儿的人在综艺节目里科普：“大飒蜜不但长得好看，而且你越大男子主义，我越爱你；你上街打架，我帮你续板砖，你上街茬琴，我帮你唱和声；就是你叫人打成植物人，我养你一辈子。”我在这个故事中，做不到“美人之美”，理解不了做一个“模范流氓”家属有什么可向往的。

我们始终生活在诸多表象之中。要不要去认识这些表象之下更真实的本相，要认识到哪一层，就是每个人不同的选择了。我的选择是：我不一定能找到，也不一定能承受那个终极的故事，我承认群体构建共同记忆的意义，但我会以生命和智识，尽力拒绝强加给我的、可能会让我变成被害者乃至害人者的故事。

就说到这里吧。

ALL THE SAND IN THE WORLD

第五场对话

星象和面相

5

这场对话聊的是我心目中最本原的问题。

当初，楚人屈原或许是在仰天太息，或许只是出于单纯的好奇，写出《天问》，留下一种风度：对那些关乎根本的事情，哪怕不会有答案，还是要认真地问一问。于是，我们在谈论历史、文化这些题目时，总是首先想弄明白下面这些问题：

多样性的文化代表着人类文明的安全，这是一个可以从生物学中获得的常识。那么这种多样性是不是也和人类物种一样，有唯一的起源？

以我们的文化为例，它们如何呈现出如今的面貌？

在这个过程中，真实世界和想象世界如何相互作用？

其中有哪些值得留意的故事和节点？

这种历史的面相怎样在个人身上显现，他们想做的是什么？

甚至，我们应该怎样看待历史？

历史又随着这种注视变成了什么样子？

请原谅我冒昧地敲下了这么多问号。

世界上第一个故事

我佩服的作家徐来问过我一个问题："人类的第一个故事是什么？"

让我们一起来想象……那时候，人们围着篝火半躺半坐，听年纪最大的人讲故事。他的讲述总以某件事为刻度："热病发作死了七个人的时候""我们袭击了河对岸的部落之后""我猎获了一头有巨大的角的牡鹿的那个秋季"。如果一个旅行的人从远方到来，恰好部落里的粮食充足，人们会盛情款待他，换山那头的故事听……

做这样的猜测，是因为我们讲故事时就是如此。我们的祖先想必也是如此，而且一定如此。那么，第一个故事到底在哪里呢，讲的是什么呢？

人类早期的五大古文明自西向东，一线摆开。其中最悠久的两个——西亚两河流域的古巴比伦文明和地中海南岸已经绝嗣的古埃及文明——可以上溯到公元前3000年之前。那第一个故事来自这两个文明吗？是关于创世纪的吗？未必。

事实上，未有文明便有故事。最早的故事，可能是为了解释身边的某种现象，因为追问开天辟地，需要更成熟的好奇。

徐来看我目光涣散，说："比你想的那些都要早。是希腊神话里七姐妹星的故事。"

话说，狩猎女神阿尔忒弥斯打猎时，身边总陪伴着七个仙女姐妹。阿尔忒弥斯还有一个强大的猎人伙伴，叫巨人俄里翁。有一天，俄里翁欲对七姐妹行不轨之事，宙斯听到七姐妹逃跑时的呼喊，便把她们带到天上，变成了七颗星。那是值得赞美的天象，《荷马史诗》里的水手曾通过七姐妹星和大熊座确定航线。

这个故事怎么可能是人类第一个故事呢？

他接着讲：七姐妹星是一团蓝色的星云，但在公元前 3 世纪的古希腊，无论怎样看，都只有六颗。所以故事的后半段解释说，七姐妹中的小妹爱上了人间的国王西西弗斯，就是被罚永远推石头上山的那位，因此私逃下界。奇怪就奇怪在这里——为什么不在一开始就说六姐妹星呢？

神话学有一个学科分支叫“比较神话学”，主要针对不同文化中的神话和传播进行研究，探索它们各自的特点和起源，寻找文字之外的，也就是古人在火堆边上讲的故事原型（archetype）。比如，牛津大学的汉学家田海发现，中国的“老虎外婆”传说在古时候向西传到欧洲，成了格林童话“小红帽”的原型故事。不仅在德国，法国、意大利类似的童话都来源于此，而且几乎可以肯定是通过口语形式传播的。

经过比较，七姐妹星的故事也露出了惊人的一面。澳大利亚天文学家雷·诺里斯在一篇文章里说：澳大利亚原住民有与这个希腊神话极为近似的传说。而澳大利亚是独立大陆，直到 1788 年才被英国殖民者入侵，在那之前他们不可能听过这个希腊故事。此外，北美洲的原住民内兹珀斯人也有相似的故事。而在阿拉伯的类似故事里，第七颗星坠落到人间，成了大清真寺。不论是哪里，其间山海迢递苍茫，它是怎么过去的？

更惊人的在后面。诺里斯测算：有一个时候可以过去，而且在那个时候，人在一个地方是可以看到这团星云有七颗星的，那就是 10 万年前的非洲。

没错，我们想到的是同一件事：智人走出非洲。现在学术界普遍接受了这个说法：世界上所有人，无论民族肤色，都有一个共同的母系祖先“线粒体夏娃”。她生活在 20 万年前的非洲，这是人类谱系树的根。她的后代在非洲各地活动，分为两个携带着不同突变基因的血统。在经历了一次灭绝性灾难之后，这两个血统可能只剩下了几千人。在非洲人类洞穴里发现的世界上最早的装饰性图案，来自七万七千年前。之后，他们跨出关键一步，用上万年时间走出非洲，抵达世界各地：有的人进入欧亚草原，被称为欧洲的“亚当”；有的人沿撒哈拉通道抵达中亚，足迹遍布亚洲和西伯利亚；走得最远的一群人到了澳大利亚……约一万多年前，世界上最早的城市耶利哥在今天的巴勒斯坦出现。

我一直想知道，他们在如此漫长的旅程里随身携带了什么。科学家吴军在得到 App 课程“科技史纲 60 讲”里说：走出非洲，最终要通过两个手段。其一是能量上的，就是要学会制作衣服，学会搭建住房和使用武器；其二是信息上的，就是要有沟通用的语言。关于语言的遗迹，我们现在似乎找到了一个：生活在非洲的人类祖先为天上的七颗星编了一个故事。

据天文学家推算，几万年前，星团的其中两颗星因为斗转星移，距离近到了肉眼再也无法把它们区分开的程度。于是，大地上的故事只剩下了六姐妹。这些故事伴随人类度过了千万个夜晚，子子孙孙代代相传，又被带到世界各地，融入不同语言，表现得大同小异。

中国的七仙女故事是不是也与此有关？现存材料还不足以确定。

如果大胆猜测，可能确实有关系，只是不知什么时候，故事的关键信息遗失了，只留下“七仙女下凡”的片段。我们的祖先把七姐妹星称为“昴星团”或“旄头星”，以其状若乱发，常常用来指代胡人，李白的诗便有“安得羿善射，一箭落旄头”[1]。

徐来说：这是人类现在所知的最早的一个故事，也是他近来听到的最神奇、最宏大的故事。

古巴独立战争领袖何塞·马蒂曾说：“祖国就是人类，就是我们最近看到的，并在其中诞生的那部分人类。”这句话说得如此之美，因为他也是一位诗人。在另一种说法里，民族是生活在一起的人，通过不断重温共同记忆、讲述共同故事结成的共同体。

这个故事中有种感人的力量，把我们与数万年前的祖先，把地球上的生命和浩瀚宇宙里的天体，把人类过往的起起落落编织在一起。单独的一段人生短暂渺小，然而又可以和星空对视，使我们不能轻视自己的存在。日常中那些平凡的事物，详细推求，常常蕴藏着古老而美丽的力量。既然世界上的人曾经讲着共同的故事，那么，我们就有机会在未来获得和解。

1 出自《经乱离后天恩流夜郎忆旧游书怀赠江夏韦太守良宰》。

从来没有黄种人

史学大师陈寅恪说:“文化高于种族。”还有另一个不算新的常识:不要说习惯上的种族认识,就连“黄种人”的概念也是不成立的。

有一本书叫《成为黄种人》[1],作者是美国历史学家奇迈可。书中说:人种分类理论里的“黄色蒙古人种”是一种臆造,一种歧视。这种说法属于西方叙事,称呼东亚人为“蒙古人种”,不是从体质和头骨里分析出来的,而是因为这个称呼可以唤起西方人对阿提拉和成吉思汗的惊恐记忆。事实上,一门在18世纪中期建立的“人种分类学”把世界上的人分为四种。我们的皮肤并非真是黄的,而且不同地区的人肤色也深浅不一。18世纪之前,西方人对东亚人肤色的描述是白皙、橄榄色,从没出现过“黄色”这个词。“黄色”是在暗示病态和不健康。与此相关,还有一个词叫“黄祸论”。然而,黄颜色在东亚文化里不但没有贬义,反而相对高贵,所以东方人没有感受到这一层。

在那门“人种分类学”里,内眼角上眼睑覆盖下眼睑的部分俗称“蒙古褶”,这个词也含有贬义。这套理论还说:白种人患上智障类疾病,面容会像黄种人;而黄种人患上此类疾病,面容会像黑人。于

1 〔美〕奇迈可:《成为黄种人》,方笑天译,浙江人民出版社2016年版。

是，19 世纪，英国医生约翰·唐把他发现的遗传性智障疾病称为“蒙古人病”。不过，今天这种病是以这位医生的名字命名的，即“唐氏综合征”。这不是“报应”，而是医学惯例。疾病不该被污名化，族群更是如此。

现代生物学证明，人类基因多样性主要存在于个体之间。相比之下，地域和族群的差异显得无关紧要。在族群之间，几乎不可能描画出有科学依据的分界线。嘻哈文化盛行时，很多亚裔和白人青年会模仿黑人的衣着、言行和说英语的口音。按今天的网络语法，可以叫他们“精黑”，精神上的黑人。

我感兴趣的是，在这样一种种族和民族的科学常识面前，该采取什么样的历史叙事？

要知道，近代民族国家产生了制度化、专业化的历史学，世界各国的历史学，绝大多数都是以民族国家为结构和基本立场来讲述的。

我在北京大学历史系罗新教授的《有所不为的反叛者》[1]一书里找到了部分回答。他说：现代历史学、人类学和社会学都在共同揭示，民族并不是自然而然的概念，而是被政治文化制造出来的，而且是在相当晚的时候才被制造出来的。

历史学怎样参与这种制造？靠遗忘。历史和历史学不同。发生过的一切都可以说属于历史，而历史学是在其中选择，组织成自己的叙述。法国历史学家勒南说：“遗忘，或称之为故意搞错的历史，乃是民族创建的关键因素。”[2]

罗新对此不满意。他认为，一个现代历史学家的使命是反抗错误

1 罗新：《有所不为的反叛者》，上海三联书店 2019 年版。

2 参见勒南在 1882 年的著名演讲《民族是什么》。

的历史理解。人们时时刻刻都在用历史，但其中绝大部分都是滥用和错用，很多打着历史旗号的读物都是神话故事——自然，神话也有神话的用场。

求真并不是历史学家的美德，因为真实就是历史的本性。历史学家要做的，是重新考察过去的事情，做一个旧说法的反叛者，也就是罗新自称的“有所不为的反叛者”。这样的反叛者要培育三种有关历史的美德：批判、怀疑和想象力。

刘邦的歌声

来讲两个汉代的故事。

第一个故事见于《史记·留侯世家》，留侯就是张良。西汉初年，刘邦有意废掉太子，改立他宠幸的戚夫人所生的小儿子——赵王如意。吕后颇焦虑，向张良要主意。张良献计：让太子不惜一切代价请出四位天下闻名的隐士——商山四皓。看到太子身边的四个老翁，刘邦知道太子羽翼已丰，废太子已不可为。

高层政治里，虽败局已定，子弹往往还要再飞一会儿。刘邦预见了戚夫人母子的下场，对戚夫人说："为我楚舞，吾为若楚歌。"以楚地歌舞来抒情，楚人项羽绝望时如此，轻狡善骂的刘邦无可奈何时也如此。都说中国没有史诗，没有悲剧，但这两句话间，仿佛都有了。

张良的智谋远在项羽手下谋士陈平之上。陈平的奇计不大从容，常常把自己的名誉搭进去，连他自己也不满意；而张良轻盈优雅，不着痕迹。故事中，显示司马迁才情的是后面一句："歌数阕，戚夫人嘘唏流涕，上起去，罢酒。"妙在留白不写的东西。我们可以想见：刘邦起身离开，随从慌忙跟随，大殿之上烛影摇红，群臣悄悄交换眼色。

第二个故事见于《史记·外戚世家》结尾，发生在上文那件事的107年后。刘邦的曾孙、汉武帝刘彻逼死太子，要立小儿子，又担心他的母亲、自己宠幸的钩弋夫人未来专权，便命人把她拉下去杀掉。这是“立子杀母”的帝王术。不是武帝乖戾，而是他老辣。这类老辣经过“群策群力”，据说到了清代，成为一种潜在的规则：皇子生下来，交由另一位妃嫔教养，以免将来母子结党。

《史记》的这一段大概是西汉学者褚少孙补写的：“夫人还顾，帝曰：‘趣行，女（汝）不得活！’”“趣行”的意思是“快走”，语气里透着冰冷。大概褚少孙是在尽量模仿司马迁的风格，但这话写得不好，我看该写“何不趣行？”这么写，更像一个既有雄才大略，又有点儿忧郁感伤的老人。

民国以后的学者有一种观察，或者说有一种焦虑：中国古人长于编纂历史，而不长于发展逻辑。20 世纪 80 年代，学问贯通的金克木先生理出来一条线索：除了先秦名家，古人推崇思考的线性，认为所有事都在一条线上进退，强调一正一反、一虚一实的相对性；出现矛盾，就以退为进，将不同化为相同。古人不大接受这条线之外还存在其他的点和线，比如说，可能存在另外一条平行线。

用线性思维去理解，历史当然是一条贯穿一切的线。金克木治东方学，说古代印度不是这样。古印度人认为时间是一把不断砍掉一切的大镰刀，过去了，就消失了。时间要么无始无终，要么像轮子一样循环，所以古印度没有严格意义上的史书。

中国的线性思维创造了辉煌的书面史成就。我们的编年体历史传统就是其中之一：古人很早就以年月记事，《史记》创立的“年表”传统是世界古代史书里绝无仅有的。

另一种创造是在历史记叙中抒情和虚构并用。《左传》里有一则记载：被派去刺杀晋国大臣赵盾的刺客，被赵盾的人格折服，说了一段独白后自杀。自杀者的自言自语怎么会有真实记录呢？

在中国古代，诗歌的叙事方式和历史的真实有并列价值，古人对诗歌和历史的使用方法也有近似之处。历史作为中国传统的底色，意义不只是记录，更是传达观念和思想，所以要用到诗歌的渲染和传播手法。在虚构、夸张之间，观念被接受。这种夸张只能是真的，因为在线性思维里，不能说一个事既是真的，又是假的。

真实和诗歌并列这一情景，有助于理解文学现象。

第一点是中国没有史诗，但中国有诗史。杜诗的境界之所以高，在于史的价值，白居易、陆游的作品也有这种特性。史并不是指诗歌的真实性，而是诗歌的担当。陶渊明、李白则属于另一类诗人。

第二点也是金克木说的，他发现曹雪芹领悟了诗歌和真实的这层关系，《红楼梦》里的诗都既真又假，充满暗示和预言。

第三点是鲁迅评价《史记》为“史家之绝唱，无韵之《离骚》”。其实前面还有一句，说司马迁违背了秉笔直书的“《春秋》之义”[1]。这个判断里也包含着诗歌和真实的并列关系。

1 鲁迅在《汉文学史纲要》中论司马迁《史记》曰：“恨为弄臣，寄心楮墨，感身世之戮辱，传畸人于千秋，虽背《春秋》之义，固不失为史家之绝唱，无韵之《离骚》矣。”

巨大的尸首

1

2021 年，奈飞上线了科幻动画短片《爱，死亡和机器人》的第二季，口碑远不如 2020 年的第一季。可以看的只有一集《溺毙的巨人》：人们在海滩上发现了一具溺水身亡的巨人，身形与体形最大的鲸鱼抹香鲸相当。可以看出巨人生前是一个英俊健壮、气质谦和的青年男子。

短片的旁白来自当地的一名科学家，他对巨人怀有莫名的尊重，说："这个巨人，不管是死是活，都是绝对存在的，让人看到了一个绝对的世界。我们这些海滩上的观众，只是他微不足道的、不完美的复制品。"

但海边小镇居民不管这些。他们爬到巨人的尸身上玩耍，在上面涂鸦，然后把巨人肢解运走了。巨人的肋骨被做成拱门，胫骨成了肉店招牌。几个月后，人们连曾经有个巨人被冲上海滩的事儿都忘了。

如果把这个故事当成寓言，巨人指的是历史，或者历史上的大人物。他们拥有权力时，我们唯唯诺诺，俯伏在地。然而，按动画短片里的话——一旦巨人失去了那"野蛮的力量"，我们这些还活着的小人儿们就会像苍蝇一样上去落足，任意支配这巨大的谜。

这集动画片的结尾是：巨人的生殖器被马戏团切下来运走，泡在玻璃缸里卖票参观，标签上写的是“鲸鱼生殖器”。

“伟”的本义是大，大到常人难以看清全貌的地步。历史永远处在巨大的复杂之中，就算拥有“后见之明”，对于大人物的作为和心事也不是好理解、好下结论的。

那么，是不是不对类似历史问题进行价值判断，不说“好不好”，只研究“是不是”呢？近代的史学学科化以后，确实有这一派。19世纪德国史学家利奥波德·冯·兰克认为，历史学的本分是如实写出实情，不要在事实之外作主张。

相对于中国传统史观的“道德超载”（某种程度上即前文[1]说的“抒情和虚构并用”），这个说法有价值。笨拙地以某种道德作为历史的逻辑，常常显得尴尬：对忠良要“为尊者讳”，尽量不写负面。相反，坏人一不小心做出一件好事来，怎么办？也只好搁在一边不提了。其实，以我的经验，一个人能犯下不小的罪过，往往得先创造些功绩，获得做大事的本钱。

历史的理性和逻辑的理性是不同的，逻辑是“我思故我在”，而历史是“我在故我思”。然而，我们看待历史时，势必会进行价值判断，表述历史的语言本身就不是彻底的“理科言语”。当史家描述一场战争时，用的是“入侵”“进入”“占领”还是“解放”，本身就是一种价值判断。他要先形成某种基本判断，才好下笔。

西班牙思想家加塞特说：“人没有本性，而只有历史。人不是物，而是一场戏剧。每个人都是在写他自己的小说家，他无法回避这一选

1 详见前文“第五场对话：刘邦的歌声”。

择……”[1]

人没有先天的意义，没有抽象的本性，他的本性就是自己的所思所想和所作所为，是一切历史过往。甚至人探究历史不是因为求知欲，而是因为历史是他所有的一切。

厦门大学哲学系教授周建漳在《历史哲学》[2]一书里说：对人物的评价有两种基本类型，在传统史学里称为事功评价和道德评价。也就是“事情干得好不好”和“干的到底是不是好事”。评价“事情干得好不好”需要技术，但是相对明确；比较麻烦的是“干的到底是不是好事”(可能产生）的道义分歧。

首先，这里说的是公德，不是私德。其次，如果事功和道德起冲突，该怎样取舍？也有两种情况，一种是能干好事而没有干，当然做负面评价；另一种是想做好事却没有做好，该不该给予正面评价呢？

周建漳认为应该给予。而且他相信，当一个人动机为恶时，不可能做出正收益的事；而动机良好却没有做成好事，充其量是零收益。我倒觉得要三思：怀着崇高目标做出巨大负收益的情况，历史上出现过不少。

那些巨人留下来的记载好坏参半。我们可以借鉴一句话：世界上不存在道德银行，不是说你今天救了两个人，就可以冲抵明天害死一个人。历史责任是绝对的，不能推卸。只要真相得到保护和还原，人就要独自承担他的道德责任。所以，有历史感的人，无论处事多么实际和灵活，在大的原则上绝不做交易。这也是真正的明智：当下的成本是确定的，而未来的收益并不确定，不如少做违心的事，少说违心的话。

1 参见加塞特的文章《历史是一个体系》。

2 周建漳：《历史哲学》，北京大学出版社 2015 年版。

再来看一个故事，是加西亚·马尔克斯的短篇小说《世上最美的溺水者》[1]。故事开头，同样有一具溺水的男人尸体被冲上了沙滩，海边渔村的女人们从来没见过如此高大英俊的男人，都被迷住了。她们给这个男人起了一个名字叫埃斯特班，给他缝制了漂亮的礼服，采摘了很多的鲜花，为他举办了一场隆重的葬礼。那场葬礼过后，这个小村子成了一个有美丽故事的地方。村里人重新粉刷房屋，打了新的水井，开始在悬崖上种花。这里被称为“埃斯特班的村子”。

如果我们也把这个故事当作一个寓言，那么它就是一个人们如何为自己构建历史和希望的故事。如果说历史是人的本性，那它就不会只停留在思想里。它还要通过行动，为活着赋予意义。

2

1921 年生于北京，2021 年逝于北京的思想文化史学家何兆武先生说：

“人是有思想的动物，其他动物对自身的生老病死不但茫然无知，而且漠不关心，而人却需要问一个为什么——由于一个什么原因，为了一个什么目的。

“人的一生，是由很多偶然因素决定的，不是完全按照你自己的设想走过来的。我时常想，人类的历史是两个因素决定的，一个是必然的因素，比如说你的衣食住行，必须得解决，你要不吃饭就饿死了，你要不穿衣服就冻死了，这是必然规律……可是人的一生没有必然的

1 〔哥伦比亚〕加西亚·马尔克斯：《世上最美的溺水者》，陶玉平译，南海出版公司 2015 年版。

规定，偶然因素太多了。一个人走得很顺利，(遭遇意外的时候可能会)一下垮了。一个人走得很不顺利，然而没垮，就会一直都在。

“人类又总有一些价值是永恒的，我们不能抹杀普遍的价值。

“我们不能因为理想的不可实现就把它一笔勾销，毕竟还是要朝着这个目标前进，否则就没希望了。

“对历史做任何预言大概都是危险的，历史是‘自由人的自由事业’(康德)，没有说先天注定了非如此不可，所以就不完全是‘不以个人意志为转移的’。

“历史学如果是科学的话，也不是自然科学意义上的那种科学。它的规律和自然科学的规律是不同的。

“我对烦琐的历史考据一直没有多大兴趣……我们的历史研究，可以有不同的方面和层次，可以有政治史、经济史、社会史，等等，但最重要的还是应该研究思想史和心灵史。我觉得无论对于一个人还是对于整个民族的文化，这个层次上的理解才是最根本的。我所希望的是通过学习历史得出一个全面的、高度性的认识。

“学问有真假之分、高低之分、精粗之分，但没有中西之分。

“我宁愿这么慢慢走，(用审美的态度来对待人生)，一辈子对自己没有安排。”

地下的脐带

1

我竟然在和你妄谈史观，也真是胆大包天。凡事一说到“观”，就要惹来不自在，好在我前面主要是引述，要麻烦你辨认从哪里开始是我的曲解。说完了“观”，再来说更确切一些的“地上、地下”的事。

文豪乔伊斯在小说《尤利西斯》[1]里有一段胡思乱想：“人是被脐带构成的电话线连接起来的，听筒的那一头是夏娃。”这个说法提醒我们：世界上的每个人都有确定的生理连接。世界上的每一件事也是如此，考古学寻找的，就是这条文明历史中的脐带。

考古有一种思想体验：原因不一定发生在前面，结果也不一定是出现在后面的事。怎么知道什么是原因，什么是结果？我们判断发展机制的方式是归纳和演绎，而考古学家在真实的挖掘现场常常发现：我们曾经以为的只不过是我们的以为。

考古人类学家张光直说：中国古文明像一个风暴眼，自己安安静静，却搅动着整个欧亚大陆的东半部，近现代中国的考古发现足以

1 〔爱尔兰〕乔伊斯：《尤利西斯》，金隄译，人民文学出版社 2012 年版。

改写全世界对于人类文明的看法。关于中国青铜时代的发现，很可能在证明，中国古代的连续性文明形态是全世界向文明转进时的主要形态，而西方那种突破自然生态系统、突破旧时传统方式的破裂性文明则属于少数派。

考古学不只是挖掘，还要抓问题、找答案，弄清古人生活和思想层面上的东西。其中有种研究方法叫“过程考古学”，把文化定义为“人类适应外在世界的手段”。采用这一方法的学者认为，从人制造和使用工具开始，文化便起源了。过程考古学重视从人骨里分析古人的生计方式——他们究竟吃什么食物，用什么样的组合工具。比如，人骨分析显示，陶器的大量出现，说明古人不再需要长距离搬运，居住地点也比较固定。

不是打井时挖出了一件青铜器就算考古发现，那至多算考古线索。考古学者有句话：“一石为石，二石为迹，三石为墙，四石为房，五石为宫。”看到古人有意垒起来的石头，要以规模来确定性质。三星堆的线索早在 1934 年就出现了，但一直要到 1949 年以后，才推断出这里可能埋藏着古蜀国的中心遗址。1986 年，两个祭祀坑的发现震惊世界；2013 年，又发现了三星堆的青关山遗址。

这短短几个节点里，藏着无数血泪。考古这行太苦，我们平常人可能只有在看新闻时才关注考古人可敬的孤独。张光直说：“我有时白日做梦，梦见天资好，人又天真又用功的中国青年，志愿以考古为终身事业。”

2

古人对地上的事情则早有安排。中国古代的地理思想，是边走、边观察、边在头脑里形成。最初的外部世界像电子游戏《帝国时代》，开局一片黑暗，既难以知晓，又没法理解，你得派出一个侦察兵一点点向外探索，不断带回消息来更新地图。

有个常见的误解：古代中国比较封闭，人们不愿意迁徙。其实，中国古人对世界曾经抱有旺盛的探索欲，在很多朝代，使臣、商贾，尤其是僧人，都跑得相当远。在地理大发现时代之前，中国的海上活动也很发达。

地理学家唐晓峰形容中国的地理思想史主线是“从混沌到秩序”：从早期的天人不分，到上古时代的“天人分开”，再到王朝政治时代的“以人为中心”，秩序思想越来越清晰分明。

比如，古代有种重要地理观叫“分野”，用地上的山川州郡对应天上的星宿。这样的地理观在今天看来很牵强，在当年却是一种“智慧”：人站在地上是看不远的，在天上的视野就开阔了；以天地一体的坐标系为大地定位，可以解决很多问题。唐代有一套“天下山河两戒说”，把中国的山脉和水系分为南北两大系，为华夏和戎狄、蛮夷划分界线。其中，地面上的山川、郡县，也都与天上的星星对应。

还有我们常听到的“天圆地方”，也与秩序有关。从地理思想来说，“天”代表历史，“圆”是运转循环的秩序；“地”代表社会，“方”是安定平静的秩序。人生存在于稳定的大地秩序里，同时也听从川流不息的天命。

“天圆”和观测到的一样，地为什么是方的呢？这也是实用智慧：用视觉透视看天很方便，看大地则只能看到一小片，而且会变形。要进行大面积观察，就得用散点透视，把地划分成很多方块，建立不同的十字坐标，一一拼接起来。上古的行政区划，习惯上把土地想象成大方块套着小方块。我们是农业民族，用方形来计算耕地也方便，比如井田制就是一个九宫格。

我看唐晓峰的书时胡思乱想：不知道这和中国画的散点透视有没有关系？

古人的环保意识

古人的“天人合一”到底是不是环保观念？

我曾做过写宣传文案的工作，要诀是主题先行。有一次文案的主题是论证中国人自古就提倡人与自然界和谐相处，中国从先秦时代就有了环保意识。我便以《孟子》的“斧斤以时入山林，材木不可胜用也”[1]作为例证，也就是要按季节、有节奏地砍伐树木，保护森林资源。

孟子这话不是孤证，荀子也说过[2]。但能说这是环保精神吗？有一分证据说一分话，其实这只是说要有规律地采伐，起码没有说植树和森林养护。

古人对环境的描述和策略，一半出自实际观察，一半出自哲学，或者说神学的想象。有日常经验的东西讲得很靠谱，比如二十四节气；谁都看不见的东西，则多靠猜测和诗化。

儒家建立起来的是一套有完整道德属性的自然观念，并不是科学属性的环境系统。对人和天（或者说人和自然）的关系，儒家在乎的是什么呢？是以王朝为中心的政治秩序。

1 出自《孟子·梁惠王上》。

2 出自《荀子·王制》：“草木荣华滋硕之时，则斧斤不入山林，不夭其生，不绝其长也。”

儒家说的“天人合一”，不是自然界和人，而是“人君以政动天，天动气以应之”[1]。意思就是，你当皇帝的好好干，天就会呼应你、配合你，不会降下自然灾害来。所以，古人应对自然灾害，有很强的政治和民间宗教色彩。比如，灾害严重了，首要工作不一定是减灾抢险，而是从皇帝到大臣，上上下下都要对照检查自己的德行有没有什么问题。在古代，几乎每种灾害都有对应的神灵庇佑。清代康熙年间，政府曾经组织过勘察黄河源头，但目的不是搞科学地质调查，而是找到真正的源头，好在那里向河神祭祀。

“天人合一”是大问题。我的观察是，古人坐着说理，用的是道家的天人和谐；站起来做事，用的是儒家的实用主义。在建设都城、开矿烧山上，古人向来不手软，也不在乎。人们习惯上认为环境问题是随着现代化、工业化才越来越严重的，古代环境一直很好，实际上，中国的环境破坏趋势早在宋代就形成了。

宋代文化繁荣，城市经济发达，但它的发展还有另外一面。在宋代只能集中力量发展的南方，环境破坏尤其严重。当时推行通过填土围湖来造田，徽宗年间，绍兴的八百里鉴湖几乎被填掉了一半。从宋代到清代，江浙地区的大片湖泊相继消失，生态环境日益恶化。

此外，对南方山区的泛滥开发也带来了巨大的环境破坏。开山一般有两种方式：一种是砍伐焚烧，彻底破坏山地植被；另一种是种植玉米、甘薯这种根系粗大的作物，造成水土流失。明清时代的人发现，山地只种三年玉米，就露出了石头，山洪变得越来越频繁。这个现象一直延续到今天。

1　出自《论衡·变动篇》。

卧游于文化江山

学者刘刚、李冬君夫妇陆续完成了一套12卷的丛书《文化的江山》[1]。我喜欢这个命题：中国历史可以从“二十五史”里王朝的兴亡更替去看，这叫“王朝的中国”；也可以用贯穿所有朝代的文化去看，这叫“文化的中国”。

“王朝的中国”的面貌是行政区划，这影响了我们看待和思考中国问题的方式。我们出门，脑子里的界线是省份、城市的界线。

“文化的中国”则产出了一片文化的江山。我们何不突破政治区划，跟随玉器、青铜器的印记，跟随思想传播的路径，跟随海上陆地的贸易，重温脚下的这片山河？

我个人从不混用“旅游”和“旅行”这两个词。我那种游游逛逛只能算旅游，只要花钱，可以在沙漠里享受空调，也可以被山民抬到珠峰顶上。旅行是严肃的，真正的旅行者要怀抱对探索的热忱和好奇，要独自应对风险。

还有一种游法叫“卧游”，是论山水画时提出来的。近一两年大家都不方便出游，就可以在坐卧之间，于画上和文字里的名山大川中神游。

1 刘刚、李冬君：《文化的江山》，中信出版集团2019年版。

在我的读书经验里，中国古代文学有一个小小的现象：有些上好的文章是地理著作，比如《水经注》和《徐霞客游记》。我能想到的原因是：中国文化里的主观世界和自然的互动方式很复杂，在旅行中登山临水，也是一种体会真理的修养。起码，这些经验可以改变人的心灵，从而改变人的文字，可谓是“得江山助”。徐霞客的早期游记只是一般意义上的好文字，但当他旅行到后来，不再纠结遣词造句时，下笔便有了更大的胸襟和境界。司马迁作为中国文学的鼻祖之一，也酷爱探险旅行。他记载的那些历史事件，年轻时都尽可能探寻过原址，写出来自然“胸有丘壑”。画画也是如此，齐白石行了万里路，见识到真山真水，才画艺大增。

基本区

1936年，有个年轻的中国学者冀朝鼎在英国出版了博士论文《中国历史上的基本经济区与水利事业的发展》[1]。著有《中国科学技术史》[2]、提出“李约瑟难题”的李约瑟说：“这是迄今为止有关中国历史发展最卓越的书。”

冀朝鼎解决了一个问题：以古代封闭性和地方性的农业经济来看，各个地区是高度自给自足的，彼此互不依赖，有限的商业贸易不能改变这个属性。这种情况的合理推断是社会将会出现割据的分裂状态。如此说来，为什么中国历史还会处于长期的统一？冀朝鼎认为，那些封闭的区域当中有一块“基本经济区”，控制它便可以控制全国。在统一时期，这是君主最重视的地区，给予它特殊的地位和最多的优越条件；在分裂时期，这就是各个政治集团的全力争夺之地。

中国古代王朝与其说是用经济纽带联结的整体，不如说是先控制基本经济区，进而用军事和官僚体制组合而成的国家。

但从秦朝开始，中国古代历史始终处于扩张和经济中心的转移之中。“合久必分”也与此有关：旧王朝的基本经济区失去了旧有的功

1 冀朝鼎：《中国历史上的基本经济区与水利事业的发展》，朱诗鳌译，中国社会科学出版社1981年版。
2 〔英〕李约瑟：《中国科学技术史》，科学出版社1990年版。

能，附着其上的统治就会被来自新经济区的集团推翻。

冀朝鼎判断基本经济区的位置时，着眼于农业经济，标准是：水利发达的地方有机会成为新基本经济区。秦汉时期，这个区域在黄河中下游。三国魏晋时期，随着灌溉和防洪能力的发达，四川和长江下游的经济地位开始上升。与此同时，黄河沿岸的水土流失日益严重，传统经济地位不保，天下也跟着进入动荡。到隋唐时代，长江流域坐稳了基本经济区，大运河迅速发展，南方社会迎来发展期。这时，中华文明也随之由北向南迁移，从黄河流域中部转向长江流域中部。到元明清时代，北方的统治者担心首都与基本经济区距离太远，多次想把中央直辖的北直隶，也就是现在的海河流域、河北一带发展为基本经济区。

我想，除了观察农业经济，还要增加一些依据。比如，在南北政权对峙时期要多考虑军事。汉朝以关中为基本盘，除了粮食充足，还因为西北诸郡自先秦起就是上好的兵源地。《荀子》说，天下的兵里，关中秦兵最强，骁勇善战，士气旺盛；魏国士兵次之；齐国的兵最差。估计是因为齐国商业发达，私心杂念多了，队伍不好带。

从军事角度看，江南也是好地方。如魏晋时的南徐州京口，也就是今天的江苏镇江，那时除了中原的士大夫衣冠南渡，善战的北方流民武装也跟着南迁镇江，在这里被整编为南朝的军事主力北府兵。北府兵是东晋时期的一支精兵，以少胜多的淝水之战、深入北方的北伐战争，都是他们打的。

镇江除了是北府兵基地，离都城建康（南京）也不远，还属于长江中下游的主要产粮区、赋税区，位处苏州、常州的三吴地区交通线上，是牵一发动全身的要害。南朝的刘裕建立刘宋，萧道成建立南齐，都是在这里起家的。当时，长江下游两岸是决定南方政权命运的核心区，镇江是其枢纽。

全国核心经济区正式迁移是在唐代。唐中期前，中国的基本经济区还在秦淮线上的两京，也就是长安、洛阳一带。洛阳是江南赋税钱粮输送到首都的节点；唐中期以后，随着漕运线路转移，北方的基本经济区向东移动，洛阳逐渐失去地缘优势。一个地方的盛衰气数，往往如此。

在用基本经济区看问题时，我们还可以再建立一个“基本文化区”的概念。明清的朝廷一直倾向以直隶为核心，直隶分南北，南直隶包括江苏、安徽和上海等地区；北直隶则在京津冀一带。然而明清皇帝对一件事无可奈何：在文化和人才方面，江南更强。

隋唐以前的人才集中在长安、洛阳地区；北宋时代集中在北京大名府、开封和洛阳一带。从宋代开始，随着经济重心向南移动，文化精英、饱学鸿儒便大多出自江南。明清几乎每次科考都是“春风又绿江南岸”。明朝的第一次科举，所有进士都是南方人，气得朱元璋火冒三丈。此后也是以江南学子居多，清代的 114 个状元，江浙占了 69 个，这还是皇帝动手平衡南北比例后的结果。

苏州在清代出过 26 个状元，在天下州府里数第一。康熙年间的散文家汪琬当过翰林院编修，和同僚谈论各自的家乡特产。汪琬是苏州人，说苏州没有特产，只出两样人物：一样是戏子，一样是状元。

不必说苏州，且说镇江东南面、太湖边上的无锡，远有东林书院[1]，近有鸿山镇的七房桥村钱家[2]。钱家盛产读书种子，因为有个怀海义庄，家族建立学田资助全族的子弟读书，宗族文化里有一种公益、

1 创建于北宋，是江南理学传播的中心。

2 史学家钱穆、物理学家钱伟长等来自这个家族。

文教的地方凝聚力。

而说到富庶，在古代的江南还要数扬州。扬州的繁华顶峰在清中期，原因当然是盐商经济。清代两淮盐区的总部就在这里。康熙年间，中央财政年收入在最少的时候有两千多万两白银，而扬州盐商们每年就可以赚一千五百万两。关于扬州，可以读清代人李斗的书《扬州画舫录》，那是一流的笔记文学。

有个小问题：扬州在江北，为什么算江南？因为从经济和文化区域来看，它都是不折不扣的江南模式。江南因为自身的特殊性超越了行政概念。北方人说的江南是江苏南部加上扬州，再加上浙江的北部和上海。古代也如此，这个区域被称为吴越。

基础线

1

中国的地图可以画几条基础线。

20 世纪 30 年代，地理学家胡焕庸提出了一条著名的人文参考线：在黑龙江最北的黑河（当时的瑷珲）和云南的腾冲之间画一条直线，把全国分成东西两部分，西边这一半的面积占十分之六七，包括差不多横跨整个国境的丝绸之路，但人口只占当时全国的 4%；东边三四成的国土面积，却居住着剩余约 96% 的人口。胡焕庸认为，东部的人口过载了，唯独黑龙江辽阔富饶的松嫩平原是可以移民、减轻人口负担的地方。他痛心地表示：可惜白山黑水被日寇占据，不知何时能让我们华夏民族“移殖”和经营？时间不长，20 世纪 50 年代，黑龙江迎来了大规模移民建设。

今天我们对人口问题的焦虑又不一样。2019 年全国户籍人口登记的新生儿总数是 1465 万，第二年这个数字降至 1003.5 万，比当年的高考人数还少 70 万。新闻标题变成另一种人口警报。

在影响国运的诸多变量里，人口因素变化通常是最慢，但最好预测的，能扭转趋势的例子不太好找。

在计算人口时，要考虑一个数学之外的历史情况——中国人口从来不是平稳、匀速增长，而一直是大起大落。如果用西汉的人口和增幅做基数推算，中国人口突破 1 亿的时间应该在公元 75 年的东汉，而不是实际的 12 世纪初的北宋。如果按 1850 年清道光年间的人口增速推算，到 1953 年第一次全国人口普查，人口应该是 11.29 亿，而不是实有的 6.02 亿。103 年里，按正常增速，中国人口少了 5.27 亿。原因不难得知，就是这一百来年的战乱。即便是“鱼米之乡”浙江，一个世纪没有发生严重天灾，1953 年的人口还是比 1850 年少了将近三分之一，大约 1000 万人。我在读这些冰冷的数字时，没有什么情感触动，很难想象每一个非正常减少的数字都是一条跟你我一样的生命。一个人的死亡是有情节的悲剧，一万人的死亡是统计数字。

历史学家、复旦大学葛剑雄教授说，从秦汉开始，中国的标准核心家庭就是五口人。说五口也乐观了，殷实人家才有财力养育两子一女，中等以下的往往只能保留一个儿子。人口稠密的南方有个风俗叫“不举子”，就是把养不起、送不掉的孩子淹死或扔掉，水桶和河沟就是古人的生育节制设备。

总之，这种往复的历史状态一直延续到 20 世纪中叶，给当时的人留下一个错觉：人口大量增殖等同于繁荣，人口爆炸是遥远的事。谁知道此后全是没有经历过的转折。

和人口相关的另一类现象是：人口压力和耕地紧张、战乱通常有因果关系。然而，清中期以后的民间暴动在人口稠密的地区很少爆发，因为这些地区发达的工商业能养活非农业人口。经济模式和生产方式不同，能供养的人口规模也不同。这是对胡焕庸线的一个补充：从数学上的理想状态来说，均衡分布当然好，这也是古人一直在做的。然而，由官方推进的移民常常以失败告终，变成漫长沉重的财政负担。倒是民间自发的迁移，哪怕被官方禁止，最后总能有效。

2

中国的中部有三条“横线”。

最北一条是长城线，在汉代被称为“天之所以限胡汉”，这条线之外没法进行农耕生产。直到 20 世纪，明长城以北还是难以种植冬小麦，所以长城线是天然的农耕文明和游牧文明的分割线。但有一个现象：统一长城内外的有不少游牧民族。原因大概是牧业的生存条件比农业低，牧区不能变成农耕区，但农耕区可以变成牧区。

第二条是北纬 38 度的过渡线，这条线所经之处，也是人类各大古文明的诞生地。

再往南走，还有一条旧王都线，分布着历代王朝定都的地方。这条线背靠秦岭、淮河，是南北气候的分界线、中国两河流域文明的汇合之处。

陕西作家贾平凹说：秦岭是中国的龙脉，提携长江和黄河，统领北方和南方，是中国最伟大的一座山，也是最有中国味儿的一座山[1]。这是文学表述。历史地理的表述是：从秦朝到南宋末年，割据政权以此为屏障。秦岭南面是巴蜀，北面是关中，人文地理条件各不相同。直到元朝把汉中盆地划归陕西行省，才让四川失去了天险，再难割据。

龙脉的说法不只是地理景象，在中国政治里也由来已久。传说龙脉可以无限延长，经秦岭、太行山、燕山，“灌注”到北京。明清北京的中轴线是从老城区的钟鼓楼到永定门，长达八公里，居中的制高点即故宫太和殿，正好位于北极星的透射点，代表皇权至高永恒。太

1 出自纪录片《文学的故乡》。

和殿也因此在明朝被叫作奉天殿。

古人在思考地理、规划城市时，眼睛和头脑总是放在天上。1963年在宝鸡发现的“何尊”[1]的铭文里有四个字：宅兹中国。“中”的本义是旗，“国”是指有城墙包围。之后的“中国”泛指华夏文明，但不用于王朝国号和外交场合，明朝就称大明，清朝就称大清，直到近代它才成为我们国家的正式名称。

1　西周早期的一件青铜酒器。

太行山下的思想

秦岭分中国南北，太行山分中原东西。

北京大学中文系教授李零说：先秦时代的历史有两条线索，武力的征伐路线是从西向东，文化思想趋势则是由东向西。秦始皇席卷天下是从西向东一路打过去。与此同时，山东的读书人则往西边跑，去那里献计献策，制礼作乐。

当时说的山东和今天不一样。以崤山、函谷关为界，以东叫山东。

太行山脉纵跨北京、河北、山西、河南四个省市，呈“东北—西南”走向，北高南低。这道山脉中断处形成了东西走向的八个出口，古时候称“太行八陉”。文化和军事的东西行进，都要通过这些咽喉要道。

要观察先秦时代的思想行进，需要走得再远些，进入东西方向的平原。太行山是华北道路体系的支撑，从那八个出口出来，河北、河南、山东，整个华北大平原，差不多一马平川。两千多年前，周游列国、求学访道的士人们东来西去，在此形成了先秦思想的策源地。

在这片土地上，只有泰山独立高耸，视野开阔。站在泰山上看，西面是春秋时代的传统强国宋、郑、卫，它们代表孔子心目中正统的周文化。北面是齐国，南面是孔子的家乡鲁国。

鲁国生活着周公的后代，礼乐最发达。今天人们到那里旅游，有两个必去之处，一个当然是曲阜的“新、老三孔”，另一个是邹城。孟子是邹人。《庄子·天下篇》说：“诗书礼乐者，邹鲁之士、缙绅先生多能明之。”墨家也出自邹鲁。

孔子壮年时去过齐国的临淄，老年时到过黄河边上的卫国、陈国。诸子大多有漂流的经历，按社会身份划分，都属于“游士”。

其中，以孔子最悲壮，他不是为自己或为学问，而是为天下秩序，一直“游”到风烛残年。他暗中的目的地大概是过黄河到西面太行山那头的晋国，或者南下楚国，那都是当时的超级大国。结果由于各种原因，直到他 68 岁那年也没成行。正好这时鲁国来人迎他回国，孔子便就坡下驴，结束了 14 年的漫游，怅然返乡。

“三家分晋”[1] 后，魏国获得太行山两侧从江苏北到陕西东的大片土地。“西河之学”[2] 的开创者，孔门弟子子夏在此地得到了他老师盼望已久的国师地位，使魏国成为中原文化中心，影响远播秦国。这也符合李零说的思想由东向西的趋势。

太行山脚下的先秦思想地标里，最值得一说的是鲁国北面的齐国国都临淄，也就是今天的山东淄博。虽说齐人在孔子眼里唯利是图、缺少文化教养，但临淄拥有伟大的稷下学宫，那是中国思想史上最富于活力的一页。它兼容并包，战国时代有影响力的诸子都云集于此。我们翻看后世对他们的记载，通常都有一句“曾游稷下”。他们在这里做着针锋相对的学问，各国人赶来旁听他们讲课和辩论。

齐国用那套孔子瞧不上的经济社会模式获得了国际学术声誉。据

1　指春秋末年，韩、赵、魏等氏族瓜分晋国领地，致使晋国宗室名存实亡。

2　魏文侯请子夏来魏国西河讲学，传播儒家经典，故名为“西河之学”。

李零考证，当时的学术名著，比如《晏子》《司马兵法》和《孙子兵法》，都和稷下之学有关。齐国商业发达，兵法也发达，而用兵和治国都是务实的、关于人的学问。思想和学术并不清高，首先会为乐于供养自己、为自己提供宽松环境的人服务。先秦思想在齐国孵化，逐渐向西穿越太行山。

后来的秦始皇懂得文化使齐国强大。兼并六国后，他首先做的，就是执行东方的封禅传统，以此确认天下共主的合法性。

再后来的统治者刘邦，老家沛县曾经是楚国的领地。考察他的出身，至少算半个楚国人。如果给西汉初年的文化画一张图，就会发现：它的文化构成和政治更迭是不一样的。汉代的文化不是从周代或秦代来，而是从齐国和楚国来。

思想旧山河

近代学者王国维将先秦思想分为“帝王派”和“非帝王派”，认为战国各家学术都出自这两派。“帝王派”的代表是北方的儒墨，对标对象是言必称上古的尧舜禹汤。他们的理想热烈，要恢复上古的美好政治，出发点是国家化、贵族化的。

“非帝王派”的代表是老庄，这一派的思想家大多在南方，理想的对标对象不是上古的贤明帝王，而是传说里的高人和隐士。他们通常站在民间的立场著书立说，思想特质是冷静的。至于庄子能不能和老子并列，有争议。我觉得需要进行区别，庄子比起老子，是完全个体化的。

庄子生在战国中后期的宋国，和老子也许算大老乡。宋国一马平川，以耕种为主，宋人的典型性格是朴实、认死理、守老规矩，所以先秦人开地图炮的时候，编排什么人顽固、滑稽，常常安在宋人头上。这样自给自足、相对封闭的地方，很容易产生“小国寡民”“鸡犬相闻，老死不相往来”这一类管好自己的念头。

1

今天的人读孔子、老庄时，可以参照作家刀尔登的《鸢回头》[1]。刀尔登的文字和思想都是既现代又古典的。

现代思想的风度是以概念为单位，做高速推演，磅礴迅捷。我读统计学家 C.R. 劳的《统计与真理》[2]，开头一段话是："基于已有的知识，我们去发现未知。我们获得的知识越多，未知的知识就会更多，因而，知识的扩充无止境。在终极的分析中，一切知识都是历史。在抽象的意义下，一切科学都是数学。在理性的基础上，所有的判断都是统计学。"所谓知识，就是知识的历史，可以靠数学和理性不断拓展。有种魅惑的自信。

我自以为对理性足够尊重，但我也常常对此产生困惑。我在《鸢回头》里读到了寻找已久的一段话：

> 理性是盲人。它什么也看不见、听不到，无嗅无味，除了自我观照以外无知无觉。它处理我们的经验，同时，在事情进行得不太好时，藐视我们的经验……人类行为是如此杂乱，我们对人的每一种抽象定义，从来就不是边缘清晰、光溜溜的，而都是毛茸茸的，基于很不完全的观察，难以验证，无法捉摸。但理性就是那么工作的，它必须确信我们的观察是可靠的，如果不能，就假装确信。

1　刀尔登：《鸢回头》，山西人民出版社 2020 年版。

2　〔美〕C.R. 劳：《统计与真理》，科学出版社 2004 年版。

这就是刀尔登同时具有的古典风度。先秦诸子，以及和他们同时代的古希腊思想者，“他们知道的，好像我们都知道，但他们的思考像扛着锄头穿过早晨雾气的农夫，面对一大片荒地，成果都带有新鲜的香气”。其实，我们是倦怠的、被经验拖累的老人，古人才是生机勃勃的年轻人。今天的人想恢复当年的风度，就要把自己从套路里抽出来，用仿佛刚刚醒来的眼光重新打量世界，更独立地处理经验，以一种隐蔽的幽默再现精神的充盈。至少在阅读和思考时，努力把孔子、老子当作活生生的人。

2

刀尔登有本《不必读书目》[1]，其中赫然列着“不读《论语》”，因为“人不对自己提问，就不会明白孔子提出来的问题，远远比他回答的要多”。

有一种常见的说法是孔子不如老子，声音最大的是德国哲学家黑格尔。他说孔子的语录不过是常识道德，在其他民族里也不难找到，而老子才是“与哲学密切相关的生活方式的创始人”。刀尔登看出了另一层意思：老子的思想很容易化作锤子一类的工具，不再被当作观察世界的指引，反而成为很多人不观察、不思考的理由。尤其是它后来也和以孔子为“教主”的儒教一起成为帝王统治的工具，变得扁平而又绝对，使用者也随之越来越狭隘粗暴。

孔子不迷醉于严密的思想体系，不像老子那样搭结构盖房子，这

1　刀尔登：《不必读书目》，山西人民出版社 2017 年版。

正是他可爱的地方。孔子的兴趣在时代本身，愿景是教导弟子们做君子，也可以说是做个体面人。如果我们把孔子生存的场面还原回去，可以看到他的一大遗憾，是身边没有在思想上能和他相互切磋激发、如同惠施和庄子那样的人。他的智力处于孤独之中，我们也就不容易读到他的抽象思维。

刀尔登说：我们不能说老子是对是错，而是需要自己决定，要不要生活在他们描述的世界之中。

秦法的面相

1

诸家思想里，专属于帝王的是法家。

周天子式微，宗法秩序不再维持旧格局，权力下沉，列国进入“全民战争”，这给了法家制度登场取代礼治的机会。战国的法家大多出于三晋，是国际形势刺激之下的革新需求：这些国家要向南和楚国争霸，向西抵抗秦国，向东防御齐国。

最早变法的是魏文侯，他任用法家学者李悝为相。李悝编定《法经》作为治国标准，魏国一时大为兴盛。后来，楚悼王任用吴起，秦孝公任用商鞅，相继进行变法革新。今天看商鞅的变法，绝不是单纯地制定法律，而是一套涵盖社会、经济、军事、政治的治国总策。它的核心是：国家要崇尚力，君主要崇尚权，除了耕、战两样，其余都是次要的。商鞅也是连坐、告密这些制度的始作俑者。

法家的核心，无非是对法、术、势的综合运用。所谓赏罚分明，还是以罚为主。还是那个老笑话：打一条狗又停下来，它自然会开心。韩非说：臣子和国君没有骨肉之情，当臣子的凭什么保国君？不就是因为被国君的“势”所束缚了吗？

所以法家是讨厌包拯、海瑞这一类自驱型人格的。他们有自我的伦理标准，在他们身上，既看不到可利用的私心，又看不到可威胁的胆怯，而且他们还不近人情，属于威胁系统安全、无从安置的零部件。学者宋石男不认同法家思想基于“性恶”。他认为，法家如此冷峻的理由更加实用，就是基于“全民战争”对匮乏资源的竞争。在他看来，法家是一门以强国尊君为目的的君主政治学。

2

2021 年有本再版的法制史书《秦法之变》[1]，作者是吉林大学历史系黄中业教授。1975 年 12 月，在湖北云梦县睡虎地，考古队挖掘到 12 座战国末年到秦代的墓葬，出土了一千多支竹简，其中绝大部分是秦国的法律文书。墓葬的主人是秦国的一个地方法官，竹简是他亲手用隶书抄写，堪称活生生的秦国法律现场。其中包括成熟的行政、经济和军事法规，精密好用，相互辅助，达到了迷人的地步。

当然，最着迷于此的是秦国的执政者和后世帝王。

秦国人侦破案件时，并不像后代王朝那样重口供。秦法不承认刑讯逼供获得的供词，规定只要本人翻供，之前的供词就没有法律效力。审理盗窃案要见赃物，杀人案必须见凶器、验尸报告和现场勘查记录。秦代的刑侦不光以证据为本，还要等到证据链条建立起来，才能用于定罪。

1 黄中业：《秦法之变》，新星出版社 2021 年版。

《云梦竹简》上有一起盗窃案的现场勘查笔录：经痕迹检验，小偷是在墙上掏了一个二尺三乘二尺五[1]的洞入室盗窃的，古代的行话叫“穿窬盗”；使用的是直径2.6寸[2]的凿子。笔录还记录了现场的膝盖印和手印情况，确定了小偷入室的方向和路线，和今天的勘查差不多。这些细节，都要和口供、其他证词以及证据对上才能定案。而且，这些法定程序都有明确的法律文书格式和期限。

从魏国开始，七雄都进行了不同程度的变法，只是一段时间后，就回到了宗室贵族掌权的故道。只有秦国的变法以立法形式推进。立法在把原有的社会关系固定为国家意志的同时，没有创造新的社会关系，这让秦国成为唯一保持变法成果的国家。

我们看《云梦竹简》里记载的那些落到基层的执法情况，官吏的一举一动都有严格限制，也都对应着明确的刑赏。制度取消了贵族这个国君和民众的中间人，于是，除了国君超然其外，所有人和法律的关系都是等距的。

我们一直喜欢谈论：为什么古代帝王都要抑制豪强，重农抑商？当然是因为秩序。这个秩序是什么？作家阿城有个近似自然生态学的说法：帝王维持的秩序类似环境均衡。一个家族强大到成为豪强，就会挤压周边的中小地主，使他们破产。要是中小地主都破产了，天下一定要乱。帝王铲除豪强是为了恢复生态。所以，不要光看到大观园被查抄凄凄惨惨，还要看到许多中小地主又有了发展资源。

至于重农抑商，是因为商业积累的效率大大超过了农业积累，商

1 洞宽约0.76米，高约0.82米。

2 约8.67厘米。

业的发展一旦威胁到农耕社会的生态平衡，自然就会威胁到帝王权力。这类似于保护鸡鸭就要杀几头郊狼。以抑制商业为例，秦法的禁令是由内而外的：秦国禁止行政机构直接参与商业活动，只能委托商人；官吏若私下经商，就要被判处流放。而商人的地位极低，比奴隶强不了多少。

人心是复杂的，更是有差异的。整个社会的组织形式越整齐，越有压迫性，产生和积累的混沌、狂暴成分也就越多。这不是靠奖赏和输出战争就能释放的。我不知道这些东西具体该怎么称呼，是不是类似热力学所说的“熵”？无论叫什么，它在秦朝后面的历史是存在的。比如，连坐和告发制度把近亲关系逼迫到为个人利益而不得不先下手为强，这种裂痕中所产生的冷漠、仇恨和猜忌弥漫民间。

到了秦末，有一个“熵”埋在始皇帝引以为傲的郡县制末梢，一个小小的亭长——刘邦——身上。从他后来的“约法三章”[1]看，刘邦把秦法的缺陷看得一清二楚。

后代帝王的办法是用上层文化，也就是礼制去中和法律。除此之外，还有不入正史的世俗文化，往往被中小地主阶层用来作为管理的补充资源。法如同铁，是坚硬的结构；文化如同盐，化到水里看不见，但你不能说它没作用。这就又是一个话题了。

1 在秦末农民战争中，刘邦占领咸阳后，废除秦的严刑苛法，制定了三条简单法令：“杀人者死，伤人及盗抵罪。”

3

古代中国的“经济”，即“经国济民”，指的是政治；民间商业活动则被称为“货殖”。春秋战国时代的经济政策里，有两套方法能迅速起效：一套当然是商鞅式的，可以说是极简的刚性——先建立严厉有效的法令，再集中精力发展耕和战。有了粮食，还有兵器和士兵，那就什么都有了。但这种方式的危机在于，它自身不会生长，或者说生长得慢。要发展，只有向外侵略，抢别人的。假如遇到更强的外敌，或者内部出现裂缝，就会很快瓦解。这个系统着眼于组织生产和消耗，不在流通上投入力量，看起来坚固，其实很脆弱。

另一套是以计然、范蠡师徒为代表的道家的“无为而无不为”，也就是因势利导；核心词是“时”和“变”，也就是时机和变化。这套方法最重要的是“财币欲其行如流水”，让货币像流水那样流通周转。“生意”这个词的含义就是不断生出新的资源。道家的经济思想着眼于流通，把生产和分配附属于交换之中。这得益于春秋战国时代的边界关卡设置得不严，信息和货物流通很快，因为各国要不断地结盟和打仗。

越王勾践照着这样的经济思想行事，见效也很快，十年内国家富足。靠着丰厚的犒赏，越国士兵们个个英勇向前，灭掉了吴国，称霸诸侯。

金克木先生对越国、秦国称霸历史的总结是“外强而内向，落后入先进”。

“外强而内向”是指，战国时代崛起的强国全部是之前处于文化落后的边缘地带的国家。中原的老牌贵族们没有发展经济的能力，而四周边区的经济发展得极快。有意思的是，外部边区强大了，不是分裂出去，而是合并进来。内部中心弱了，不能打出去扩展，变弱的“本地人”被涌入的生猛“外来户”压倒。所以“落后入先进”的意思是指，过去落后区域的外族迅速发展，像海绵一样，吸收融合中心地带的文化力量，反客为主。

这两个特点大概是中国古代文明总体的发展趋势，从先秦到清代一直如此。

托命之人

我把这场谈话搞得实在枯燥。我们东北人面对如此乏味的聊天，会质问："你到底是几个意思？"

第一个意思是想要在古老的故事里找到一种对过往处境的"定性"。

"一部十七史，从何处说起？"作家郭建龙为写新书《穿越非洲两百年》[1]去到的那些国家，印度、伊朗、阿富汗、非洲，都不是什么轻松愉快的目的地，可那些地方都和中国的过去近似，和中国的未来有关联。

他说，1840 年以来，我们形成了一种典型叙事：中华民族是多灾多难的。可是你从世界历史的视角看，其实中国差不多是整个旧大陆上最幸运的国家。

对比世界古老文明的发展基础，非洲古代文明的骄傲、古埃及的根据地在尼罗河两岸，尼罗河三角洲只有 2.4 万平方公里，其余地带都是沙漠。而中国文明有几百万平方公里的回旋余地，遇到气候改变、土壤沙化，我们可以向东、向南迁移。

印度、希腊的地理牌看上去不错，四通八达。可我们还有一样优

1　郭建龙：《穿越非洲两百年》，天地出版社 2020 年版。

势是它们没有的，就是罕见的地理防御性——东南部的海洋，南部的密林，西北部的沙漠，构成了稳固的防线，让位处其中的根据地有了长期发展、延续统一的文明基础。

重拾，或者说意识到这种幸运，会改变我们对世界的界定方式。

如果把自己定义为苦难深重，我们会很容易形成和世界对立的心态。明白了中国先天和历史的得天独厚，我们对未来的期待也会跟着不一样。我们会思考怎么继续守住和放大这份幸运，怎么把它转化成更牢靠的东西再交给下一代。近代世界的发展中国家里，只有极少数幸运儿能融入国际秩序，中国就是其中之一。

第二个意思是对待过往的态度。

思想家、文艺评论家王元化先生被称为中国文化的“托命之人”。“托命”就是《论语》里的托孤、寄命[1]。“托命之人”指在思想史上有开创、传承或中兴地位的人物。

在中国文明的早期阶段，文化掌握在巫师手里，那时候的人类社会普遍没有文化意识和人的自我意识。大约在2500年前，人类社会进入哲学家雅斯贝尔斯所说的轴心时代，也就是释迦牟尼、孔子、苏格拉底和耶稣这批大思想家出现的时期，神秘的超越性和世俗生活分离，文化独立出来，开始有了自己的命运轨迹。这在儒家思想里叫“道统”，在古代社会叫“文脉”，它们和政治秩序既关系密切又各走一道。

文化的载体是生活，文化的命运也要落在具体的人身上。孔子、孟子没有实际政治权力，却是文化托命之人。

有这样负担的人都觉得舍我其谁。孟子口气大，不只因为他脾

1 《论语·泰伯》：“可以托六尺之孤，可以寄百里之命。”

气本来就硬，也是自信天命在己。1942 年，学者梁漱溟身陷战乱，在信里说：我要是死了，山河会变色，历史会改辙，那是万万不能有的！

今人不知道是否需要类似的抱负。我喜欢人活得庄重一些，但也不大喜欢“横渠四句”[1] 的口吻。如今，往圣绝学可以在电子书里连拼音带注释查到，我们大可以自己去“继”，你看不是连我都在这里胡说八道吗？我们每个生民各有天地，各有对命的认识，可以各自对过往形成理解，各自去托举。

就说到这儿吧。

1　即“为天地立心，为生民立命，为往圣继绝学，为万世开太平”。

于脑中穷理

6

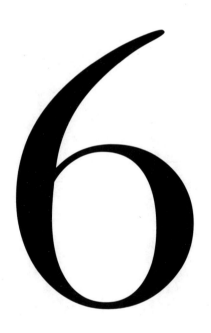

ALL THE SAND IN THE WORLD

第六场对话

这场对话，来谈谈我们在对话时所用的工具——大脑和心智。这把刀当然该磨一磨，以便对感觉产生感觉，对思考进行思考。

世界可以断然地分为心和物吗？

在脑神经科学的发现里，心完全从属于物吗？

用以感受外界的心智如何产生和变化？

我们所信赖的哲学家又对此持何种态度？

科学可以影响到穷理吗？

该怎样看待那些大问题？比如：

关于衰老；

关于死亡；

关于个体和世界的关系；

关于文学和艺术。

界线问题

这一次聊的纯属务虚。世上最虚的事情莫过于“我”，人们总能为“我”找到投射的镜像，又总能在“我”之下发现新的“我”。

有人以为“认识你自己”是苏格拉底说的，因为苏格拉底拿这话当口头禅，其实这是希腊德尔菲神庙的柱子上镌刻的一句箴言。苏格拉底认为的，也是许多哲学家所认为的：人要探究的不是自然世界，而是自我。万物的主宰并非外在物质，而是内在目的，即“善”。人不会生来就符合善的德性，要在理性指导下通过认识本性实现善。正如苏格拉底所说，“知识即德性，无知即罪恶”。

不知有多少年，定义善、讨论人如何认识自己是哲学家的禁脔[1]，他们是和世界交浅言深的人。

按英国哲学家罗素《西方哲学史》[2]的区分：一切确切的知识都属于科学，一切涉及超乎确切知识之外的教条都属于神学。介乎神学和科学之间，还有一大片受到双方攻击的无人领域，这个领域就是哲学。对于“我何以是我”，各派思想者都有坚定的答案。法国哲学家笛卡尔说我是“一个思想的东西”，德国哲学家尼采反驳道“就好像

1 比喻某种东西十分珍美，仅可独自享有，不容别人染指。

2 〔英〕伯特兰·罗素：《西方哲学史》，何兆武、李约瑟、马元德译，商务印书馆 2020 年版。

任何激情都没有理性成分似的”。

进入现代，人们不但怀疑那些答案，更怀疑那种普通而又自信的态度。此时此刻，科学也打破了谨慎的缄默，对“人的意识和情感如何产生”的领域发起攻击。

英国科学家苏珊·格林菲尔德的著作《大脑的一天》[1]，讲述了神经科学对人类意识的最新发现。书里说：在那些与人的意识相应的神经机制里，核心是神经元聚合。在特定条件下，数以百万计的神经元会同时工作。这不是单纯发生在某一个脑区，而是处于中间水平上的“介观尺度”的大脑进程。

为了帮助理解，科学家对此有一个更浅显的比喻：神经元聚合的过程如同把石头扔进水里产生的一圈圈涟漪，意识的强度取决于石头的大小和投掷的力度。一旦触发，百万级的神经元就会产生一连串活动。早晨的一次闹钟声所引起的感官刺激，足够召集起一次小规模神经元聚合。二三十年前，科学家们首次发现了神经元聚合。因为近年来的新技术，他们终于能实时观测到脑神经毫秒级的快速关联活动了。目前，这项研究还处于萌芽阶段。

格林菲尔德还把她的研究暗喻成她父亲拆电视机、拆汽车的爱好。那种探索不带任何假设，只是心怀敬畏地想弄清楚电的本质是什么，就像她如今想知道人类的意识是怎么来的。这是一种单纯的乐趣：知道一些问题，要比知道所有的答案更好。

以大脑为工具，又以大脑活动为工作的哲学家，当然要关注格林菲尔德的研究。哲学家陈嘉映写了一篇文章[2]讨论这本书，讨论科学

1 〔英〕苏珊·格林菲尔德：《大脑的一天》，韩萌、范穹宇译，上海文艺出版社 2021 年版。

2 陈嘉映：《神经研究与意识——从神经元聚合假说谈起》，载《信睿周报》2021 年第 47 期。

和哲学的界线问题。

科学革命[1]以后，科学与哲学渐行渐远，最后似乎各行其道，两不相干。常有人呼吁科学和哲学重新合作，然而这就像劝离婚的两口子重修旧好，听着很正确，实际上没那么容易。格林菲尔德在书里也说过，她所在的牛津大学举办了系列研讨会，邀请神经科学家和哲学家坐在一起，从不同方面探讨心灵和大脑。结果和劝复婚差不多，唯一的共识就是：大家都很头疼，谁也不知道该怎么用科学的客观方式来探索如此主观的现象。

陈嘉映也说，不要在这方面期待太多。科学从一般的思考发源，早期会用到哲学，但是当学科成熟了，所要解决的就基本上都是学科内部问题了。陈嘉映定义的哲学活动领域是"有感之知"，带有感觉地知道，而不是像科学那样提供对事物机制的客观解释。他认为，哲学家不能把科学当作自己的领路人，也不要打算为科学领路，或是围着热门科学问题打转，而是要守住自己的任务，或许这样才能够对科学产生真正的支持。

也许科学和哲学对"如何认识自己"的贡献方式是不一样的。科学会把它所碰到的一切都转变成纯粹的客体，当然也包括大脑意识的形成机制；而哲学是用一种能唤起我们感觉的方式，把各种现象加以贯通来解释，也就是陈嘉映所指的支持形式。

比如，意识能不能成为科学研究的对象？或者说，主观性真的可以被客观研究吗？

对于这个让格林菲尔德感到困扰的问题，陈嘉映的回答是：可以。科学家不是正在客观地对意识展开研究吗？就算在日常思维里，

1　指 16 至 17 世纪，欧洲在物理学、天文学、生物学、医学以及化学等领域经历的根本性变化。

我们也可以用客观态度去探究一个人的思想，甚至可以为他的主观程度打分。相对而言，我们倒是不太明白什么叫“主观的探究”。意识也不是单单是从神经系统中产生出来的。没有身体，没有人际互动，没有社会和历史，意识无从发生。科学可以研究爱恨情仇这些情感引发的生理反应，却不会去评判爱恨情仇的内容。

我们还可以看到哲学与科学的另一种合作，比如，“我的意识”到底是不是独一无二的？

哲学家说：在某一个历史阶段，人们说到独一无二，确实不是指我们这些平凡人，而是像苏东坡、牛顿那样的天才。如今，我们承认任何人都是独一无二的。这依然可以用丰富的感觉来描述，一片落在手心的树叶，一首少年时代听过的歌，母亲的笑容和声音……这些感觉既是所有人共通的，又是独一无二属于你的。个体感受的主体性不能转移，所以“我的意识”绝不等同于“你的意识”。每个人因此构成了独一无二的主体。

科学家验证：你的大脑独一无二，是因为你有独一无二的神经元聚合。比如，你的结婚戒指对你至关重要，它与世界上其他戒指的差异存在于你的大脑里。这段独特记忆是通过已经建立的神经连接进行解读的。在说每一句话的时候，你正在经历的体验又会更新神经连接，并且永远地改变了它们。每个人的心智都是在这种大脑与外部世界的独特、频繁的交互中发展起来的。

这份由哲学家和科学家共同担保的独特，在今天有种安定人心的力量。无论科技如何发展，我们还是独立的、有个体意识和感受的人，而不是依附于其他的、可以替代或抹杀的存在。

再说两个我的感受：第一，我们该不该放弃追求更深更广的心智？这个过程往往徒增烦恼。很多人接受娱乐至死，或者“奶头乐”[1]，进入“情绪高涨，认知低迷”的状态。而《大脑的一天》里说，人沉浸在此类“美妙体验”里时，独特的个人神经连接方式就会被瓦解。因为，对这一类行乐方式来说，个人化的连接既不相关也不必要。假如这个人不是绝圣弃智的庄子，他的独特性恐怕也没有什么价值了。

第二个感受是有关生活习惯的。《大脑的一天》里说，服用精神活性药物同样会瓦解个人神经连接方式，它会让人在任何情况下都体验到狂喜，损害了“与生俱来的”中枢突触效率，使人的神经功能退化。同样地，饮酒使人快速获得愉悦的原理也近似，酒精是高度脂溶性物质，可以轻松穿透细胞间紧密的连接，大幅度地减少神经元聚合。

所谓“劝赌不劝嫖”，又所谓“烟酒不分家”，还所谓“理度君子，法度小人”，凡是让人成瘾的东西，从酒精到权力，都很难用道理去劝阻。最后摘引书中的一句话：高水平的多巴胺并非一定预示着愉悦感，它同样也在恐惧的体验中扮演着重要的角色。

站在科学和哲学的边界地带里，我们不只需要思考能力，更需要一种有品质的心智：保持惊奇，不畏惧真实和差异。然而，什么是心智呢？

1　指令人沉迷的消遣娱乐和充满感官刺激的产品（如网络、电视、短视频等），人们沉浸其中，不知不觉丧失对现实问题的思考能力。

何为心智

你是不是和我一样认为：心智是人的智力活动，包括逻辑、思维和推理等，或者直接概括成“心智就是大脑的活动”。如果这是你的答案，会有许多来自生物学、心理学和医学领域的科学家支持你。

我们还会在科幻片里找到例子：人只要把大脑保存起来，就能延续生命。古希腊有一个著名的思想实验叫“忒休斯之船”，一艘完全更换了木板和零件的船，它还是不是原来的船？

电影《阿丽塔：战斗天使》的设定类似忒休斯之船，在垃圾场一样的钢铁城里，人为了生存，把身体更换成机械部件，只要大脑还是自己的，就还是原来那个人。这种赛博朋克设定在今天似乎略显老套，因为漫画原著《铳梦》[1]是30年前的作品。我是《铳梦》的死忠粉，电影的续集不一定会拍，我给你剧透一下后面的情节。那个悬浮在钢铁城上空的城市沙雷姆，里面的人自以为高贵而完整，但他们不知道，他们的脑壳里只有一块芯片，每个沙雷姆人的思想都处于统治者的远程监控之中。第一个发现这个阴谋的沙雷姆人直接疯了，或者说宕机了。钢铁城是悲剧，沙雷姆是荒诞戏。

到了30年后的今天，人们对技术的想象力和容忍度更高了，很

1 〔日〕木城幸人：《铳梦》，东立出版社1993年版。

多人相信人类文明只要继续进化，就会彻底摆脱身体的限制，把意识储存在芯片里，上传到云端去。这些设想靠不靠谱呢？

30 年来，美国洛杉矶加州大学的精神病学临床教授丹尼尔·西格尔和包括医学、生物学、心理学、物理学、哲学、计算机科学等领域专家在内的团队，研究了数千病例，研究对象是“心智到底是什么”，并对此有不一样的答案。

一个人的心智是否正常，真的是不言而喻的吗？印度思想家克里希那穆提有一句名言：“在一个明显病态的社会中适应良好，这不能代表你很健康。”很不幸，我对这句话深有心得。

西格尔觉得，如果把心智定义为智力活动，那就把心智和心灵、情绪对立起来了；如果说心智是意识、思维和情绪，也只是简单地陈述特征，在临床上没什么意义；至于“心智是大脑活动”这种说法，已经有不下 2500 年的历史了，有的现代心理学教科书也是这么定义的。

20 世纪 70 年代末，西格尔在哈佛大学读医学院时，接受了一条职业法则：把患者当作客观物体，近乎一个装满化学物质的皮囊。但他在实习时，会关切地询问病人的经历，对治疗的心理感受等。因此担任督导的医生指责他太情绪化了，关切病人的心理感受是社工的工作，不是医生的职责。

在此之后，他接手了一个和自己年龄相仿的骨溶解症患者。患者的梦想也是做医生，然而身体就像一块海绵，他感到既无助又恐惧。西格尔努力忽视患者对自己的羡慕，不把同情心带进工作场景，极度冷静地记载了临床细节和数据，向督导做了专业的汇报。督导夸他做得非常好，但他觉得自己的心好像死了，和身体失去了联系，和那个年轻的患者也远远隔开了。他意识到，督导教他的，是通过自我分裂来适应环境。当他切断和患者的连接时，好像也切断了和人性的连接，他认为这么当医生是失败的。

这两种不同的职业态度，出于两种对心智的不同理解。前者被称为“具脑派”，它的英文 enskulled 还有“绝缘体”的意思。这一派认为人的心智完全是大脑中神经元活动的产物。持这一观点的医生自然认为独立运用自己的大脑，完成专业的治疗工作，就是尽职。而另一派观点认为，心智活动是在人和人的关系中发展完成的，医生关注患者的情感、经历，也是治疗的一部分。当一个绝望的患者被医生充满同情心地对待时，他会产生信任和希望，感到自己被对方尊重和理解，这是一种全新的心智反应。

对于后一种说法，如果喜爱文学、艺术，你就会非常赞同。人有独立于物质的精神，人的心灵可以相通，可以改变世界，这是文学、艺术成立的基础，否则我们现在在做的事情还有什么意义？假如人只是一颗颗封闭起来的大脑，假如我们的情感、情绪和欲望完全可以靠打一针或者吃几片药调节，可以被数字化地模拟和复制，实在太让人沮丧了。这样一来，人完全可能像疯狂的沙雷姆人一样，去做一些疯狂的事来验证自己拥有所谓的自由意志。

如果喜欢读哲学、社会学、语言学方面的书，你也会很同意心智是由社会和关系建构的。只是这些来自人文学科的理论，怎样在神经科学里验证呢？

西格尔所做的，正是这件事。他在进修心理学时，学过一门叙事学课程，研究患者如何通过话语和讲故事来建立自我。导师告诉他，心理学中的叙事是一种社会过程，叙事并不发生在个体之内，而是产生于人际关系。西格尔也是一位有世界影响力的儿童心理学家，他发现儿童对家长的叙事是判断亲子关系的最佳预测变量。他一直好奇，在人的心智活动里，除了叙事行为具有人际关系属性外，具体的感受、动机、希望和记忆，是不是也根植于人际关系？

这类现象广泛存在于生物界。三文鱼可以通过改变体内的某种酶，来调节体液里的粒子浓度，从而适应生活水域的盐度变化。对人类来说，心智也在社会中进行着类似的调节。西格尔的著作《心智的本质》[1]说：远古人类是通过绘画和口头语言为共同的生活经验赋予意义的。人类至少在3万年前就学会通过讲故事来发展关系，而徐来介绍的那个最早的人类故事[2]已经有不下10万年历史了。

生物学家还发现，社会化的灵长类动物有“助亲”行为，就是把幼崽交给母亲之外的值得信任的同类，分担照顾后代的责任。它代表着一种成熟的关系：社会性动物要依赖值得信任的同类才能生存，这种关系在人类进化之初就在影响心智发展。

西格尔的团队通过神经学科研究，把一些生理反应和关系中的心智现象联系到一起。比如，我们恐惧的时候会毛囊竖立，也就是起鸡皮疙瘩。这当然首先会刺激逃跑的行为，但是，人也会因此而留下来，选择面对恐惧。这种生理刺激不只关联求生欲，人也可能因为在起鸡皮疙瘩的时候降低自我关注度，开启敬畏情绪，把群体利益置于个人安危之上，主动为他人牺牲。这是身在关系中才能出现的反应。

这项研究的过程十分漫长，起点就是西格尔的假说：心智会不会是既存在于个体内部，又在某种程度上突破了颅骨和皮肤的包裹，存在于人与人之间？这个灵感有一个具体的故事场景：有一天，西格尔沿着海岸漫步，忽然发现海岸其实是沙滩和海水共同构成的，海岸线

1 〔美〕丹尼尔·西格尔：《心智的本质》，乔淼译，浙江教育出版社2021年版。

2 详见前文“第五场对话：世界上第一个故事”。

能够形成，不是陆地或海洋的单方面作用，而是两者合力的结果。所以，海岸线既是岸，也是海。同样，人类的心智活动就像一块硬币的两面和侧边，由个体的大脑、人与人的关系以及心智共同构成。它们是同一个现实的三个组成部分，彼此间是一种三角关系。

几十年后，西格尔心有所得：心智是我们感受到的一切主观体验，从思维、理性的观点到潜藏在话语之下的意识。另外，我们感受到的与他人和外界的关系，也是心智的一部分。心智绝对不仅仅存在于颅腔里，它是从一种复杂、高水平的系统功能里涌现出来的。这个系统的基本要素是能量和信息流。这些流动的能量和信息，既发生于我们内部，也发生于我们和他人以及整个世界之间。

那么，人想要实现永生，恐怕只保留一颗大脑是不行的。我们当下的关系都是从身体里来的。老子说："吾所以有大患者，为吾有身。"可是，没有身体，也就没有了人和人之间的基本联系，世界上大多数的命题也就随之不存在了。

还是别永生了吧？

再说心智

根据西格尔的总结，这个由能量和信息流组成的心智起源系统，既被外部因素影响，内部的涌现过程也是混沌、随机、非线性的，一个很小的诱因就可能导致很大的、难以预测的复杂结果。

但复杂性并不可怕，它也可以转变为优雅的简单。最佳的复杂状态会催生和谐的物理现实和心理感受。这个系统内部有交互作用，人只要能把引发精神现象的不同元素进行区分，让它们变得独立可见，就可以建立联系，整合为一体，形成理想的组织形态。所以这个过程被西格尔命名为“整合”(integration)。他认为对心智进行系统地整合，是精神健康的基础。

全美精神病学会定期推出的《精神障碍诊断与统计手册》[1]是美国精神病学的“圣经”。我发现这类书不能在没有专业人士指导下阅读，因为不论翻到哪种精神病性障碍，都觉得自己符合相关症状。

对此，西格尔的内行总结是，这本一千页的手册描述的所有症状，可以分成两类：一类是刻板，一类是混乱。患者找到医生求助，无非带着这两种精神体验。要么感到生活千篇一律，什么事情都是可预见、厌烦、毫无意义的，这是刻板；要么是他突然遭遇变故，产生

1　美国精神医学学会：《精神障碍诊断与统计手册》(第 5 版)，张道龙等译，北京大学出版社 2015 年版。

情绪冲击，记忆和思维此起彼伏，难以控制，这是混乱。

刻板和混乱也可以组合出现。创伤后应激障碍患者，头脑中既会出现混乱的幻觉入侵，也会对记忆采取刻板、麻木的回避态度。一个思绪混乱的人，在行为上又可能是刻板、重复的。

西格尔在《心智的本质》里说，当大脑对心智和情感进行整合调控时，不同的脑区会参与协调平衡。有一些精神障碍，比如精神分裂症、双相情感障碍或者孤独症，起因就是患者大脑里原本应当存在特定关联的脑区或者神经纤维之间出现了整合问题。

在西格尔的“心智整合理论”里，人最重要的能力是“第七感”。有人说这可以和精神分析学派创始人弗洛伊德的“潜意识论”媲美。“第七感”是一个人对自己内在思维、情绪和表象等心理活动的感受，分成三种能力：前两种能力是发现自己内在精神的洞察能力和感知他人精神的共情能力，差不多类似于我们常说的“情商”；第三种能力是从内在和关系两个方面对心智进行整合的能力。

西格尔以自己的几次精神和感情危机为例来解释“第七感”。他的导师被查出癌症晚期时，他感到了浓浓的哀伤。随后，哀伤变成了绝望，他在导师去世以后觉得自己和学术界，甚至整个世界都失去了联系。这种急性哀伤里充满了刻板和混乱。西格尔分析了自己的意识：他丧失了亲密的人，这违背了他对生活的期待。当他的心智和这种丧失相互作用时，从中摩擦出哀伤，接着又引起一连串的心智整合错误，导致他不是在刻板中消耗情感能量，就是陷入混乱意识。

如何改变呢？

西格尔首先承认了自己的哀伤，这是首要的。接下来要做的是整合和转化，逐一辨认感受到的情绪，为每一种情绪命名；一边命名，按照字母顺序把这些情绪排列出来，以免遗漏；一边双臂交叉，轮流轻轻拍打自己的肩膀，把各种情绪清晰地分开，用身体和思想对它们加以驯服。他整理出来的消极情绪包括愤怒、冷漠、焦虑，等等。然后，他开始整理带有积极色彩的情绪，包括敬畏、感激、依恋，等等。他一边继续拍打自己的肩膀，一边把积极情绪和消极情绪进行有意识地联系。他宣称，当自己的情绪被充分整合在一起后，他产生了喜悦的状态。

既然心智的完成也存在于人与人之间，那么，这种整合也要放大到群体中。每个人都可能在某个方面属于弱势和少数群体，在思想或行动中，消除种族、性别、性取向、学习方式、经济地位和教育经历的差异，我们的心智把这理解为“善”。

在数学和物理学的复杂系统里，如果不加干预，最终也会朝这两个趋势而去：要么混乱，要么刻板。也许时间只是存在于两者之间的一个刻度。所谓整合下的秩序，只是人在极狭小范围里稍纵即逝的收获。这种努力的解释和挣脱多么动人。

何为穷理

再说回哲学，说回陈嘉映。

陈嘉映的《说理》[1]在2020年出了新版，他努力“让哲学说中国话”，使这本书常新。用中国话表述哲学，要求精确的翻译，周密的解析，打通中西的思想体验，关照我们中国人的日常，并导向合理的生活。这样才能够“让哲学说中国话”。

以他的中国话哲学来看，哲学大致是中国人说的“穷理”：对道理稍加追究，就会产生疑问，需要再进行澄清，这样就从一个道理追向另一个道理。这是我们很容易体验到的哲学形式。

我想从陈嘉映的中国话哲学里找到的，是我关注的一些老问题。比如，一个人人都说的词“天人合一”，能不能请哲学家再来穷一穷理？

先来说一个故事，它记载在被称为“春秋外传”的《国语》里。话说古时候人神不杂，神可以降临在澄澈聪明的人身上。此人即巫师，女的叫巫，男的叫觋。古人说，或者古代的巫师说，因为他们掌管宗庙、礼仪、祭祀，才使人间安定和谐。后来，世上出现了纷乱，人们胡乱祭祀，江湖乱道，没了法度，人神混杂，灾祸随之频频发

1 陈嘉映：《说理》，上海文艺出版社2020年版。

生。这时候，三皇五帝里的颛顼出来整治局面，让神的归神，人的归人，不再混在一起，这就是“绝地天通”，也叫“绝天地通”。

考古学家李零认为，这个神话说明，中国文化在从天人合一走向天人分裂。政治开始掌握世俗权力，逐渐把巫文化从权力结构中剥离。从此，就应该着眼于中国的礼仪和制度了。这有点像电子游戏里的文明升级，使中国的文化面貌区别于在草原上骑马和在热带雨林里生活的民族。

儒、道都喜欢谈“天与人”，强调“人”须与“天”一致，从而实现和谐。那么，是不是可以说：不同于西方哲学的“人为自然立法”，中国古代哲学是“自然在为人和万物立法”。

“人为自然立法”出自德国哲学家康德之口。中国著名的研究康德的学者，“三大批判”[1]的中文版译者邓晓芒，常常通过对比中西思想，对中国传统文化发起批判。对此，我不觉得是“荆轲刺孔子”[2]，而是“康德会孔子”，很有趣，也很佩服。身在中国，批判西方是安全的，但这种行为对我们自身的进步有什么好处呢？有能力的人，应该去西方传播中国的成就，在中国研究自身的问题。

邓晓芒说，在道家那里，人最后要归于自然，看起来是自由自在了，但是对于自然界的规律，人并不探讨，只是顺应，于是，在归于自然时，人也把自己丧失了。《庄子》的“吾丧我”，有一种解读就是为了与大道合一而取消了自由意志。

人在自然界里发展人类社会，就该在人类社会里争取自由。而老

1 〔德〕伊曼努尔·康德：《康德三大批判合集》，邓晓芒译，人民出版社2017年版。包括《纯粹理性批判》《实践理性批判》《判断力批判》。

2 香港中文大学教授秦晖对于当代思想界的形象化说法，意思是荆轲不敢去招惹位高权重的秦王，转而刺杀无权无势的孔子。

庄这套“天人合一”的理论，属于“没有意志的自由”，相当于植物、动物式的自由，因为自然界是没有意志、没有理性的。邓晓芒把儒家称为“没有自由的意志”。儒家强调凭借意志超出自然去，这种理论把意志引向了对权力的绝对服从，对忠、孝等观念的恪守。

邓晓芒认为，西方人也讲“天人合一”，把自然归于人，天合于人。自由意志从自然中独立，必须经过天人相分的过程。按照“绝地天通”的故事，中国的天人相分是由政治主导的，西方则是由宗教主导，把人的意志异化成神的意志，凌驾于自然之上。这样一来，自然规律成了人的理性的自律。西方的文艺复兴，就是在此基础上重新发现人、发现自然，发现人可以成为自然的形式，可以与自然合一。西方人眼里的自然界，在终极意义上是由人建立起来的。

另一位中国哲学家李泽厚对此有不同意见。20 世纪 80 年代初，李泽厚的美学著作是中国青年知识分子的启蒙读物，我的舅舅们把《美的历程》摆在书架上，不管看不看，都很有自我提升之感。女孩子居然爱读书人，是那个时代的短暂奇观。李泽厚出国以后，还是教美学这个冷门专业，因为他觉得中国文化里没有人格神[1]，中国人所追求的最高境界或者说最神秘的境界，实际上是美学境界。中国近代教育家蔡元培提出的“以美育代替宗教”，大概也是近似的判断。

李泽厚首先不认为西方有“天人合一”思想。西方人会觉得，人怎么可能跟天合一？天、上帝，与人是绝不同质的。人只能皈依，如果上帝不批准，你再努力追求得救也没意义。

李泽厚在西方大学的课堂上是这样讲中国的“天人合一”的：中国独有的“天人合一”发生在理性主义兴起、宗教信仰衰颓的历史阶

1 人格化的、以具体行动干扰人类社会的神。

段。“天人合一”既吸取了原始宗教里天人之间的认同，又去掉了原来神秘、迷狂的非理性内容，天的主宰地位没有被完全否定，只是淡薄了许多。

中国哲学从来不是思辨理性的，而是充满情感，是理性和欲望的结合。这个特点，也和“天人合一”的历程有关。李泽厚对中国文化有两个著名的归纳：一个是“实用理性”；另一个是“乐感文化”，也就是像孟子那样，用乐观的态度、豁达的情感和“天道”相融合。只要努力就可以得救，这是中国美学的独特境界之一，和西方宗教的唯灵主义[1]不同。

再来说说陈嘉映对此的态度。陈嘉映认为“天人合一”这个提法很有中国文化特色，但也是人类社会的共同道理。从古代人类的一般世界观来说，无论中国还是西方，都认为“世界是如何的”对“我们应该如何”具有指引作用。

这就好比我们到别人家做客，或者到一个新社区落户，需要知道这里的种种规矩，才能合情合理地生活和做事。世界是人类的家园，人也要了解世界已有的事物怎样生息、变化，然后才能安居乐业。

也缘于此，中国哲学里的道和德是紧密相连的。一个人跑到人家的地盘上，不守人家的规矩——也就是“道”，倒行逆施，那就叫“缺德”。而人生于天地之间，顺乎自然之理生活，则“有德”。正所谓“不言道，就说不上德”。

有人说“天人合一”消除了主客观的对立，这是将自然规律作为道理。然而，“自然规律”这个词是在近代科学里产生的，古人没有自然规律的意识，他们是从万事万物中学习领悟道理的。我们今天要

1　主张灵魂和精神是世界的本原。

做的，是审视和描述人类生活和人类意识中的真实情况。如果简单地用自然规律这样的观念取代了自然的道理，那道德就变得没有根基了。

我们已经不再像儿童那样天真烂漫，像原始初民那样相信天人感应，然而我们现在的样子是从那时生长而来的。我觉得，陈嘉映关于“天人合一”的论述，不是调和，而是把与“天人合一”有关的道理，对接到可感的生活里。他说：“我不是在主张物我不分是更正确的认识，然而，物我不分在某种意义上的确是理解的源头。我们需要探索的，是物我分离的过程。这个探索过程也将表明，主客分离的思路为什么终于大行其道。我们的兴趣在于求真，不在于弘扬天人合一的认知状态。”

“红楼”穷理

我读《说理》时，脑子里不断冒出歪斜的念头。说我的“歪理”之前，先说说书中的一组基本概念：有关事情本身与事实。

事实好像不用解释，真就是真，假就是假。然而到了哲学家这里，要先进行概念考察。事实、事情和现实，这三个词是不一样的。

“事实”是一个表达西方思想的移植词，和“证据”有密切联系。这也正是事实的用法，它是用来说明道理、支持理论的；或者反过来，一个理论是通过事实得到解释的。

“事情”就不同了。陈嘉映的比喻是：世界上的事情像林子里的树，有生长、壮大、死亡的过程，也和别的树根系相连，枝叶交叉。而事实像木材，是我们在事情里面选择、截取下来的一段。事情包含着发生、发展和结束。相比之下，事实好像老是一个样子，而且互相可以分别成立。可以说“事情正在起变化”，但不能说“事实正在起变化”。事情有时态，事实则永远是一般现在时。

这让我产生了一个联想：英文《圣经》讲了很多“过去的事情”，却大量使用一般现在时，除非是引号里的话。我猜测这是作者的明示：时间是永恒的，神在永恒里说话。《圣经》写的不是事情，而是事实，话语之间是互相独立的，可以单独截取下来用于论证。这也是《圣经》在现实里的应用场景。如果不想自己的话在网上被断章取义地示众，你要么像《圣经》一样说话，要么像蛤蜊一样闭嘴。

“现实”则偏向于讲整体，大致可以说是事实的综合。我们喜欢说客观现实、客观事实，其实凡是事实和现实，就是客观的。我听过“主观事实”这个词，但总怀疑那是栽赃或者诛心用的。我们知道，法律上对主观方面的表述通常是“故意”或者“过失”。

对于说事实和事情的方法，我见过两类：一类是求真的、哲学家式的；一类是出于短期目的和生活经验的、江湖人式的。江湖人惯于混淆事实和事情。

且说个熟人：《红楼梦》里的袭人，她算得上江湖豪杰。同样做丫鬟，她在贾府这一缸“江湖”里混得风生水起，与她起点相同、才貌更高的晴雯则输得一败涂地。袭人很会陈述事实和事情。在第三十四回，宝玉被他爹贾政狠揍了一顿，王夫人便找来袭人谈话。袭人也有压力，作为宝玉房里的首席丫鬟，不能说没责任。王夫人的心病是，宝玉挨打的原因之一是她驱逐了跟宝玉调情的丫鬟金钏儿，导致金钏儿跳井。袭人自然知道，这是她不会泄露的底牌，她说只知道是因为外面结交戏子的事儿挨打。细看她的几句话：“哪一日哪一时我不劝二爷，只是再劝不醒。如今二爷也大了，里头姑娘们也大了，日夜一处起坐不方便。二爷素日性格，太太是知道的。”这里面，既有事情，又有事实，支撑起袭人的一个建议：让宝玉搬到大观园外，远离林黛玉等女孩子。

不少读者对袭人有一丝妖魔化，说她早计划拆散宝黛、赶走晴雯，我觉得没那么复杂。她的最低目标当着王夫人说了，是怕宝玉惹祸，自己“连葬身之地都没了”；她的高级目标是争取当姨娘。她会清除不利于实现这个目标的事，但也不会有计划地害人。现实中的袭人，绝对算得上通常意义上的好人。骂她的人不妨拿自己和她比比，比如，我现实中的人品就远远不如袭人。结果，王夫人也因这番话大为感动，给她安排了后备姨娘的席位。

袭人的这番话，说的都是事实，没有捏造，只是经过她精心的选择和组织，暗含着自己的评价；而这个评价，又是为王夫人的利益和价值观定制的。十几岁的女孩子，因为生而为奴，就被江湖异化成这样。《红楼梦》里的高贵人生都富有诗意，而袭人向来与诗意无关，她连字都不认识。

“参观”完袭人的话，我们来说说能不能这么陈述事实？

《说理》里有一句话叫“概念联系就是事物的一般联系”。在通常的哲学话语里，所有不必然都叫偶然。而陈嘉映认为这样表述会引起说理混乱，事实并不是真的互相没有联系。冬天和下雪，下雪和白色，属于一般联系，也是概念上的联系。如果用准确的方法，把这种联系推想得很远，就会获得一个新的事实。这也是很多在既有知识里获得新知的方法。

我们常说事实判断和价值判断要分开，才显得理性、客观。但陈嘉映提醒我们：价值有黏性，我们并没有身处两个世界，一个事实世界，一个价值世界。在日常生活中，我们没有必要把事情分为事实和感受两部分。

我们所感的那些厚实的、有价值的说理，本来就既含有对事实的描述，又含有自己的评价。所以，像袭人那样陈述是可以的，而且她陈述的事实还能组织成更多更新的信息。在王夫人听来，这个汇报比只告诉她宝玉整天和女孩子厮混好得多，既有分析，又有研判，还有对策。

有时候，长期积累的印象会比单纯的事实更重要。举个例子：你可以用事实组成的证据证明一个人有罪，但熟悉他的人就是相信他不可能做那样的事。多年以后，沉冤昭雪，证明证据只是小概率的巧合，印象反而是对的。陈嘉映对此的形容也很有感情。他说：并非先有一个实实在在的事实世界，人们主观任意地涂抹“感情色彩”。生活中的世界自然地具有意义，水汪汪的大眼睛直接具有意义，而眼睛的尺寸和亮度则没有。

我的“歪理”，是和许多人学来的三种说话方式。

第一招常常用于自保，叫减少承诺。英国哲学家维特根斯坦发明了一个概念叫“原子事实”，这个事实对应最基本、最小的命题，单独说它肯定不会错。有人发现，在基本的事实上附加一个判断，就可能会出错，索性不说判断。这就叫减少承诺，但它不会帮助人们逼近事实。比如去看病，对医生说自己咳嗽，医生罗列了一些引起咳嗽的原因，就是不说他认为患者生了什么病。最后患者憋不住了，说我不会是肺炎吧，医生闭着眼点点头，说也有这个可能吧。你觉得这是个好医生吗？

第二招是用事情代替事实，或者用感受代替事实。很多陈述都只谈感受，或者只扣帽子。比如说一个人坏得很，怀着不可告人的目的，不杀不足以平民愤，至于这人具体干了什么，这个最关键的信息却一片空白，仿佛是：你要信我，你就别问。还有个相关策略叫“你不细问，我就不细说”。

更高级的一招是用事实掩盖事实。我们为了搞清楚一件事，一定会选择一些事实来分析。所截取的事实不同，事情就会呈现出不同的面貌。高明的撒谎者不大捏造事实，只是精于摆弄和排列。我想要举出一些例子，想想又作罢了，你可以多拿当下的事情和之前一段时间的新闻比较一下。

我还观察到一招，可以与这几招配套，我形容它是“以无条件服从来消极怠工”。日企的“大企业病”就和基层的这种心态有关，仿佛几万员工里，只有上面那几双发现事实的眼睛，只有最上面那一颗用来分析的头脑，而这颗头脑和那几双眼睛又不长在一起。然而“基层”才是决定系统性质的层。

这些不体面的招数，我当然都用过，只是因为智力短缺而用得不好。陈嘉映说：哲学探究道理，不是因为纯粹的求知，而是要领会人生的意义，解答“何为良好生活”。我虽然智力短缺，也难免在某一天醒于夜半，扪心自问：确定要在有限的余生继续这样生活吗？

余生和衰老

人们口中的“90后”已经纷纷步入30岁了。人这辈子是伴随着“时光飞逝”的感慨过来的，别人说我“正在好时候”的话言犹在耳，索性就来说说老和死。

艺术有两个永恒的母题：爱和死，一个是生命顶点，一个是生命终点，都是说不尽的。魏晋是中国古代文学的自觉时代，特征之一是诗人开始大呼小叫地悲叹人生短促无常，表面上颓废悲观，内在动力则是强烈的欲求，要急切地抓住眼前的东西。

较真地讲，“我的死亡”是一个错误说法：“我”存在时，死亡一定不在；死亡的时候，“我”就不在了。从语义上讲，人仿佛不用怕死，因为和“我”无关。

那个不断压迫过来的阴影是“老”。衰老意味着什么？奥地利哲学家让·埃默里写过一本书《变老的哲学》[1]。他在二战期间被纳粹关进奥斯威辛集中营。有类似经历的犹太作家，比如匈牙利作家伊姆雷、德国诗人策兰，笔下都有清晰可见的气氛，不只对个人的生命，对整个人类都有彻底的怀疑。

埃默里说：变老的人是“在身体和灵魂中拥有时间”。年轻人把

1 〔奥地利〕让·埃默里：《变老的哲学》，杨小刚译，鹭江出版社2018年版。

自己的身体投入了空间，而进入老年，才开始感觉到“拥有”时间，但这个时候，已经不再有那么多事情降临在自己身上了，他的生命存在于自己的身后，能感觉到的只有已经度尽的年月。在一部英国喜剧片里，一位老女士自嘲说：“我现在买香蕉都不敢买青皮的。”

还有一种是“文化上的衰老”，被时代甩下来，连词语都变得陌生起来。有一种学说叫“年龄政治学”。按它的描述，现代社会的顶层权力是被一群 60 岁以上，甚至 80 岁的老人操控的，这是阶级固化、权力保守的来源。这种局面和绝大多数老人无关，大多数人只会在这个年龄里变成过去自我的对立，成为社会的“陌生人和怪物”。

我见过一个日本老人，只在深夜里去便利店买东西，因为他觉得自己动作太慢，白天出来会让排在自己身后的年轻人嫌弃。自尊到了这个地步，真是让人伤感。

古代的人好像比近人的情绪更“矫健”。古罗马政治家西塞罗认为，人变老了可以继续获得幸福感。变老以后，深思熟虑的性格和表达会更加成熟，人仍然可以工作。老虽然让身体衰败，但只要保持锻炼和节制，还可以继续品尝生趣。衰老剥夺了感官快乐，也未尝不是一件好事，这有助于追求更高尚的理性愉悦。

话虽然这么说，西塞罗在 60 岁退出国务，娶了一个比自己女儿还年轻的新娘。同样地，他在恺撒[1]遇刺后，离开安乐窝，回到了罗马广场上的讲台，向元老院和民众连续发表了 14 篇演说，谴责篡位者安东尼[2]。这被称为罗马共和国时代最后的声音，西塞罗因此被处死。这是政治家和哲人的双重荣耀。

1　罗马共和国末期杰出的军事统帅、政治家，罗马帝国奠基者。

2　古罗马著名政治家和军事家。

罗素也写过一篇谈论老年的文章《论老之将至》。他觉得老人容易陷入两类精神危机。一个危机是过度缅怀和追忆过去的时光，也就是前文说的让“生命存在于自己的身后”。这其实于事无补，过去的事情是不断加重的负担，人的思想更应该着眼于未来，着眼于那些人力所能够改变的事情上。另一个危机是过于依附年轻人，企图从后代身上获取活力。最有代表性的就是父母过度关注成年子女。你告诫子女不要犯错误，通常是没用的，他们不一定相信你。再说，犯错也是成长的一部分。父母对成年子女的关注应该是默默的，最好是出于对人类的广博之爱。

我知道一个老者，从 60 岁开始写遗嘱，按部就班地过退休生活，一直这么过到 90 岁，遗嘱改了无数遍。这是一个关于如何有计划地浪费 30 年的喜剧。埃默里认为，要想有尊严地变老，只有继续“像年轻人一样对待生命”，“从时间里抽身而出”。

再来说死。不只是我们的文化不喜欢谈这个词，人的心理天然地包含对它的回避倾向。弗洛伊德说：“在潜意识里，每个人都确信自己不会死。”当我们在童年意识到自己一定会死时，有些事情就会起变化。我还记得我的那一刻，整个后脑勺都被这个发现吓得麻木了，此后便经常因为一些忧惧而徬徨。然而死亡是野兽，背对着它逃窜，只会激起它的捕猎欲望；回过身来直视它，或许更有尊严。

从情理上看，仿佛也不用怕死。死亡是一个人对自身的否定，既是每种肯定思考的矛盾，也是所有否定思考的矛盾，它无情地终结了每一种价值。

西塞罗说：老人在适当的时候谢幕，是一件令人欣慰的事。一个老年人还怕死，那他“肯定是个老糊涂”。罗素的表述则更接近常理：年轻人害怕死亡情有可原，因为那剥夺了他生命里剩下的美好事物。

然而老人已经经历了悲欢离合，也发挥了自己的天赋，再怕死就说不过去了，显得有点儿卑微可怜。

罗素差不多活了一百岁，自称从来没有单纯为强身健体做过任何事。他说：我愿意死在工作的时候，为了竭尽自己所能，为了知道我的事业还会有人继续而欣慰。人的一生仿佛一条河流，源头细小，被夹在狭窄的两岸之间；渐渐地，河流变得宽阔，河岸远去，依稀可见；最终，平静的水流将在看不出边界的地方汇入大海，这就是平静地、毫无痛苦地失去个体的存在。一个老人能这样看待生命，就不会被死亡的恐惧所折磨，因为他所珍视和为之努力过的事物还会继续存在下去。

文艺的用场

再说一次马丁·布伯那本薄薄的《我和你》。国内有两个德文版译本，新版读着有点儿费劲，如果找到20世纪80年代的另一个译本，你会发现读着更费劲。一来据说布伯的原文就是这样既漂亮又晦涩，他希望用这种语言来传达思考，用这样的表述，起码可以留住视线和思索；二来对他心悦诚服的译者努力保留这种哲理诗一样的语言。如果看英译本的中文版，就会好懂很多。

马丁·布伯是宗教思想家，说话像布道者。而布道者的讲话时时有对象，即使对一群人说话，听者也觉得是只对自己说的。马丁·布伯的思想超越了宗教界限，阿拉伯世界的学者对他也很尊敬。

我再复述一下布伯提出的那对概念。人对世界有两种态度：一种是“我和它”，就是把其他主体看成自己实现目标的手段和工具；另一种是“我和你”，就是“用自己完整的身心对别人的全部存在做出回应”。前文[1]调用这对概念是为了说人群的关系结构，这里是为了说“文艺有什么用”。对于这个问题，赌气而傲慢的回答是“没什么用，所以才有大用”。就算这不是赌气的话，听起来也有点儿像。如果发问者不是挖苦，那我来想个更老实一些的回答。

1　详见前文“第二场对话：‘我和你’的结构”。

文学和艺术就像驾校，建立一个安全环境，让我们去学着和他人、和世界建立“我和你”的关系。在现实中，你不见得有胆量敞开自我，也不见得知道如何敞开，更不见得自己敞开了就能遇到对方的本真。

然而在文学和艺术的世界里，“我和你”是比较容易被发现、被感知的。哥伦比亚作家加西亚·马尔克斯有一句支撑了许多作者的话：“我写作是为了让朋友们更喜欢我。”为什么不是通过喝酒和聚会让朋友喜欢他呢？那些东西他都挺擅长的。因为阅读对方的作品会剥离绝大部分“我和它”的关系，更容易让彼此的本真相遇。

常有人说艺术经典是人类精神的超越，体现了人性尊严，或者说“美能拯救世界”，把美学视作伦理的基础。要我说，人生本来就是广义上的艺术，艺术经典就是无数“我和你”关系的结晶，只要你能走进去，就可以和它相遇。在这个过程里，我们可以把文学、艺术当作一个有人格的“你”，练习敞开自己，走进对方。这样做，也可以让“自我”获得保护和栽培。

布伯说，人并不是先有我，而是通过遇到了“你”才成为“我”。这也在前文[1]谈心智时说到了：“我”到底是什么人，得在具体的关系和事件里显现。人对自我的认识不会在脱离群体的静思默想里产生，而是在社会交往里建立。

即便是隐士式的生活，也是静思默想形式的社交。人的思想是在和世界、和其他大脑的密切沟通里激发出来的。如果谁真的独自面壁八九年，完全不和外界沟通，他可能什么都想不出来，最后连思考和语言能力都退化了。

1　详见前文“第六场对话：何为心智”。

孤僻的隐士和思想者看似不见人，其实在一刻不停地和外部世界进行深刻、密切的沟通和信息交换，要么读书，要么写作，要么通信。我不知道庄子具体是什么样的人，反正从他的文章来看，他在不停地和其他学者们进行着尖锐的辩论。他过的日子和康德也许有点像，每天下午都要见不少客人和弟子，讨论外面的最新消息。只要读过美国作家梭罗的《瓦尔登湖》[1]，就知道他到湖边独自进行生活实验，不是因为厌烦社会，反而是因为他的思想和感受力太敏锐了，要通过这种方式来屏蔽无效信息。他的目的一直是向外界传达自己的思考结果，实验完成就返回社会。

德国哲学家哈贝马斯说："我始终不明白，自我意识为什么有本原性？难道我们不是首先在他人的目光注视下，才意识到自身的吗？他人的目光，有一种个体化的力量。"

我倒也不是说文艺可以取代现实，它只是提供了让"自我"生长出来的途径，遇到"你"时便会从容些。有个常常被人引用的词叫"一期一会"，很多人解释为"惜缘"。我觉得那会淹没感知和相遇。"一期一会"没有那么扭捏作态：你走进来，很好，我们就一起体验这个过程；结束的话，也就结束了。

就说到这里吧。

1 〔美〕亨利·戴维·梭罗：《瓦尔登湖》，徐迟译，上海译文出版社 2009 年版。

PART

B

—

有关美和文学

ALL THE SAND IN THE WORLD

第七场对话

7

有型
又有格

蔡元培先生认为，西方的宗教是一种历史惯性，中国既然没有，也就没必要有，而应该建立现代的、普及的审美教育。他的判断依据值得讨论，而美确实是迷人的，是值得追求的教育目的。

说美还是要先说自家。美有公理，也有性格，这一场对话来说说中国美的个性与由来。

中国的美有什么样的标准和质感？

为什么从一开始就建立了不同的道路？

前人留下的美的守则有哪些？后来的命运又如何？

借这一场对话，我们还可以记下那些把它们寻找回来、善加保存的人。

品格是件难说的事儿

近年有一个流行概念叫“国潮”，“国”是本土经典，“潮”是新派。国是国，潮是潮，茅台只是经典复刻的“国”，故宫文创才叫“国潮”。

“潮”好说，属于一种直给的情态。年轻人在寻找集体和个人的自我叙事，喜欢把胸前的汉字写得很大。

“国”要入一种格。粤语方言里有个词叫“入型入格”，说的是为人处世要有模有样，手段漂亮。我说的“入格”，是指进入传统审美经验的一种品格，要和传统美学经验“对得上”。传统经验是凡事都要讲“品”，往往在自身价值之外，还另有一套品格的标准，它来自几种并存的文化系统。

像诗歌这样难以概括的审美体验，也自古就有一套《二十四诗品》，定义出来一大堆性格气质，比如雄浑、飘逸、旷达。这些词看似很高级，但从鉴赏角度来说，没什么操作性，因为这套品格体系的原点很难把握。

南朝文学批评家钟嵘在他的《诗品·序》里说：“气之动物，物之感人，故摇荡性情，形诸舞咏。”意思就是：天地的阴阳之气催动万物，而万物的变化感动了你内心中的性情，表现出来就形成了诗，随之出现各种各样的诗歌品格。也就是说，这个原点是“气”。

中国的绘画、造型艺术等来自视觉的感受，也是最讲“气韵”的。创作者该如何给“气”造出具象的型来呢？比较直观的方法是把气转换成风，用线条来表现风吹动万物的姿态。那作为一个鉴赏者，又该怎么评价呢？文玩大家王世襄研究了一辈子器物，给明式家具总结出了十六品，用的也是沉穆、劲挺、空灵这些形容词，但加上了大量图像和说明，因此感受是实在的。不过，读者要想有这个感受，需要有相当的美学修养，亲眼看过大量器物。

文学家叶嘉莹说，古人所讲的这些美学问题，比如气韵生动，从根本上说，是“心”与“物”的关系问题。心与物的关系，基本上有三种形式：由物及心、由心及物、即物即心，对应的正是《诗经》中的赋、比、兴三种方法[1]。只要能打通二者，形成感受，就能进入一种“品”。

中国美术向来追求“神似”，这个“神”不是指审美对象，而是指审美主体的心理感受。所以说，要弄明白“国潮”的品格基础，就需要认识中国人的文化心理结构。每一种图案、颜色后面，都有一种和心理结构对应的感受。

这也是中国经典复杂、难概括的原因：在时间上，不同时代的文化气质是不一样的，汉代雄浑朴拙，唐代华丽包容，宋代冷峻潇洒。又是一堆形容词，但是没办法。同样地，皇家、文人和民间，南方和北方，旨趣也各不相同，很难概述出明确的气质特征。

复杂也有复杂的好处，只要能传达出其中一种感受，就算“入格”。深谙规则、又有通感和灵性的人，能把多种元素打碎，重新组合连接，创造出符合品位的新作。故宫文创就有点儿从心所欲又不逾

1 叶嘉莹：《人间词话七讲》，北京大学出版社 2014 年版。

矩的意思。

当然，也不是说我们是中国人就天然对这些格有感受。“来自过去的，就如同来自异乡。”当代中国人和传统艺术的关系也是模糊不清。想要入中国文化、艺术的格，必须经过一定的学习和审美训练，可不是一件想当然的事情。

附记

如果对“国潮”进行溯源，可以追溯至中国现代装饰艺术的奠基人张光宇先生。他还是装饰绘画家、漫画家、工艺美术家、设计家、摄影家，他最早的绘画和平面设计作品距今已经100年了，现在看，还是生机勃勃，且具有审美的挑战性。真正开一派潮流的创意都是经得起时间考验的。

张光宇是动画片《大闹天宫》的美术设计者。想来也是幸运，我是看着《大闹天宫》《九色鹿》《天书奇谭》长大的，而且翻来覆去地看，眼睛养得比看《熊出没》的孩子要娇贵一些。他画的孙悟空，一直挂在我家墙上。如今怎么拍不出这样的动画片了？原因很复杂，而且再也找不出第二个张光宇了。

张光宇学画不是在学院里。他从18岁开始在上海的画报社做编辑，对美术的应用场景极为敏感。二十世纪二三十年代的上海光怪陆离，有上海人回忆当年说：巴黎的新潮时尚款式半个月后就会出现在上海社交圈，纽约院线的新片跟着下一趟轮船在黄浦江边上岸。

上海那些高楼大厦、橱窗、广告牌、书报，都需要大量和国际潮流同步的商业设计，但它们的要求和从欧洲归来的艺术家们学的东西不一样，得由张光宇这些时尚画家来做。张光宇那时为烟草公司设计香烟包装和广告，为木器厂设计概念家具。这些上海时尚画家还有叶浅予、丁悚，张光宇是里面的“江湖大哥”，很多艺术家出道时都受他的提携和关照。

张光宇的风格是真正的海派：在他本土和大众化的时髦里，还有纯正的中国戏曲、金石和壁画风格，洋气起来就像毕加索一样无拘无束。他一直在实践新潮的艺术媒介，是中国美术摄影学会的发起人。他还做过一件好玩的事：他连着拍了自己的48个表情，做成了一件肖像连排并置作品，比安迪·沃霍尔早了二十几年。他在电影公司做美术设计时，和老板谈了一个交换条件：要换一点儿资源做自己的卡通片实验。

中国画的基本功是线描，张光宇的线条运用炉火纯青，方圆交替，找不到败笔。他制作了一套36种颜色的色表，上到天空，下到海底，钴蓝、群青、桃红、赭石的颜色，需要极深的传统理解力。

张光宇年轻时就有一个志向：要让外国艺术界震惊于中国设计不是只靠唐宋时代的造型来“吹牛”的。画家张仃说：“中国画可以为有李可染而荣幸，张光宇的装饰艺术则是亚洲人的骄傲。”

1965年，张光宇去世于北京。有人说：“一艘满载宝藏的大船从20世纪30年代驶来，把许多乘客送到了成功的目的地，自己却在近海搁浅。”

善藏利器

我问一位画家“什么是国画”，他觉得压根不该有“国画”这个说法，你可以说这是水墨画、油画，但是不要轻易说这是中国画、西洋画。假如一个人画了一幅不堪入目、格调低劣的水墨画，那就不配叫国画。油画就不能传递中国审美吗？吴冠中的《双燕》不就是油画吗？

中西艺术在合理性上是平行的，把西方美学观念当成“科学尺度”来分析中国经典是不公正、不合理的。同时，把中西艺术对立起来，又无法安置那些审美中基本的、共通的东西。

艺术史学家巫鸿觉得，不该把中国古代艺术当作一个封闭系统，而是要用全球视野，把整个人类艺术作为一个整体，建立共同的时间主轴。这样才能真正看清楚每种文化的性格和特征，看出它为人类艺术做出了哪些特殊贡献。

中国古代艺术对人类美术的独特贡献就是对自然的独特感悟，形式上是以山水为代表的水墨画。相比之下，欧洲的风景画直到 16 世纪才成为一个独立的艺术种类；伊斯兰教的艺术贡献是创造出一套建筑、装饰和文字的综合运用方式；非洲艺术的特长则是把巫术、艺术和视觉形象结合在一起。

艺术和科技不一样，不是进化式的，从低级发展到高级，越新的科技就越先进。当我们用一体化的全球视野看待世界艺术时，会发现最有意思的地方就在于人类文明的丰富性，每个时期、每个艺术传统都有它的特性。单纯采用东方或西方视角，就看不到这种丰富性了。比如，我们不懂外国艺术，到欧洲和美洲的教堂里去看，会觉得所有圣母像都差不多；而西方人看中国画，也以为水墨山水都一样。只有将各种艺术传统联系和对照起来看，才能发现各自的独特基因。

中国艺术里有一种古老的基因——对“纪念碑性”的艺术有不一样的表达。“纪念碑性”是艺术史创造的概念，指的是把有纪念碑功能的建筑、艺术品的特征和意义抽象成一种属性，包括视觉性、永久性和纪念性。古埃及文明的金字塔，古希腊文明的神庙和巨型雕塑，中美洲奥尔梅克文明的巨石雕像，都是“纪念碑性”的造型艺术。

古代中国并没有留下这种强调永久性的礼仪建筑或者巨型雕塑。明成祖在南京建造过一个通体琉璃的大报恩寺塔，太平天国时期被毁；皇宫不算，因为古人是不把建筑作为长久精神象征的。

我们的“纪念碑性”在哪里？你也许早就想到了，它在礼器中。

先秦时代的青铜器中，规格最高的是“国之重器”。“重”，指的是对政治、社会和家族的意义重大。中国历来以“九鼎”象征中央王朝的合法性。相传大禹铸九鼎，因为夏桀昏乱，九鼎代表的合法性也就自动移到商那里去了。从东周开始，周朝王室衰落，诸侯崛起。楚庄王兵强马壮，带兵来到东周都城洛阳，见到周天子派来的使臣王孙满，张口就问九鼎的大小轻重。王孙满上来就给了他一个软钉子碰，回答说：“统治天下靠的是德行，而不是铸鼎。再说了，这也不是你作为诸侯该问的。”这就是“问鼎”这个词的来历。

虽说统治天下“在德不在鼎”，但从古人的政治观念中能看出来，九鼎就好比《三国演义》里的那尊传国玉玺，它的变迁和去向已经不再是政治历史事件的结果，而是成为先决条件，象征着正统政权。占据九鼎本身就意义重大，这正是标准的“纪念碑性”。

把青铜礼器作为中国艺术的“纪念碑性”代表，体现了中国文化基因里的特殊性。巫鸿在哈佛大学和芝加哥大学教中国美术史时，有的学生看到中国上古艺术里没有金字塔和栩栩如生的人像雕塑，都是一些抽象的玉雕、青铜器，就觉得失望。巫鸿告诉他们，必须抛弃现代人对于“纪念碑性”的庞大建筑和再现现实风格的偏爱，才能真正懂得中国艺术深邃、独特的美学理想。

其他文明的“纪念碑性”艺术是用当时所掌握的最高技术，以及大量的人力、物力来建造庞大、固定的物体，以艺术形象来表现外在的现实，比如某个历史人物的形象、某场战争等。而中国礼器则充满了象征性和等级秩序。

“礼”，概括来说，就是祭祀的典礼仪式。绝大多数礼器的形制是炊具和餐具，祭祀对象是祖先神灵。对商周时代的人来说，祖先的灵魂与现实的沟通是实际而密切的。祭祀之礼当然有严格的等级，并且直接反映在器物上。比如，上文说到的楚庄王是诸侯，按级别只能拥有七只鼎。

“器”，指有形的、物质属性的东西，是能容纳意义的实体。《易经》说“形而下者谓之器”。“礼器”的一组特征就是典型性、抽象性。

“礼器”的另一组特征是体积小、可移动，但这不代表它简单、艺术成就低。考古研究证明，青铜器耗费了商、周时代的大部分国力，它的铸造工艺一点儿也不比建金字塔低，就像制作手表的技术含量不比盖房子低。在国外研究陶瓷工艺的学者看来，一只来自龙山文化的蛋壳黑陶杯，技术含量高得难以想象。

青铜器的复杂和精美程度也令人惊叹。安阳出土的“后母戊鼎”[1]，论体积不算特别大，但当专家试图对该鼎的铸造过程进行复原时，却有一些技术问题至今仍未解决。从制模到成形，青铜器的铸造流程即使在今天也相当复杂，需要使用大型设备，何况古人用的是小型坩埚，不知道是怎么熔化大量的铜，浇铸出这么大的器物的。

使用体积小、可移动的礼器，是中国古代统治者的主动选择，而不是没条件搞像埃及金字塔那样的大工程。根据甲骨文记载，商朝为国君殉葬，会杀掉上千人和牛马等牲畜，可见当时拥有足够的人力、物力。那么，为什么选择礼器来承载“纪念碑性”？现在还只能推测，无法下定论。

这些小型礼器还有一组特征：方便收藏和占有。“藏”是中国审美文化里的关键词。中国的建筑、墓葬，和其他文明的明显区别，就是讲究“藏”，不追求彰显和炫耀。从二里头遗址复原的商代宫殿到明清紫禁城，都是通过重重大门、高墙，与外界形成阻隔，把崇高的皇权和皇家收藏“藏”起来，与从古埃及金字塔到现代摩天大楼的显露风格完全对立。根据古代文献记载，青铜礼器，包括九鼎，都被藏在幽暗、深邃的宗庙里，不轻易示人。古人认为，只有“藏”，才能保持住它们的威力，或者说“法力”。

《老子》说：“国之利器不可以示人。”什么是“利器”？那个时代没有大规模杀伤性武器，很多注释家觉得“利器”指的是“赏罚权谋”，其中也许就包括礼器所代表的权力威仪。先秦社会最根本的结构是氏族裂变的父系宗族，从王族到贵族，礼器只在内部祭祀时出

1 也称“司母戊鼎”。关于该鼎的名字，目前学界还存在一定的争议，这里依据中国国家博物馆的命名，称“后母戊鼎”。

现。贵族之间所施行的礼制，也是不让民间看到和参与的。这也是一种秘不示人的“藏”。不让你看，又让你知道有，这个若隐若现的神秘感很奇妙。

礼器的基因流传到了水墨山水画里。

中国重要的政治场合和公共场所，比如大会堂、宴会厅、会议室，一定要挂巨幅水墨山水画，比如人民大会堂的《幽燕金秋图》《江山如此多娇》。为什么不是摄影作品，不是油画，不是历史人物主题，不是现代风格？

北宋有一位宫廷画家郭熙，是“纪念碑性”山水画的集大成者。他按照宋神宗的要求，为北宋宫廷创作了大量大尺寸山水画、屏风画。根据记载，除了藏在宫廷，这些画作也挂在朝廷的各个重要衙门里，比如尚书省、枢密院、翰林院。

这些山水画并不是为了供私人欣赏，而是有明确的政治意义，象征着严格的等级结构。宋神宗之后，有一幅家喻户晓的名画——王希孟的《千里江山图》，更是皇帝亲自指导下的政治图景典范。画中的主峰象征着皇帝，郭熙在自己的画论《林泉高致》里，称之为“大山堂堂为众山之主”。

在这一类画中，主峰处于地上的中心位置，和天象中的天极相对，象征着政权的合法性；低矮的山簇拥主峰，加强主峰的权威，象征着天子居中，群臣来奔走朝会。画中植物以长松的地位最高。郭熙认为，长松是花草树木的表率，象征着代天子理政的君子；而那些环绕的藤萝草木，则是由君子驱使的“小人”。

这哪里是自然风光，分明是寓意明确的政治图景。可以说，这些画是另一类礼器，其中的文化基因在上古时代就定型了，不是那么容易改变和迁移的。

我认识一个人，他有一次半开玩笑说某人的仕途不得志，是因为办公室里的画挂错了，不应该挂一幅孤零零的风景画，应该挂大尺寸的水墨群山，因为“一个好汉三个帮”嘛。我当年觉得他没有审美，现在觉得他很有文化。

与古为徒

从小到大，在我认识的人里，只有一个比我写字还难看。所以，我应该最有资格告诉你：写字难看是种什么体验？那就像在水里跑步，在梦里张嘴说不出话。每当我拿起笔，心里是一片茫然和麻木，大脑控制不了手，手也控制不了笔。而且不光是字写得丑，每次还丑得不一样。

经常有人劝我放下键盘练练字，理由是“字如其人”。这句话既有道理，也没有道理。有道理的是，汉字书写能鲜明地反映写字人的个性，所以就算仿效别人的笔迹，内行也看得出来。没道理的是，假如真要做到字如其人，我的当务之急是把自己的道德水平向上提一提，而不是练字。有位书法家告诉我，要达到相当的书写水平，才谈得上用字来显露性格和修养。

北京有个著名的三源里菜市场，邻近“使馆区”，能买到各国的食材和调料，顾客来自各个不同的国家，常常能偶遇外交官和名人，也总有带着自拍杆和相机的人在那里游荡。2021 年，中央美术学院实验艺术学院的院长、书法家邱志杰，把菜市场里所有的字都重新写了一遍。从市场管理部门张贴的制度、通知、公告，到每户商家的招牌、广告和灯箱文字，包括英文说明，只要店家接受，他就用各种不同的书法字体重写一遍。他说这是“蹭生活本身的活力，蹭菜市场为大家带来的那种幸福感，真是占了不小的便宜”。

对现代艺术来说，“好玩儿”和“通俗”都是值得追求的境界。从书法的角度来看，邱志杰写的是不是书法呢？正因为邱志杰是专家，他准确地将其称之为“市集书写”。

书写和书法的区别，我不敢瞎说，引用一本名作——书法家、艺术史学家白谦慎的《与古为徒和娟娟发屋》[1]。“娟娟发屋”是白谦慎在重庆看到的一家路边小店的招牌，他发现这四个字写得很有意思。写这几个字的人虽然不是训练有素的写手，但是有自己的审美创意，传统的说法是“有质朴的意趣”。书法家从民间文字里找灵感，在中国艺术史上有很多先例。明末清初的大书画家傅山就特别爱看贩夫走卒写字，从中心有所悟。普通人写出来的字可能是某种意义上的好字，那么，书法家该不该去学呢？

白谦慎说不能学。书法家的看家本领是经过严格训练的技法，是对历代名作和流派的传承，传统的说法是“法度”。书法家既能理解法度，也能按照法度去创作。这种传统就叫“与古为徒”，是必须坚持的。

不坚持的话会怎么样？

傅山是一个老庄之徒，老庄之徒通常有一种内在的愤怒情绪，抱持一些反智、反权威的观点，所以傅山特别强调那些粗人写的丑字里有一种未经雕琢的美。不过，正因为他自己的字写得好，反而把水给搅混了。要是我趁着这个机会，说我的字丑不是因为手残，而是在创造一派新的审美，再收买几个人来炒作我，甚至弄一个针管往上好宣纸上乱喷一通就自诩为创作，并要求书法家协会吸收我为会员，否则

1 白谦慎：《与古为徒和娟娟发屋》，荣宝斋出版社 2009 年版。

我就揣根绳子半夜到协会的会长、委员家门口去“上吊”，那又该拿我这种人怎么办呢？这种人要是多了，艺术的标准混乱起来，那中国的书法又该怎么办呢？

书法既然叫“法”，就应该有门槛。如果咬文嚼字的话，“民间书法”应该叫“民间书写”。

书法的法度，和一个词——线质感——有关，意思是书法线条的质地给人的感觉。

它既有物理的因素，也有人的因素。物理的因素很好解释：甲骨文是刻在龟甲和兽骨上的文字，刻痕又细又浅，线质感就是瘦、硬、刚劲、陡峭；金文是浇筑在青铜器上的文字，字模的棱角在高温下熔化，线质感就显得厚重、肃穆。笔、墨、纸、砚对线质感都有一定的影响。有的人学颜真卿的字时，在笔法上刻意模仿，却不知道唐代人用的笔完全不一样。

线质感里关于人的因素，既有个人的，也有群体的，不同时代的思想和文化气质不一样，反映到书法里的线质感就随之不同。后人对经典碑帖临摹得再好，从线质感的角度去对比，立刻就会分出高下。

当书法家通过历朝历代的书法经典，对线质感形成了共性的追求，如力度、厚度、有生机等法则后，就有了书法的法度。这种体系的形成是很不容易的，不该在我们这一代被抹掉。

风雅可羡

至晚在明中期，中国发展出了以文人为主导的成熟艺术品收藏市场，这被《哈佛中国史》称为“文化底蕴型消费”，和它对应的是皇家收藏所代表的“占有型文化消费”。

今天拍卖市场上的热门，可能是瓷器、青铜器、花梨紫檀的明式家具，也可能是圆明园的铜兽首。在明中期，格调最高的藏品一定是书画，而且比起职业画家的作品，文人的业余创作反而更受青睐。几年前，南京艺术学院的叶康宁教授做过一项专门研究[1]，把史料里从明嘉靖年间到万历年间，这一百多年的字画成交情况整理了一遍。这项工作相当不易。古人的记载通常比较模糊，因为文人既要炫耀，又不好意思直接谈钱数，便含混地说“价值千金”。

但我们还是可以大致比较出来：在明代收藏市场上，一幅字画的成交价大约在几十到几百两银子之间，最受追捧的画家如唐代的王维、北宋的李成，作品甚至能卖到上千两银子；成交的字画中不乏赝品，比如张择端的《清明上河图》，成交过几次，价格一般在一千两左右，其中真假混杂。最热门的书法家是东晋的王羲之、唐代的怀素，其作品成交价是元代书画家赵孟頫的十倍。

1 叶康宁：《风雅之好》，商务印书馆 2017 年版。

这样的价格对于明代人来说是什么概念？

古代没有物价指数，最直观好用的方法是以米价作为标准。明朝的官员俸禄就是根据米价确定的，比如明朝最高的正一品官员，月俸为 87 石大米；正二品，61 石；正三品，35 石……正九品，5.5 石。据《明史·食货二》记载："于是户部定：钞一锭，折米一石；金一两，十石；银一两，二石。"折合成银子的话，在明朝初年，一品大员的月俸大约是 43.5 两银子，年收入 522 两，买不起一幅《清明上河图》。在明中期，文坛领袖王世贞在担任三品官时，花了一年的俸禄，二百多两，买了一幅柳公权的行书《兰亭诗卷》，现藏于北京故宫博物院。而当时一个低级的正九品，年俸禄不到 40 两，至多能买一幅本朝名家的普通作品。

老百姓的收入情况怎么样呢？明末清初最有名的说书艺人柳敬亭，说一天书一两银子，这已经远远超过了普通人的收入水平。明嘉靖年间，一个能养一大家人的工匠，一个月的收入在一两到二两之间。也就是说，那时候的古代字画也是天价，和今天人们的感受差不多。

那么，是什么在支持这个奢侈的收藏市场？一般的说法是，明中期的贸易和商业发达，文化繁荣，带动了士大夫的奢华生活。很多汉学家神往地说：在十六七世纪的大帝国中，沙皇俄国刚开始扩张与拼合，印度莫卧儿帝国已经支离破碎，在拉美，曾经昌明的阿兹特克帝国、印加帝国被瘟疫和西班牙殖民者蹂躏到彻底崩溃，只有明帝国拥有稳定而经验丰富的统治。

书画收藏市场的繁荣，我能想到的其中一个直接原因，是明朝一次财政政策的失败。据史料记载，书画拍卖的结算方式几乎都是白银。这并不是自然发生的，而是有特定的历史原因。明代从朱元璋开始就发行过纸币，称作“大明宝钞”，规定一百文以上用纸币，一百文以下用铜钱。这个货币结构本来很简洁，问题是朝廷没有货币准备金的概念，从一开始就严重超发，最终导致纸币迅速贬值。民间因此拒绝使用大明宝钞，自发地使用白银和铜钱作为货币。

这种对抗局面，形成了当时的人理解不了的结果：因为纸币被抛弃，朝廷无法再制造通货膨胀，金融秩序趋于稳定，出现了自然蓬勃的城市经济和贸易流通，大家花的都是朝廷控制不了的白银。尽管古玩书画的大藏家可能是远在京城的高官，书画收藏市场的中心却在经济更繁荣的江南。

推动书画收藏市场的另一个原因，是明代文人阶层的心态，可以称之为“制造风雅”。如果说，宋代文人士大夫的风雅，比如苏东坡和米芾，还比较从容、富于个性的话，明代士人对于书画收藏的态度就有了潜在的刻意成分，常常像是一个阶层的集体行为，在努力制衡另外两股文化力量：一种是掌握至高权力的皇家，一种是新兴的商人阶层。

从常理上讲，皇家当然应该是顶尖艺术品和奢侈品的持有者，丝绸和瓷器是由专门的造办机构供奉的，有特殊的制式，民间不能僭越。不过明朝的普通“暴发户”一直有一个冲动，喜欢在犯法的边缘试探，去仿效宫廷风格。这大概算是世俗文化的常见病了，比如今天的楼盘，都是普通的公寓房，却美其名曰“玺台”“豪庭”，回家如同“登基”一般。

文人则反其道而行，设定了一套自己的偏好标准，这就是“风雅”。“风雅”是很难领会的，且解释权完全在文人手里。他们宣称，什么宣德炉、瓷器、玉器，再好也不过是出自工匠之手，没有神韵；宫廷画师虽然技艺高超，却也属于匠人。相比之下，文人画才真正代表高尚的风雅。而且对于“文人”也有一个限定，必须是当官的士大夫，普通读书人画的画则不在“文人画”之列。

文人的这套“风雅”规则十分细致，且完全来自本阶层的口味和审美。比如书法作品，即便都是王羲之的字，也有不同的定价标准。行书《二谢帖》，一个字一两黄金，一两黄金在明中期相当于七八两白银；但假如是楷书，那一个字就要贵上三倍；草书则比行书更便宜。其中缘由，从小练字的文人都明白：一来王羲之的楷书存世稀少，二来楷书写起来耗时。虽说篆书才是书法的基石，但很多人都认为练字要从楷书学起，默认楷书更有标本价值。

关于画也有一套定价规则。在内容上，山水画是最贵的，其次是竹子、兰花，再次是树木花鸟，最后是人物。人物里，如果画的是古代圣贤，则另当别论。在其他情况下，画的是小幅人物的时候贵一些，价格和画亭台楼阁差不多；画大幅人物就便宜了，价格近似画鸟兽虫鱼。于是，同样的尺寸，山水画要比花鸟画贵三四倍。

这个定价机制来自文人的价值观。前文[1]说过，作为礼器的山水画，其中蕴含着鲜明的政治图景，而文人所作的山水画，则是这个阶层精神世界的投射，甚至可以说代表了他们心目中的终极真理。更何况，在文人画中，如果有山水图景，必然会有与之相应的、蕴含哲理的山水诗，以及钤印。有画，有书法，有篆刻，简直风雅得“一塌糊涂”。

竹子和兰花代表高洁，格调也比普通题材要高。而大幅的人物画，是画工按照有钱人的订单画的，在文人看来不值钱，虽然他们也不去画。

1 详见前文“第七场对话：善藏利器”。

为什么《清明上河图》能卖到和一流山水画差不多的价格？一来是北宋的画相对稀少；二来是工笔的大型长卷属于加分项；三来是上面的人物都很小，和城市景观结合起来，也算是一种“大隐隐于市”的境界。

这帮文人在认认真真地鼓捣这些东西时，心里也难免有一种压抑情绪。士人手上的政治牌很少，又时常被宦官和特务机构打压，精神世界恐怕是既惶恐又憋屈，只好在生活领域里争一争文化上的影响力。当然，皇家对这些东西也不在乎。明代的皇帝里，除了宣德以外，艺术修养普遍比较差。

明代文人的“风雅”标准要对付的另一股力量是因为经济繁荣而暴发起来的富商阶层。商人的社会地位比文人和官员都要低，虽然态度上恭敬，但他们在附庸风雅时，豪掷“千金”买字购画，多少让文人有些扫兴。

当时的文人写文章挖苦有钱人：家里请客时，用十五六两一副的金杯金盘吃饭，用梅花纹银盆洗脸，客房里的被褥全是蜀锦丝绸，简直俗不可耐。对此，我一直没想明白：他要是真看不上有钱人的俗物，怎么会把细节和价值搞得这么清楚？

那么，文人要怎么在商人面前建立优越感呢？

他们宣称，买得起昂贵的字画也没什么了不起，真正的风雅之士要懂鉴赏。文人鉴赏文物书画，不是关起门来搞的，而是有固定的活动，也就是“雅集”。商人倒是很老实，认认真真地想办法混进这些雅集活动，这叫“从贤豪长者游”，争取能在文人记录这些活动的诗文里被提上一句，似乎这样的话，自己也跟着雅起来了。

所以在明代的出版市场上，文人写的有关书画鉴赏的书籍非常畅销，这是当时的“上流社会入门手册”。比如，明朝书画家董其昌总结说，书画的收藏和鉴赏要每隔十来天进行一次，最好是刮点儿小风的天气，看画不能在灯下、下雨天或者酒后。他又特地补充说，不能让俗人和妇女看到。

文人见到商人亦步亦趋地模仿自己，便又搞出一套随时改变标准的对策。一般来说，画当然是历史越久，价格越高，比如晋代、唐代的画始终比其他时代的画高一两倍。但是明中期的文坛领袖王世贞提到，他年轻时，宋代的画还比较贵，可近三十年，市场出现了一次大转向，元代的画价格涨了近十倍，宋画却无人问津。今天我们知道其实原因很简单：在商人大批买进宋画后，文人就开始制造舆论，说宋画不如元画。这类事情在古今中外不断上演：每当较低的阶层去模仿较高阶层的时尚时，高阶层就会放弃原来的时尚，重新制造新的潮流。也就是说：你可以学我，但你不能真和我一样。

且上楼台

断舍离爱好者自称“极简主义者”。按说，一件东西既然叫“主义”，那就说明它有了坚定的价值判断，不必去抬杠。但我这次还是要讨一点儿厌，来聊一聊断舍离。

先来看一段《红楼梦》里的故事。第四十回，贾母在众人簇拥下游览大观园，其他哥儿姐儿的屋里，都是满眼的花梨紫檀，名人字画，珍贵古董。可是，来到宝钗的屋子，却只见四白落地，一样陈设都没有，只有案子上随便摆了一只土定瓶，里面插了几枝菊花。

此时的宝姑娘就像一个“断舍离分子”，和她产生鲜明对照的是探春。探春屋子里摆着名贵的宋汝窑瓷器，插着满满一瓶水晶球白菊，墙上挂着一幅米芾的名画《烟雨图》。而宝钗摆的土定瓶，近乎在罐头瓶里插花。

这里要注意一个若隐若现的细节：看到这种场景，贾母应该是不高兴的，薛家不是没有，而是宝钗故意不摆，那这就是态度问题。《红楼梦》里不仅有情感冲突、家庭政治冲突，美学冲突也同样尖锐。

先分享一个常识，不要随便批评别人的审美。当一个人否定另一个人的审美，差不多是否定对方的整个人，包括他的修养、人生经验，乃至他所在的群体。但贾母的话说得很重：“年轻的姑娘们，房里这样素净，也忌讳。我们这老婆子，越发该住马圈去了。”

贾母接着说："我最会收拾屋子的。"贾母对于自己的审美品位相当自信，她在大宅门里过了一辈子，什么都见过，不愿意酸文假醋，就爱这个兴旺的气氛。她叫鸳鸯去自己的收藏中，拿来三样摆设，外加几幅水墨字画和一副新床帐，根本不许作为客人的宝钗母女有意见。

日本设计师原研哉，作为无印良品的设计总监，为品牌定下了"空白、虚无"的基调。产品只用朴素的圆润造型，颜色以黑、白和原木色为主，他把这种风格称为"虚空的容器"：一张桌子上摆满了东西，其实是把可能性给堵死了。而只在大桌子中间摆一个小件，或者干脆什么都不放，才能显出富有、自由之态。

这种"虚空"，或者说"放空"，和"断舍离"的理念相通。在畅销书《断舍离》[1]里，作者山下英子说，"断舍离"不是"抛弃"，而是"出"；不是做减法，而是尽可能地压缩减法的运算。这种"压缩"，或许和原研哉的"虚无"都有时代原因。日本在经历了20世纪中叶奇迹式的高速增长以后，陷入经济危机。人们在泡沫幻灭之后重新认识过去的生活，意识到原来奢华和幸福并不总是正相关。据说日本的住宅也是从那个时期开始，回到了比较小的面积。

除了经济的影响，"断舍离"背后还有更深层次的文化因素。原研哉喜欢引用一个说法：日本的地理位置就像老虎机下面那个盛滚珠的盘子，它西边面对着广袤的中国大陆，长期接受中国影响，背后则是空荡荡的太平洋，很久以后，在那里遭遇了西方文明。这样的处境，让日本习惯于等待接受。因此，日本人自古就有一种在边缘意识下形成的美学，先放空自己，再无中生有，和外来的东西相融合。

1　〔日〕山下英子：《断舍离》，贾耀平译，湖南文艺出版社2019年版。

如果说日本始终有边缘意识，中国就始终有天下中心的自我想象：我是完全充实的，最核心的东西全部由内生长，一层层堆叠至今。这边已经满满当当地摆了一桌子，外来朝觐的稀罕物，不妨摆到边上去瞧着解闷。遇到什么好玩的，自己也照着仿制几件。所以大观园里有模仿农家的稻香村，偶尔也要找个刘姥姥来坐坐。

《红楼梦》里写富贵的妙处是侧写，家里随便翻出一匹旧布料来，就是过去的皇家专供。鲁迅说古人写豪华，以白居易的“笙歌归院落，灯火下楼台”[1]最好。古人画宫廷的奢华生活，是画出宫门一角，宫女端着笸箩出来倒垃圾，里面满是荔枝、桂圆、栗子、银杏等全国各地的干鲜果品的壳。

看中日的不同美学，还可以看园林。日本美学里有一个常见的词叫“侘寂”。这个词能解释，但不好感受。通常对于“侘寂”的解释是，一种以接受短暂和不完美为核心的日式美学。抛开能查到的语义，它的感受也许像遇到一个有童心、有学问的老者，其貌不扬，不修边幅，但又自有一番沉郁蕴藉。更有意思的是，这人还很有趣，又很诚实，真话不都说，然而向来不说假话。

侘寂的呈现形象之一是日本的“枯山水”，以自然的石头为山，细白沙为水，沙子用耙子耙出波浪纹理的江河湖海。在枯山水里，石头中有一块最高的主石，是众水的源头。水到下游形成的圆形代表旋涡，是禅宗里了悟的意境。中国的园林里则有楼阁、游廊、石舫，有奇花异石，能工巧匠叠山理水，文化、历史的积累都在其中。于我而言，两种园林都好。

真正的断舍离不是扔东西那么简单，需要一种相应的世界观和审

1　出自白居易的诗《宴散》。

美。否则，即使桌上不摆东西，心里也有很多杂念，断掉的那些过一段时间还是会回来。而原本就家底丰富，传承有序，到处都摆着千锤百炼之后留下来的好东西，也没有必要藏着掖着，自然就是一种潇洒风度。

所以，选一种家居风格，不是看图片，也不是看主义，需要的是自问自答：是保持虚空还是守住充盈，自己这颗心到底是什么“风”。

天子明堂

2020年是紫禁城落成的第600年，百年整寿，我们一辈子也就能赶上这一次。据史料记载，紫禁城始建于明永乐十五年，也就是1417年，经过三年，于1420年竣工。这个数字可是越想越吓人，在今天，即使是故宫的一项修复工程，也不是三五年就能完成的。

从王朝历史去看，紫禁城能留存至今是不正常的。历朝历代那么多皇宫，在今天，几乎都只剩下了一个遗址。有学者半开玩笑地说，西方建筑多是石头造的，不好拆。所以一座教堂，哪怕经历过宗教战争，之后也可以换个标志，继续被异教徒使用。而中国建筑主要是木结构，拆着省事，放一把火就烧没了，后人只能找到废墟中的石头基座。

汉初修未央宫，汉武帝刘邦问监理工程的大臣萧何：是不是太浪费了？萧何多么聪明，回答说：这不是陛下的事，这是天下的事。天子四海为家，建最壮丽的宫室才能显现威仪。再者说了，总不能让后代超过你吧？这一番话正是刘邦想听的，也道出了中国宫殿的核心价值：它不只是给人住的，而是建立皇权的核心，是礼仪的制高点，用来威慑天下人的。

正常情况下，一个人对生活空间的要求是有固定区间范围的，不能太局促，也不能太大。中国古典家具里的拔步床、架子床和西方古典家具里带柱子的床，都像一个小房间、小帐篷，就是因为贵族居住的卧室太高太大，人在小一点的空间中睡觉才会有安全感。

清代的皇帝大约不喜欢住皇宫。据清史统计的乾隆皇帝某年的起居，圆明园住了168天，将近半年；承德住了66天，其间还花了一个多月去了一趟山东曲阜。一年中，在紫禁城只住了105天，最爱待的地方是只有几平方米的三希堂。要是能选，谁都愿意住在小巧婉约的江南园林，而不是空旷压抑的大殿。只是那样就没了空间的秩序感和威慑力，无法烘托帝王的身份。

于是，王朝更替之际，有两件事必须要做：一件是把自己的宫殿修得比前朝的规模更宏伟，另一件是焚毁前朝的宫殿。按照古代的政治学说，这关乎新王朝的“气数”。历史上的隋文帝性格平和，生活节俭，但权衡之下，也下令毁掉此前六朝在南方经营了百年的建康城，因为这是重大的政治问题。中国文化对待建筑的态度，从根本上就和西方不一样。在西方，除了宗教建筑，其他建筑都更多地服务于现世，历史功能也比较弱。

清王朝作为游牧民族政权，选择继续使用北京的明皇宫，是历史的例外。而清代的皇宫最终得以保全，也算是例外得来的回报。

六百多年前，推翻了父亲原定正式继承人的朱棣，想建造一个属于自己的京师，一座自己的宫殿，其情当然不难理解。在明朝建立的三四十年里，已经建了两座皇宫：一座在南京，传教士利玛窦说，其奢华和规模不亚于北京紫禁城；另一座在朱元璋的老家安徽凤阳。所以就算是强悍的朱棣，也不好意思直说要修第三座皇宫。

根据老一辈建筑学家单士元的考证，朱棣最迟在永乐四年，也就是比正式修建紫禁城提前了十四五年，就以修建自己在北京的旧燕王府为名义，开始隐秘地选址、设计、烧砖、备料，启动了复杂的地基建设。所以，说故宫三年建成，只是对工程最后部分的记载。

就算统共花了十几年时间，也非常快了。西方的一座教堂，动辄就要几十、上百年的工期。这是因为中国的木建筑有一套类似现代“模数制”的施工方法，建筑的各个构件都是统一尺寸的标准件，可以通用和互换。这个建筑方法，在唐代已经形成了，计量单位叫“材分”，宫殿使用的斗拱、梁柱，都是事先按照标准制作好的。

故宫使用的琉璃构件有一百多个种类，琉璃瓦也分十类。太和殿正脊其中一侧的龙吻，也就是最高处的龙形装饰，由 16 个零件拼成，高 3.36 米，重 7300 斤。所有零件早已制作完成，最后按成比例的图纸，像拼乐高一样对接到一起就行。所以，我们说的三年，是“拼乐高”的三年。

总之，六百多年前的那个春节，62 岁的朱棣终于如愿坐在了奉天殿，也就是后来的太和殿，接受百官朝贺。他死于三年之后。

画栋描梁

建筑学者王南在他的系列著作“建筑史诗”里提道：梁思成一生中有两个最重要的学术目标，一个是写一本中国人自己的建筑史，另一个是读懂一本“天书”——《营造法式》，用现代的语言和图纸把它从古文翻译过来。梁思成说自己是一个非常有“思古幽情”的人，学的是建筑设计，但更痴迷于中国的古代建筑历史。他在美国收到父亲梁启超寄来的一本新刻印的北宋古书《营造法式》，立刻被书中精密的结构图和施工制度迷住了，然而却完全看不懂。

建筑不在古代文人士大夫的视野里。他们谈论筑精舍、造园林，用的是田园诗和文人画的品位，至于具体怎么干，那是工匠的事。建筑工艺在古代被称为“匠学”，工匠的手艺只在匠人师徒、父子之间口耳相传，很少被专门记录和整理。

《营造法式》是宋徽宗年间的一位学者李诫所编写的。李诫主管过建筑工程，又对技术充满了好奇心，是士大夫中少见的“通人”，这才留下了一部宋代建筑规范全书。梁思成对李诫无比景仰，他和林徽因育有一子一女，女儿的名字“梁再冰”取自梁启超的书斋名“饮冰室”；儿子的名字“梁从诫”所“从”的，就是李诫。

钱锺书奚落有些学者看着像哲学家，其实是“哲学家家”，或者说哲学史家。冯友兰给出的区别方法是：哲学史家是“照着讲”，古人怎么讲，前辈大师怎么讲，他能原原本本地照着给别人讲清楚，那就合格了；而哲学家要能“接着讲”，康德说到哪儿了，留下的命题是什么，他要接着往下说，在新的时代下有新的发展和创建。

梁思成写《中国建筑史》和解读《营造法式》[1]，属于“照着讲”，其难度不亚于建立新学科，只能在国内寻找唐代到宋辽时期的古建筑作参照。据他统计，七八百年以上历史的古建筑，只有三四十处；千年左右的唐代建筑，除了甘肃敦煌石窟的廊檐，只在山西一带存在几处，最古老的木结构大殿是山西五台山的佛光寺东大殿[2]。我们今天熟悉的斗拱结构和模数施工[3]，都是由梁思成揭晓的谜底。

中国古人的模数建筑模式是 20 世纪西方现代主义建筑大师柯布西耶的梦想，他很希望工地上有这么一种固定的标尺。这个想法被爱因斯坦大加赞扬，说固定的比例关系“很难有什么坏处，很容易带来好处”。

梁思成自己的建筑设计则属于“接着讲”。他设计的很多图纸都是新建筑理论下的现代风格，深得柯布西耶精髓，也有人批评他是“形式主义”“唯美主义”。他反对生硬地在五六层高的石砖水泥楼房上盖一个中式飞檐屋顶，说那是穿着西装领带再戴一顶瓜皮帽。

梁思成在《中国建筑史》里分析说：中国古人对建筑的态度和其他文明不一样，他们并不追求建筑作为精神的象征永久不灭，而是把它视为自然生长的器物。如果房子失火或者倒塌，古人会认为这是居住者的德行出问题了，而不会觉得是工程质量问题。除了陵墓、寺庙

1 梁思成：《中国建筑史》，生活·读书·新知三联书店 2011 年版；《〈营造法式〉注释》，生活·读书·新知三联书店 2013 年版。

2 佛光寺东大殿在 1937 年被梁思成、林徽因等发现。在 20 世纪 50 年代发现五台山南禅寺大殿之前，佛光寺东大殿一直被认为是中国最早的唐代木结构建筑。

3 模数是建筑设计中选定的标准尺寸单位，是建筑物、建筑构配件、建筑制品以及有关设备尺寸相互间协调的基础。

和礼仪场所，对地面上的一般建筑，古人的态度是与其费力气整修，不如直接拆掉重建。文人士大夫也几乎不把建筑当作文脉的载体。比起工艺，他们更注重房屋规格和政治等级的关系。

另一件众所周知的事，是梁思成曾经做过的北京古建筑保护性规划，尤其是城墙的存废问题。城墙消失以后，他痛苦地喃喃自语："拆掉城楼像挖我的肉，剥去了城砖像剥我的皮。"读库出版了《梁思成〈图像中国建筑史〉手绘图》[1]，图画精准而典雅。在有的图画上，梁思成会在画面一角画上一个负手而立的男人轮廓，这自然是为了标注建筑的比例，而线条里也有几分古画的萧索。我常想那个落寞的人影就是梁思成自己吧。

关于中国的美，先说到这里。

1　梁思成：《梁思成〈图像中国建筑史〉手绘图》，新星出版社 2017 年版。

投靠
艺术家

ALL
THE SAND
IN
THE WORLD

第八场对话

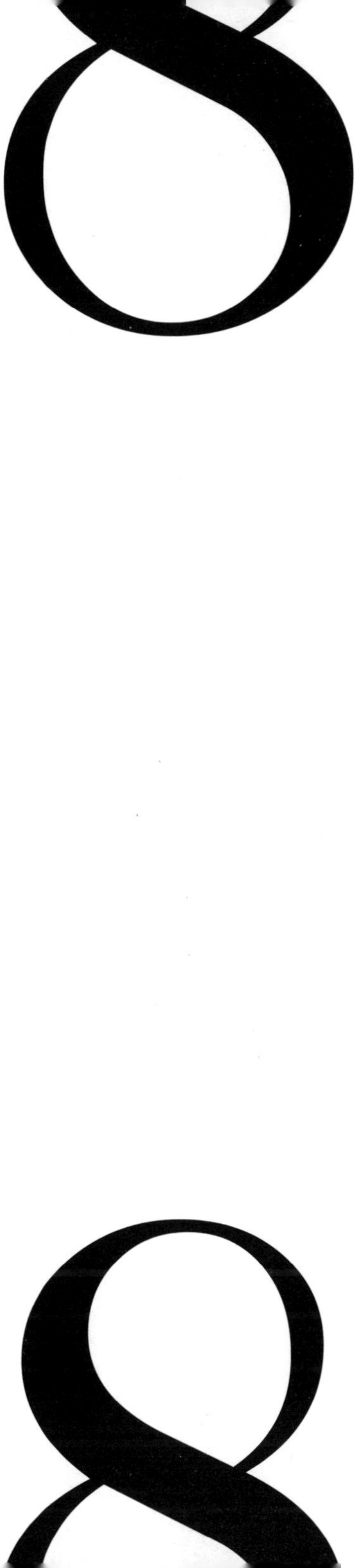

上一场谈的是中国独特的美，这一场来谈共通的、当下的美。我要先做一件狂妄的事：打破艺术史，直接来说艺术家和感受。

三千年前的希腊艺术家如何感受身体之美？

到了 20 世纪，以“抽象表现主义”命名的艺术家如何突围？

假如二战是另一个结果，全世界的艺术将去往何处？

最流行的安迪·沃霍尔，为什么也最难“过时”？

当代艺术仅仅是一场被资本、技术裹挟的骗局吗？

虽然不使用对峙的观点，但东方和西方的美毕竟有所不同，我们该怎样感受这种不同？

那时世界还小

四年一度的奥运会，可以说是全世界最重要的国际体育赛事。为什么奥运会于世界有这么重要的意义？我们不妨回到奥运会的故乡——古希腊。

古希腊文明是西方文明的源头和轴心，这属于历史常识。有人说："一切文明国家在一切有关智能的活动方面，都是古希腊的殖民地。"还有人说："一切非基督教的理想，都能在希腊的历史上找到系统的说明。"这些都是很不错的归纳。

我们说的古希腊当然不是今天的希腊，它起源于公元前 2000 年前后的爱琴文明，在公元前 800 年进入城邦文明阶段。这些城邦密布在爱琴海地区乃至广阔的地中海地区，正如古希腊哲学家柏拉图说的："我们就像一群青蛙围着一个水塘，在这片海的沿岸定居下来。"

松散的城邦，怎么发展成一个文明共同体？这是一个很大的历史命题，可以说奥林匹克运动会是当时出现的一个绝佳解决方案。最初的倡议者是谁，我们无从得知，但他这个主意绝对说得上是古代世界里的一项伟大创意。

奥林匹克运动会的发源地奥林匹亚，原本是坐落在伯罗奔尼撒半岛西部的一座不起眼的小山村。因为这场赛事，它成为希腊城邦的文化圣地，被亚历山大大帝称为"希腊世界的首都"。

它首先解决了建立文化共同体的问题。希腊世界城邦林立，又无法通过宗教来统一，因为古希腊人的信仰是多神教，每个城邦的保护神都不一样。要说各个城邦在信仰上有什么共同点的话，那就是古希腊的宗教有一种人神同性，或者叫人神同体的特征。神灵在肉体上和人一样，他们之所以是神，倒不是因为在道德上更崇高，在头脑上更有智慧，而是因为他们的身体更伟岸、更健美。神在身体上是人类的楷模，男神比男人"更男人"，女神比女人"更女人"。于是希腊人由对神灵的崇拜，转向对自身身体的热爱。美国历史学家杜兰特在他的鸿篇巨作《文明的故事》[1]里说："希腊的真正宗教，其实是对健、美、力的崇拜。"古希腊人的普遍气质其实并不是哲学或悲剧所展现的那种沉思和内敛，而是像当代的英国人、美国人一样，喜爱热闹和运动，而且把运动明星当作人间的神来崇拜。

于是，当有人倡议，各个希腊城邦都派出自己最强壮的选手，以向宙斯献祭的名义，进行一场英雄式的身体竞赛时，得到了整个希腊世界的响应。宗教不能完成的文化统一事业，被体育赛事实现了。在今天能够确定的日期里，最早的一次古代奥林匹克运动会在公元前776年举行。

日本历史学家盐野七生说，奥运会在此时的意义，就是F1赛车比赛里的安全车。它一出来，所有参赛车辆就要排好队形，恢复秩序，减速慢行。从奥运会开始的那一刻，整个希腊进入"神圣休战"状态。据说，休战期最初被定为一个月，后来为了能让更多远方的人赶来参加盛会，休战期延长到了三个月。不难想象，对战争频繁的古希腊世界来说，三个月的"神圣休战"是多么伟大的理性和智慧。

1 〔美〕威尔·杜兰特：《文明的故事》，台湾幼狮文化译，天地出版社2018年版。

从公元前 776 年至公元 394 年，古代奥运会一共持续了 1169 年，从古希腊时代一直延续到古罗马时代，形成了坚定的文明基因。

比如，用理性的仪式冷却军事狂热。希腊的斯巴达国王列奥尼达一世只能率领三百勇士抵挡波斯大军，因为全希腊人都在观看一场类似自由搏击的决赛，无心战争。有个波斯将军听说奖品只是一顶树枝编织的桂冠之后感叹：“和我们作战的这个民族太奇怪了，他们不爱金钱，只爱荣誉！”

又如，奥运会的价值意义十分强烈，古希腊人甚至用奥运会纪年。他们会说，某个人的年纪是生于第几届奥运会后的第几年，或者鼎盛年[1]在第几届奥运会期间。

再如，奥运会为古希腊乃至全人类留下了重要的文化艺术基因。除了体育比赛项目外，奥运会还有诗歌比赛、演讲比赛、戏剧表演和辩论会。不过这些和哲学的关系不算太大。

武汉大学哲学教授赵林曾说，黑格尔将哲学比喻为智慧女神“密涅瓦的猫头鹰在黄昏里起飞”，因为哲学属于反思和批判的精神活动。这只猫头鹰一登场，就进入了富于理性的黄昏，感性的形态也就变得黯淡。奥运会最高歌猛进的时候，古希腊也正是“天到晌午”，完全是赤裸裸的生命力。据说连当时的哲学家都有点儿嫉妒奥运冠军的崇高声誉。

传说哲学家毕达哥拉斯、亚里士多德，甚至犬儒学派[2]的代表人物第欧根尼都会参加奥运会。柏拉图在当时最显赫的身份是摔跤冠军，柏拉图并不是他的本名，这个名字在希腊语里的意思是“大块

1 四十岁左右的年纪。

2 由苏格拉底的学生安提西尼创立，其信奉者被称为“犬儒”。该学派否定社会与文明，提倡回归自然，清心寡欲，鄙弃俗世的荣华富贵；要求人们克己无求，独善其身。

头”。柏拉图在雅典西北角创办的柏拉图学院，最早也是一个摔跤场。他一边跟学生讨论数学和哲学，一边教摔跤，或者说一边教摔跤，一边教哲学。

奥运会也直接留下了文艺基因，其中当然首推雕塑。古希腊早期的造型艺术很死板，完全不是我们印象里那些杰出雕像的样子。只是到了公元前 6 世纪才忽然有了飞跃，雕像中的人体变得匀称、富于美感和动态。在公元前 5 世纪，希腊前后出了七位大雕塑家，集大成者叫菲迪亚斯，完成了“世界七大奇迹”之中的两座巨型神像。在他之后，希腊雕塑的高峰持续了几百年。因此，我们今天才有机会看到那些古希腊神像和复制品，被它们震撼到瞠目结舌，不知该用什么语言去形容。还有一个少为人知的小细节，古希腊的雕像原本是彩色的，可以说是比人更健美的神灵停滞在一个完美的姿态上。从雕塑的角度来说，我们不一定比古人有见识。

对比时间线，很容易就会发现，雕塑的飞跃和奥运会有直接关系。古希腊的竞技会不止奥林匹亚一家，其他城邦也有。在古希腊人看来，强壮健美的体格是最值得赞美的事物，而疾病是可耻的。在比赛上，参赛者骄傲地展示着他们的裸体和力量，艺术家则带着爱慕和崇拜进行创作，将此视为对人类尊严的最高赞美。

观看艺术"先有鸡"

当代最重要的艺术史著作很可能是英国艺术史家贡布里希的《艺术的故事》[1]，开篇第一句话就说得好："世界上没有艺术，只有艺术家。"要是想看艺术的内涵和外延，那范围就太大了：原始人在山洞里画的壁画是艺术，我们自以为能看懂的达·芬奇、鲁本斯的画是艺术，波洛克画的看不懂的抽象画是艺术，今天艺术家的行为艺术作品也是艺术。

那么，它们真的是一回事儿吗？如果说是一回事儿，那只有一个原因——它们都出自艺术家之手，艺术是这些行为的唯一目的。这就像自然界的景色，本质上只是地壳运动和光学现象综合作用的结果。因为被艺术家发现和感知到了其中的美感，客观世界才经由艺术家的创作而变成艺术品。

我见过的艺术家，都特别喜欢贡布里希说的"世界上没有艺术，只有艺术家"，不只是因为这句话是对艺术家的认可，其中还有使他们安定的力量。

是什么让艺术家不安？贡布里希说：今天的艺术家需要极其坚韧的意志，因为他们处于空前的自由，世界上"没有比完全不受约束的

1 〔英〕E.H. 贡布里希：《艺术的故事》，范景中、杨成凯译，广西美术出版社 2015 年版。

自由更难忍受的东西了”。

这句话所讲的也算是现代社会的一种通病。很多人发现，原来世界不像自己想得那么有秩序、有规律，人对世界的感受和想法并不那么可靠。当不知道世界的边界在哪里时，你也就不知道自己处于世界的什么位置，该用什么方法去认识和表达。

以前的艺术家处境很明确。比如画家的工作内容是根据教堂的订单绘制宗教主题的作品，他本人也心怀宗教热忱，客观需求和内在冲动一起激发并且定义画家的创作。如今可好，彻底的自由差不多是虚无，而彻底的虚无约等于一摊烂泥。剩下的只有一件事：不能再像之前那么画了。

我们不如放下那些后知后觉的名词，去直接观察艺术家们活生生的创作。个体的激情和创造力，反而比艺术史更经得起消磨。

19 世纪，美国有一个开矿起家的富豪家族，叫古根海姆。20 世纪初，古根海姆家有一个女儿名叫佩吉，喜欢收藏当时的先锋艺术作品。二战时期，当纳粹即将打进巴黎时，她揣着一本旅行支票[1]到巴黎的画廊扫货，将大批西方现代艺术名作以很低的价格买下来，带回纽约，开办了自己的画廊，还邀请大艺术家杜尚、蒙德里安给她做艺术顾问。蒙德里安向她推荐一位名叫杰克逊·波洛克的年轻画家。

佩吉委托波洛克给自己的别墅画一幅大尺寸作品，他耗费了几个月也没找到灵感。佩吉在艺术圈很有名，但不是什么厚道、慷慨的名声。她付给波洛克的钱勉强够他生活，这时候威胁他说：再不交货就解约。波洛克被逼到墙角以后突然发力，只用一个通宵，就画出了一幅 6 米长、2.4 米宽的巨幅作品来。

1　银行或旅行社为方便旅游者或出差人员所签发的特种支票。

这幅完成于 1943 年的画叫《壁画》，是那种可以单独撑起一场展览的现代艺术名作。有艺术评论家说，他在画面中表现出来的那种狂野的能量，就像一个人和一头熊搏斗了一夜，终于把熊摔倒在地上。波洛克喜欢从印第安人的原始绘画里找灵感，他形容这幅画是“西部那些动物在受惊、奔逃，牛啊、马啊、水牛啊，所有动物都从该死的画面上冲过去”，留下了一片让人辨认不清的痕迹。在艺术史上，这幅画成为“抽象表现主义”浪潮的开端。

所以，在观看艺术作品时，去想艺术史，不如去理解艺术家。佩吉第一次看到波洛克的画时，直接将画扔到墙角，结果被蒙德里安捡到，告诉她这个人不得了，这才有了之后的故事。

艺术史和社会历史差不多，喜欢用“后见之明”为当时的事定性。好像一切都有轨迹、有节点，写进历史的那些重要事件，在当时就是闪闪发光的。实际上，许多时刻都充满了偶然性，意义是一点点显现、涂抹上去的。佩吉当初下的订单是画在墙上的壁画，精明的杜尚建议她改成巨幅画布，因为方便移动，而佩吉接受了他的建议，不然今天的观众也不会这么容易就能看到这幅画。波洛克之前的风格也不是《壁画》这样的，他体内那股骚动已久的冲力早已酝酿，因为被现实所逼而激发出来。

如果重返事件现场，我们会意识到，历史的讲述也许只是为了让后来的人对过去的时间、对曾经发生的事情有把握一些。然而，唯一真实的，只有艺术家活生生的创作。

但是，你又不能只崇拜艺术家的冲动，还要相信创作中的理性。

高级审美者看画时，常常直接被感动，这种反应经过了长期的审美训练，判断绘画技巧的理性思维，是和感情触动同时完成的。正如蒙德里安看波洛克，一眼就知道好。这一眼就既包括理性，又包括感性。我们普通人做不到，才不得不退一步，先明白确定的、技术性的东西，贡布里希称之为“挡住非理性的堤坝”。

在我们的生活中，抽象画面临的问题主要是传统眼光的阻力，认为抽象画“不像画”。西方艺术圈则正好相反：他们一窝蜂地追捧抽象画时，似乎谁不拥护抽象主义，谁就是保守没落，接受不了新的探索和实验。阔人苦客厅里的人像静物画久矣，都等着换上一幅抽象画，以显示主人和未来站在一起。四舍五入地看，未来约等于正确。来客看了，不管看不看得懂，也都要跟着夸几句。

贡布里希说，这种盲目崇拜进步才是对“实验精神”的真正威胁。既然叫“实验”，那就要给出明确的定义和判断标准：什么样的实验是成功的，什么样的实验是失败的？生命力、冲动、激情都很重要，但艺术创作从来都不是纯粹依靠激情的宣泄，它始终具有很强的理性成分。灵感被触发后，要靠理性和逻辑来组织创意的结构，这是需要专业控制力的。

冲动和控制力不矛盾，如同艺术和科学、美和真不矛盾。

意志的失败

有一部由科幻小说改编的美剧叫《高堡奇人》，讲的是在平行世界里，德国打赢了二战，美国被日本占领，民众成了劣等公民。在德国“统治”下，有遗传病的人会被处死，因为他们污染了日耳曼基因。恐怖让世界秩序井然，连建筑都宏大而规整，秉承法西斯审美。

法西斯审美是什么样的呢？在现实中，希特勒和墨索里尼的艺术品位都不错。希特勒是一个还不错的业余画家。墨索里尼熟读尼采和叔本华的哲学著作，他这个“法西斯主义”的发明者说过一句话：“所谓法西斯主义，首先是一种美。”

美学是哲学的分支，更为感性。法西斯主义把美学体验和凶险的念头放到一起，传播力量相当大。简而言之，接受了这套美学，就接受了背后的思想。估计你也想到了二战时期的德军军服，不过那不完全是纳粹的原创。欧洲军装的传统风格来自贵族时代，标准就是合体贴身、做工精细，能够展示穿着者的力量感。德国人在工艺上发挥到了极致。

大约一百年前，在39岁的墨索里尼掌权后的一段时间里，意大利国内和欧洲的不少人都对他赞誉有加。这些人值得一一列出：爱尔兰剧作家萧伯纳、奥地利心理学家弗洛伊德、美国诗人庞德。他们称墨索里尼为“文化英雄”，甚至英国政治家丘吉尔也说过类似的话。

意大利人说："你怎样批评墨索里尼都好，起码他让火车准点发车。"[1] 墨索里尼受尼采的"超人说"[2]影响而蔑视民众。他说："民众没有理智、没有办法自治，只有一些情感和情绪罢了，我要像艺术家一样操控大众。"

墨索里尼也真的是从艺术下手的。随着对外扩张，他把罗马想象成大帝国的首都，在罗马的东南部建立了一个新城区。那里有一座标志性建筑"意大利文明宫"，这是一个立方体大厦，每一面都排列着54个拱门。墨索里尼原本计划在每个拱门里都放置一个意大利历史伟人的雕像，建筑正面雕刻"一个诗人、艺术家、英雄、圣徒、思想家、科学家、航海家和旅行家的国度"。他打算用这座如立体佛龛一般的建筑来标榜意大利在引领着世界文明。最后，因为他的垮台，这个项目搁浅了。

墨索里尼那种上升为意大利国家意志的审美取向是：宏伟、壮观、追求永恒、崇尚超常，反对启蒙思想提出的平等和普遍主义。他当时还干了一件影响至今的事——在1932年创办威尼斯国际电影节。这是世界上最早的国际电影节，大奖就叫"墨索里尼杯"。1935年，其中一个奖项颁给了德国女导演里芬斯塔尔的《意志的胜利》。

这部片子真是既罪恶又宏伟，是电影史上绕不过去的大作。里芬斯塔尔本来是个演员，长得相当美，是标准的德国女性相貌，被希特勒称为"我完美的日耳曼女人"。希特勒非常欣赏她的才华，请她拍摄了这部《意志的胜利》。里芬斯塔尔超乎所有人预料地完成了任务，在对大场面的调度和呈现上，至今没人能超越她。二战期间，她带着

1 墨索里尼执政后，实行"铁腕"统治，雷厉风行，大大改善了社会经济状况。

2 出自尼采著作《查拉图斯特拉如是说》，"超人"是尼采设想的人类典范，勇于自我超越、自我批判及价值重估。尼采认为，在"超人社会"里，强者理应受到所有人的崇拜。

自己的片子去好莱坞宣传，处处遭遇抗议，但是当影院的灯黑下来，不少电影人还是偷偷摸摸地进去看。

里芬斯塔尔执导的另一部片子《奥林匹亚》，拍摄的是1936年的柏林奥运会。在拍摄过程中，她发明了很多直到今天还在用的摄影手法，比如用轨道捕捉快速移动的镜头，利用气球在高空拍摄等。这部片子在希特勒49岁生日时公映。里芬斯塔尔自豪地说："奥运会只有一个夏天，我的电影可以被人看几十年。"确实，她把柏林奥运会这场国际赛事转化为纳粹德国的法西斯仪式，旁白中不断出现的"战斗""胜利"之类的字眼，都透露出法西斯信念。作家毛尖说："这部影片记录的人体之美和仪式之美的确让以后的电影人叹为观止，人与速度和力量的结合在里芬斯塔尔的摄影机之下，显得像神话一样。法西斯美学波澜壮阔地侵入人心，她先是把竞技变成宗教，然后又把宗教变成意志的胜利。"[1]

法西斯美学是现代主义和新古典主义的结合，这套系统直接诉诸情绪和直觉，让人长久地沉迷于崇高感之中。人在其中只能看到意志，看不到意义，而且它也不让你有时间去思考意义。就像希特勒的演说，简单空洞，又层层推进，激动人心。这种所谓的"伟大感"是一种毁灭性的力量。

里芬斯塔尔在战后受审，被监狱关了几年。她宣称自己是为艺术而艺术，对纳粹集中营不知情，却又解释不清为什么她在片子里使用了集中营里的吉卜赛人[2]。她最终活到了一百多岁，但不论走到哪儿都会受到抵制和抨击。她也一直在申诉："不要因为我为希特勒工作了

1 毛尖：《非常罪，非常美》，东方出版中心2017年版。
2 在拍摄电影《低地》时，里芬斯塔尔曾使用过集中营的一批吉卜赛人。

几个月而否定我的一生。”她的不甘有理由，德国哲学家海德格尔也曾用自己的学术为希特勒的思想描摹过轮廓，战后仍旧春风得意。为什么唯独对她惩罚得那么久？有人说，就因为她是女人，而且，电影拍得太好了。

在法西斯美学下产生的艺术能不能只在美学范畴里评价？美国作家苏珊·桑塔格不同意。她认为，里芬斯塔尔不是什么唯美主义者，她的美学和政治理念是连贯的，那些崇高感相当危险。如果带着欣赏的角度去体验，不知不觉间，人们就会受到影响，呈现出两种看起来截然相反的状态：要么是自大狂，要么是主动屈服。

作为对比，我们看一下现代艺术。现代艺术往往被视为胡闹和病态，然而它有一样好处：和法西斯美学完全相反，它轻蔑权威，拥抱大众和世俗。二战以前，现代艺术设计的中心——德国的包豪斯学院——被纳粹关闭，里面的艺术家被驱赶出欧洲，因为他们的理念和法西斯相反。包豪斯主张民主、理性，设计要为大众服务，延伸出来的艺术形式是现代化、标准化的。这些艺术家们走出欧洲以后，用自己的理念设计了以色列的首都特拉维夫和美国芝加哥的许多城市建筑。现代艺术中，那些看起来奇怪的装置和行为，并没有把自己的位置摆得高于世俗，而是邀请每一个普通人走进来。

从美学的范畴来说，我当然更喜欢现代艺术。因为法西斯美学说的是：“向我膜拜。”而现代艺术却说：“一起来玩儿啊！”

莫兰迪的小瓶子们

很多中国画家都服气意大利画家莫兰迪，他那一笔下去的计较，让人忍不住手舞足蹈，却也都叹气说，要是拿这样的画去考国内的美院，恐怕不会被录取。

莫兰迪年轻时，曾短暂地加入意大利的形而上画派[1]——那时候的意大利文学也有类似的风尚，之后他就无门无派，也不喜欢别人对他的画进行理论阐释。

哲学家不需要传记，只需要留下自己的思想历程。可是艺术家需要，创作和生活经验是分不开的。据说，莫兰迪性格十分孤僻和忧郁，这与他少年时代失去了弟弟，青年时代失去了父亲有关。这样的经历可能给他造成了创伤。他的情感虽然含蓄，却异常敏锐，敏锐到为了不分离而宁愿不相聚。

另一种说法，是莫兰迪巧妙地伪造或掩饰了自己在二战前后的一些经历。这个问题我们姑且不谈，就留给史家去争论吧。

他画里的那些瓶瓶罐罐都不贵重，是日常生活里随处可见的物件，甚至有些是他从母亲的厨房里偷的。对这些东西，他有特殊的保存方式——等待那些瓶罐上落满灰尘，变得暗淡下来。他还会在表面

1 通常以虚幻的灯光、超越现实的线性透视和奇怪的象征主义肖像画为标志。

光滑的器皿上刷不反光的颜色，或者在玻璃瓶里灌上色粉，通过减少高光来观察物体形状间单纯的关系。

表面上看，他每幅画里的瓶子都一样，但每件作品又是独一无二的，其中的变化很微妙，位置、组合方法以及光线都不同。从他的画里，甚至可以分辨出博洛尼亚当地的季节变化，有时是夏季的强光，有时是河谷冬季的灰雾。

莫兰迪会花上几个星期把这些瓶子摆出满意的顺序，像下棋一样深思熟虑。就这样摆了几十年后，他却说："我仍然会在距离上出错，也许我的动作太快了。"这已经不像是创作而是在修行了，充满了只有他才懂得的仪式感。

我们看莫兰迪时，会感受到那种安静和典雅。有评论家说，这是因为画面中的力量相互制约，相互抵消，达到了视觉的平衡。莫兰迪说过一句令人费解的话："白色瓶子是唯一仅存的。"意思也许是，人对外部世界的感知难以用语言准确描述，我们看到的东西是由形态、色彩、空间和光线决定的，总是变幻不居，所以要反复去画相同物体的不同状态。别人觉得感知的过程是对复杂和含混的具体信息加以抽象，莫兰迪则以为感知本来就是抽象的。事物存在着，本身没有内在意义，是人的理解给它们赋予了意义。

很多人都说莫兰迪的活法和想法像中国故事里参禅的和尚，我倒觉得他的画和中国传统意境大有不同。他仍然是标准的西方人思维，在观察外部世界中反思自我。他认为对象世界不可知，本身也没有意义；而在中国古人那里，自我才是不可见的。在山水画里，自然界无处不含有意境，"我"却消融在其中。西方人一定要分开去想的东西，我们是可以不分的，甚至追求不分。

齐白石是越老画得越巧，笔笔下去都有神，别人学不到气韵；而莫兰迪仿佛越画越拙，好像连基本功都扔掉了。我跟几位画家一起看莫兰迪的画展时，他们看出其中妙处，不住赞叹。我问了一个怪问题：莫兰迪是不是瞧不起世人？他们说当然。我又问莫兰迪接近现代主义还是法西斯美学，他们说你对我们画画的人不怀好意。

沃霍尔就在最表面

你一定看到过安迪·沃霍尔的作品，他的标签是20世纪末最成功的艺术家、世界波普艺术旗手。什么叫波普艺术（Pop Art）？简单来说，就是艺术家将流行商业文化元素应用到创作里，使用包括工业消耗品在内的材料，并且进行批量化生产。号称波普艺术之父的艺术家理查德·汉密尔顿当时就敏锐地发现：波普艺术和大众、媒体、年青一代是紧密捆绑的，与其说是艺术运动，不如说是西方社会里的政治文化运动。

谈论沃霍尔，不能放过他那些神叨叨的格言。比如，“好生意是最好的艺术”“一旦你不再想要某样东西，你就得到它了”。沃霍尔拒绝承认自己思想深刻，他说：“如果你想了解我，不要往深处想，我就在最表面的地方，背后没有其他东西。”“我对艺术的直觉告诉我，如果你不去思考，它就对了，一旦你开始判断与选择，那就是错误的。”

沃霍尔以广告插画师成名后，大举向艺术圈迈进。“艺术家是这样的人，他生产人们不需要拥有的东西。”他认为名声是一种只要有机会，人们都会拼命抓住和享用的东西，而名声分配得越平均，世界就会越美好。

沃霍尔自称最喜欢罐头瓶一类枯燥的东西，“我一向喜欢拿剩余的东西来创作。那些被丢弃的东西，每个人都知道是不好的东西，很有潜力变得有趣”“把合适的东西放在不合适的地点，或者把不合适的东西放在合适的地方，总会发生一些有趣的事情”。

沃霍尔最擅长的，就是用表面上重复和单调的手法，通过原本稀缺、独特的艺术去模仿媒体中的现代文化，最终达到传播学意义上的灌输和说服效果。他说："得到我的第一台电视机后，我就停止关心亲密关系了。”他是最早想出用准确的方式来表现这些矛盾的艺术家。

如果沃霍尔只有小把戏，50 年的时间足够把他从艺术史上抹掉。但是波洛克过时了，沃霍尔却没有。他从先锋变成主流，是因为他洞察到的是真正的问题，拿出来的是真正的答案，能够覆盖当下。

最后，还是用他的话来结尾：“他们总说时间会改变一些事情，但事实上你得自己去改变它们。”

葛宇路上的葛宇路

2014 年，中央美术学院硕士研究生葛宇路在北京朝阳区找了一条 452 米长的无名街道，把自己的名字制作成路牌，立在那里。慢慢地，这个名字被电子导航地图收录进去，送快递的、送外卖的，都叫这条街道“葛宇路”，甚至连交警开罚单时，也将“葛宇路”填进地址栏。2017 年，这件事被发现，电视台对此进行了报道，葛宇路立的路牌被迅速拆掉，现在这条路叫“百子湾南一路”。

这是近年来最著名的行为艺术作品。艺术是这件事里唯一的意图和目的，它传递出了一种观念。葛宇路传达的意思，每个曾经揣着一张车票来到北京漂流，又被它的房价和限购政策挡在外面的人都懂。葛宇路立好路牌以后，在“葛宇路”上架起摄像机，连续待了 24 个小时。凌晨 3 点，他看到一辆兰博基尼超跑停下来，是代驾开的，从里面滚出来一个烂醉如泥的人。他发现外表极光鲜的人也有难过的时刻，而他这个穷学生凭着异想天开，暂时拥有了一条自己的马路。

葛宇路还做过一个作品叫《对视》。他搭了一个脚手架，自己爬上去，坐在和电线杆顶端平视的位置，盯着电线杆顶端那个球形摄像头看。

行为艺术经常是突然出现、突然消失，容易成为话题，很少被严肃对待。既然叫行为，就不能只是想和说，而要付诸行动。但它并不是偶然发生的，本身包含着观众和社会的反应，以及后续的事态发展。葛宇路的牌子被拆除、被报道、被讪笑、被辱骂，都是这件艺术品的一部分。

2015 年的一天，葛宇路在北京的某条街上看到一个公交站叫东湖，想起了家乡武昌的东湖。接下来，他又干了一件可能被传唤教育和罚款的事儿。他晚上跑到公交站，卸掉两块站牌，用快递寄回武昌，然后自己坐火车回武昌，来到东湖，划船到湖中央，把路牌绑到了湖心的一截杆子上。两年后，当再想起这件作品时，他发现湖上的公交站牌不见了，他觉得非常伤心，想去湖里找，可是雇潜水员又太贵，于是就自己去学潜水。

有一位纪录片导演告诉我：葛宇路正在做另一件作品，这个作品在广州的扉美术馆展出，展期 4 个月。展览的名字是粤语里的一句俚语“搞搞震，冇帮衬”。“搞搞震”的意思有点儿像到对方那里挖墙脚，“冇帮衬”就是没意义。两个词合在一起的意思，就是瞎添乱、不干正经事儿。

除了作品在这家美术馆展出外，葛宇路还向馆方提出申请，在长达 4 个月的展期内，每周代替一位美术馆员工上班，被代替的员工就可以以艺术之名享受一次休假。而葛宇路则开启了“打工生活”，比如这周轮到他当会计了，他就去学算账、做表格、贴发票；下周该当保洁了，他就拿起水桶和拖把，清洁工位和展厅。

写完上面这些，有一位朋友快乐地告诉我：葛宇路捞到了那两块站牌。我听了也很快乐。

各自须寻各自门

1

该如何定义20世纪末以来的现代艺术，艺术史界好像还没有商量好。后现代主义逐渐走向没落，之后的艺术家们陷入了那种“难以忍受的自由”，作鸟兽散，“各自须寻各自门”。然而市场在此时正是空前繁荣，从来没有哪个时代像今天这样，有如此之多、之复杂的艺术品被创造出来，又被以如此之高的价格在市场上高频率“换手”。

前些年，英国艺术评论家贡培兹终于从一个刁钻的角度，给这批引领潮流的艺术家贡献了一个名字——企业家主义。这些新艺术家怀抱着一种企业家式的精神来规划创作，他们是一群精明人，不满足于单纯的艺术创造者身份，想要掌控得更多。他们发现，要想在新资本时代取得更大的成功，就得创建作品和个人形象结合在一起的品牌，既要给自己营造人设和故事，学会控制媒体，又要亲自下场与资本推手周旋，当真是“好生意就是好艺术”。年轻的新藏家和“企业家主义”艺术家同时入场，鲜衣怒马穿行于时代，故意选择跟上一代相反的审美。

2

号称“国内第一、世界有数”的高端商场北京SKP，时尚女性给它起了个诨号“精光大魔窟”，不论信用卡有多少额度，都能在个人努力和导购加持下掏个精光。我进去溜达了一圈，倒是没有诚惶诚恐，因为除了厕所指示牌，其他牌子我几乎都不认识，无知者无畏。在这个似乎完全用金钱构造的空间里，也能感受到艺术。现代艺术本来就和商业共生，那些来来往往的顾客，也好似评书定场诗所说的“大将南征胆气豪”，个个盔明甲亮，披挂着名牌和珠宝，生气勃勃。

接触世界上的美好，有各种不同的方式。金钱这种方式的特点(我倒不觉得是缺点）还不是贵，要说贵，永远是传统的艺术贵。容我打个比方：我既不把艺术世界和金钱世界放在同一个平面上，金钱是核心，艺术是边缘；也不觉得它们对立，金钱进一寸，艺术就要退一尺。二者的关系如同穿衣服，艺术穿在里面，金钱套在外面，最好是都有，只穿外套不舒服，只穿内衬不方便，因为会有很多地方不让你进。花钱的特点是作用直接，起效快，但它不像艺术那样贴近人的本色。

我看过一条短视频：一位外卖骑手穿着制服，戴着头盔，正在商场里弹钢琴，弹到一半，手机上有派单，连忙站起来走了。视频传达的意思似乎是弹钢琴和送外卖是属于两种人生的。其实不必看得如此狭窄，一个外卖员做完了这一单工作，坐下来弹琴，把自己带进另一种心境和节奏，如果弹得好，也顺便造福了听者。这件事说简单就是这么简单。凭什么做了哪一行就不能坐下来弹钢琴或者听交响乐？没有这个道理。

3

普通人领会“没有艺术，只有艺术家”[1]的方式是听人生故事。2009年，薇薇安·迈尔死于美国的一家养老院，她生前做了40年保姆，一直独身。在她死后，人们意外发现，这个老太太居然是一位成就很高的摄影家，拍下了美国20世纪中叶最好的一批街头肖像摄影。她的作品从互联网的个人账号开始传播，直到举办大艺术馆的专题展。今天，薇薇安的名字在欧美广为人知，被视为继凡·高之后的又一大“艺术发现”。

相机从被发明的那一天开始就具有传播属性，相片是要被人看到的，可是薇薇安拍完了却不给别人看，那些底片她自己也只冲洗了不到5%。在那个时代，她原本有获得职业摄影师工作的机会。她的某一任雇主说：“薇薇安有彻底的自由精神，对物质生活完全没兴趣。”

当她的摄影展览来到中国时，我问摄影家王太平如何评价，他说：“薇薇安的摄影水平高而全面，涉及的题材和流派包罗万象，敏感度和审美情趣双双在线。从专业角度去看，倒谈不上天才型摄影家。她的作品没有刻意表达什么，更不在意风格，有的完美，有的不完美。可是，这又有什么关系？她一边做保姆，一边拍掉了十来万张底片，这个数字值得后辈尊敬。她这个人比作品更了不起，单纯地满足于摄影的乐趣，为那个时代留下了客观的见证，这是最纯粹、最可贵的。摄影就应该这样，没有杂念地记录时间和自然中发生的事，纯然地投入和热爱。”她就是一个高贵的好灵魂，把自己活成了一条好生命。

1 详见前文“第八场对话：观看艺术‘先有鸡’”。

4

王太平坚称自己是摄影师而不是摄影家，他喜欢这个称呼中的朴实力量。他只选最赚钱的和完全不赚钱的摄影去做。因为前一种最节省生命，后一种可以尽情地和摄影在一起，不给自己设置界限，觉得对的事，就不计成本地去做。这就是把确定性变成一种模糊。

他在商业摄影上极成功，对工作时间持近乎悭吝的态度，能在50分钟里完成8个小时的工作量。他的诀窍是让被拍摄者迅速进入状态，其他摄影师比他慢的原因是通常把精力消耗在了双方磨合上。人是最复杂难拍的，在人像摄影里，亚洲人的面部因为没有西方人立体，要更难拍些。即便是演员，没有进入职业状态，表情和动作同样会不自然。如何精准捕捉到每个人的特点，我当然不知道，被他拍过的人只能记得他放下相机的那一刻。

商业项目一结束就找不到他了。他在北京今日美术馆举行过个展《布达的能量》，“布达”是梵文里的菩提。三年多里，他去了青海、西藏、四川，去了喜马拉雅山那边的不丹和尼泊尔，拍摄在喜马拉雅山脉里生活的人。这种拍摄不是观看，而是走进去和他们一起生活。他说：“摄影必须跟真实世界的人和物产生即刻反应。我渐渐知道，这种专注比遗忘、回忆、幻想都要难。喜马拉雅山脉的原住民在信仰上、精神上，以及专注于当下的生活上，是无可置疑的哲人。”

喜马拉雅文化主题被无数人拍过，王太平对那些色彩和符号的使用都极其慎重，常常只用黑白色调来拍一个背影，一个戴着眼镜读经的老太太，一个第一次面对镜头的孩子的脸。通常他会把背景都隐去，观者可以从中找到平静的神性。

后来他把用了很长时间的黑白相机卖掉了，这个决定让我很感动，我总觉得偏向黑白的摄影师都是浪漫主义分子，近似精神洁癖，对真实世界持批判或质疑态度，所以才只表现光影，把对色彩的想象留给观众。中年“变法”，放弃这层屏蔽，选择直接拥抱汹涌的、不大可爱的现实，又是一种姿态。

数字郁金香

首先摘引一段互联网上的描述：NFT（Non-Fungible Tokens）是不可互换的代币，不像比特币那样能交换和分割，只能作为独一无二的整体。NFT 于 2014 年被创造出来，是一种可在线销售、交易的数字资产，代表艺术、音乐、体育收藏、互联网域名、虚拟资产、游戏装备等对象物品，以数字形式标注拥有者独一无二的所有权。

网络玩家向我科普：我所习惯的互联网属于上一代信息互联网时期，技术被用于解决信息的传递、存储，相应的价值观是透明、公开、免费分享。当所有人都进入这个信息互联网，把自己的数据放在上面，信息可能会被随意盗走，这就需要进入价值互联网时期了。价值互联网用区块链技术和加密算法提供信息保护，用处理信息的技术来处理资产。相应地，你的每一步互联网行动都在产出价值，也都要支付成本。个人发布一个 NFT 物品的成本是几十美元。

如今连“卖甜水”的可口可乐公司和造汽车的奥迪公司都下场玩 NFT 了。要判断这是不是类似于 17 世纪的荷兰郁金香骗局，和交易的热度无关，需要把属于金融和法律的热点剥离出去，看看还剩下什么，看看价值互联网的新技术是否解决了艺术领域的真实问题，它是不是一种让时代不能再“倒回去”的东西。

对于 NFT 的发布者（我们就统称为艺术家吧）来说，最直接的变化是进入艺术品交易市场的门槛被部分拆掉了，眼前不再只有“从艺术院校毕业，被画廊主挖掘培养，由艺术评论圈关注和炒作，最后在二级市场上击鼓传花”这一条窄路了。你可以直接进入这个去中心化的全球市场，就像过去在论坛发帖子那样，和买家在一对一却无接触的情况下完成交易。而且你还会持续获利，过去一件作品从工作室转到代理人手里后，就和你没关系了，但在 NFT 市场，以后它的每次转手，你都可以从中分成。

对市场参与者来说，岂止是门槛被拆了，整个市场的墙都被拆了，甚至什么算艺术品，什么不算艺术品都不好说。在这个无边的市场里，没有专业机构能认定一件作品的价值，交易和收藏建立在参与者的独立感受和判断之上。对买家来说，NFT 解决的具体问题是杜绝了赝品，只需要对比一下合约地址就可以判断真伪。

支撑买家的是一种古老的体验：经过几十年的互联网驯化，虽然接受了数字形式，但我们依然渴望拥有，渴望独占，渴望在这种行为里确认自我的存在，让自己参与一段互联网的历史进程。独占一件数码艺术品，和 17 世纪的荷兰人在客厅的墙上挂一幅名家油画没什么区别。它被复制传播得越多，收藏者的快感就越强。

NFT 现在的明显问题是对艺术本身的扰乱。那些被媒介和技术放大的钱实在是太诱人了，艺术家们一方面跃跃欲试，另一方面又抱怨自己的声誉被当成投机工具。

我理解的技术，类似于一种对世界真相的发现，本身既不善良也不罪恶。今天的情况和人类第一次获得火种时没什么区别，是加热食物还是放火烧山，全看你能不能跟上它、掌握它。

真正的问题很朴实：以 NFT 形式交易的艺术品在品质上算不算真正的艺术品？这要看艺术家能不能在这种新媒介、新技术下，仍然保持纯然的创造态度，继续拿出激动人心、感人肺腑的作品，让收藏者从审美体验中产生拥有的愿望，而不仅仅是为了升值而购买。如果 NFT 是真正的趋势，那它一定会摆脱短期波动，回到那些真正热爱艺术的人手里，并确定自己应有的位置。这种新技术的善良表现，将会存在于拆掉应该拆除的边界，让这个时代的“凡·高”能够被看到、被尊重，不再因为传统而死于困窘和孤独。

天地不仁的画家

有的艺术家工作时，别人可以在一旁观看，有的则不能。我很喜欢一位画家的画，好奇她是怎么画的，就站在她背后悄悄看，她一动不动画了五分钟，喃喃地说："如芒在背啊。"

而画家尤勇不仅画画时旁人可以看，他还主动在网络平台上直播作画过程。我去他的作画现场，问出来的第一个傻问题是：你直播画画过程，允许人随便看，这是创作的一部分吗？如今艺术圈的玩法，普通人已经无法判断了，很多画家不再画画，而是去搞观念艺术。有一部阿根廷喜剧片叫《亡命大画家》，说的是一个过气画家被画廊老板打电话数落后，提着手枪冲到画廊，在自己的画上打出几个窟窿，说："这就是你们要的观念。"结果没多久画廊老板又打电话过来说："朝画面开枪过时了，有人干过了。对了，补墙的费用也得你掏。"

尤勇只把直播当作单纯的记录。他自认身份明确，就是画家，而不是笼统的"艺术家"。他相信画画这件事要有边界。"艺术"作为名词的意义已经被穷尽了，几乎任何东西都可以被定义为艺术，包括它的对立面。尤勇认为，"艺术"最好是一个"程度副词"。尤其是在今天，一旦把作品简单归入艺术的某一门类或子集，它就会变成观念化的东西，而内在的实体会被抽空。如今的艺术是什么？人们往往需要用语言去阐释现代艺术里的观念，把那些观念和事件纠缠在一起，依附于哲学史、思想史乃至社会史，失去了自身的独立性。从个人的体验来说，我今天就是想画画，画画本身就有它的意义。假如人们不这样直接地、纯然地拿起笔去画，而是站在那里先想“该按哪个观念来动手”，他的驾驭能力就会越来越差。

尤勇强调的驾驭能力，简单理解，就是手艺或者技术，它没有绝对的高低之分。理论上讲，只要画画的人想表达的东西，可以通过自己的手呈现出来，他的驾驭能力就足够了。但是，正如爱车的人总想买动力更强、加速更快的车。我可以不用，但是不能用的时候没有。好画家的驾驭力往往会超过他要表达的东西，又反过来影响他的表达。就像一辆快车到手了，很难不偶尔超速。

尤勇说，画画就是线条、颜色，没了，其他什么也没有。我们以为的技术差异，对专业画家而言是无所谓的，他们从任何一个角度，甚至倒着去画，也是准的。

在我看来，理性而纯熟的画家大多都有一双“天地不仁”的眼睛，看什么都还原为本质因素。我们看见活色生香的异性人体，会产生由生理到心理的复杂反应，画家却会被皮肤上的某处反光所迷住。从眼睛捕捉到手上呈现，完全如本能反应一般，没有迟疑和停顿。

追赶离弦箭

2021 年，艺术家曹斐在 UCCA 尤伦斯当代艺术中心举办了一场个展，名叫“时代舞台”，展厅像一个室内游乐场或者集市，角落里还有一个卖茶点的大排档。她多年来用视频、虚拟现实、装置和文本完成的创作，被分散在不同位置，循环播放，发出各自的声音和光影。许多场景是我们熟悉的事物，从 30 年前的工厂俱乐部、日用品、电影海报、街景，到当下最新的快递三轮车。同样一件事，比如编一只草鞋，艺术家肯定没有熟练工匠编得好，但是当他坐下来编草鞋的时候，就是艺术。

展如其名，这个时代像舞台，这个舞台像时代，没有宏大叙事和故弄玄虚，足够锋利，也足够准确。想准确描述当代中国社会是非常困难的，它就像一只射出去的箭，在飞速地移动。同时，每隔一段时间，方向和趋势都会发生微妙的变化。如同你站在原地刚瞄准快速变化的物体，马上就会失焦，据此得出的任何结论都不会准确。两年前，没有人能猜到今天的世界是这个样子。你现在再猜，两年后的世界是什么样子？

莎士比亚的戏剧《威尼斯商人》里有一句谚语：“要是你弄丢了一支箭，就朝着同样的地方，射一支同样分量的箭去找它。”曹斐的艺术就像一支紧跟时代的箭，神奇的是，她有时候飞得更快。

叛逆者永远是年青

20 年前，有一位女作家听说陈丹青在香港开讲座，马上扔下手边的事儿，过海关去参加讲座，因为要“面对面地看看陈丹青那双眼睛”。

陈丹青的视频节目《局部》第三季完结以后，出版了图书合集[1]。陈丹青说，艺术史并不存在，现在大家把艺术看得太高了。“欣赏艺术”是一个奇怪的说法，就像吃饭一样，根本不需要别人来告诉你其中的滋味，自己去吃、去看就好了。

陈丹青的节目和书是给我们这些不太看得懂画的人看的，方便我们附庸风雅。“附庸风雅”这个词并不难听，风雅最早就是周代的礼仪和文化，而周代的小国在政治、礼仪上依附于大诸侯国，就叫“附庸”。附庸得久了，自己也许会成为风雅的一部分，总比附庸权势体面一些，也安全一些。

20 世纪 80 年代初，艺术事件会成为爆炸性的社会现象。1980 年，刚从中央美术学院毕业，并留校任教的陈丹青完成了《西藏组画》，这七幅油画组成了真正的“时代图像”。如果你经历过 20 世纪 80 年代，就一定在当年的杂志封面上见过这些画，比如我就是在

1　陈丹青：《局部》，北京日报出版社 2020 年版。

《少年文艺》上看到的。画家刘小东说："《西藏组画》使中国文化界……开始靠岸，靠向生活之岸。从此，诗歌、文学、电影，当然包括美术创作，逐渐贴近日常生活，俗称'生活流'。我们用尽所有赞美之辞都不算过，虽然这一历史转变仅仅因为这个 27 岁小伙子的偶然之作。"

2021 年，北京中国艺术研究院油画院举办了"四十年后再看《西藏组画》"展，展出的不是原画，而是用新技术制作的复刻品。当年的组画中，只有《牧羊人》重新进入二级市场，在一场春季艺术品拍卖会上，以 1.6 亿人民币成交，其他六幅没有再现江湖。

《西藏组画》里的动人力量，也和陈丹青的经历有关。比如我从小就喜欢的《康巴汉子》，正面居中是一个矮小、敦实的中年人。陈丹青在创作手记里写道："我在农村的长期生活中发现……真正厉害的、有威望的民间人物，往往是矮小精壮的，有如一个攥紧的拳头。"这种生活经验的限制，同样是成就这组作品的机缘巧合。

陈丹青当初放弃国内的职位和名气，揣着几十美元去美国，只是为了在美术馆里看原作，至于以后怎么活下去、画下去，完全不知道。现在想来，年轻的冲动是多么奢侈的事。他在《局部》第三季的结尾说，自己在意大利的教堂里被允许爬上梯子，凑近去看千年前的大壁画，仿佛看到沉睡的人在自己面前醒来，这也是他一辈子顶奢侈的瞬间。

有一个画画的女孩看了那期节目，问陈丹青：到荷兰去一趟要多少钱？她想去看那幅凡·高的画。陈丹青回答说：吃得差一点儿，包括飞机票，一来一去，估计两万元够了。女孩打工攒了钱，却被人骗走；大半年后，她再一次攒够这笔钱，又被签证官拒签了。陈丹青让画家尤勇帮忙，为她搞到了签证，她终于如愿去荷兰见到了凡·高的画作。

原作的质地是印刷品无法展示出来的。油画的魅力在于凝结的颜料层，就是一遍又一遍覆盖上去的颜料。最惊人、最耐看的色彩美，有时候就取决于颜料覆盖的密度。这类似和面，揉的遍数越多，面包就越有韧性；也类似手作，打磨的遍数越多，石器、木器的表面就越密实、晶莹、剔透，凝固了手的温度。陈丹青说：当有一天被这种绘画的质地惊动，你就懂画了。

陈丹青近年的新作，在上海的一处时尚展馆里展出过一次，展览名为“Shallow”。因为画的都是盛装打扮的时尚模特，有人干脆说这是“堕落”。陈丹青却说：“人家愿意来看你，骂两句，就很给脸了。”

策展人崔灿灿觉得，这批新画和西藏组画在某些方面是一致的。1980 年，内地没有时尚可言，陈丹青去西藏画画，很重要的原因就是那里不像内地的服装只有灰色和蓝色，藏民的生活里有五彩斑斓的衣服，有漂亮的服饰和首饰，可以将之想象成法国。如今因为有了时尚，才有了个人美学，自我随之觉醒。今天很少再有经典的绘画题材，如果非要去虚构一个伟大的东西，也显得虚假。

当我们细看这些画，尝试理解这些虚无、空洞的流行消费文化符号时，会发现它呈现了今天我们所面对的复杂性：一方面试图拥抱流行文化，因为它带来了平等和发展个性的可能；一方面又警惕流行带来的平庸和危险，时尚好像只是好看而已。这场展览呈现出一种模糊性和多样性，这是当今时代的一大特征。

陈丹青 1953 年生于上海，青少年时代的记忆是“从未见过西装、口红、高跟鞋，可是上海人照样维系最低限度的打扮，从前的霞飞路，即今日的淮海路，收揽目光，招摇过市”。50 年后，他在两米见方的大画布上，描绘高挑漂亮、妆容和衣服都很精致的青春男女，把这些大画重新挂在当年的霞飞路上，仿佛是对时代的一场痛快偿还。

中西之辩

有机构做了一份统计：综合中外艺术评论界和论文网站的文献发表及检索情况，哪些华人艺术家被研究得最多？入围的100位艺术家里，在北京生活的54位，上海14位，海外11位，广东11位，浙江7位。北京的中心地位在于首都，和北方的地域文化几乎无关。除了长三角、珠三角的几座中心城市，其他经济强省只有零星一两位艺术家或艺术机构入围。比如四川只有1位，而整个北方和中西部的省区则没有。

这份名单的榜首是以《天书》《地书》闻名于世的徐冰。

我请教了一位艺术家朋友：为什么徐冰如此受关注？他说徐冰“领先半步”，不领先，没人看；领先一大步，看不懂，半步正合适。我就又居心不良地问：你好像有揶揄的意思啊。他回答说：绝对不是。艺术是一种对话，说出来人家不懂，说它干什么？说的全是废话，说它干什么？不就该领先半步，把对方从理解的地方带到不理解的地方吗？

徐冰把英文写成方块字，正是这个意思。什么是中文，什么是英文，是每一种文化在自己的限制里发展出来的，是从前的教科书告诉我们的，而现代人对它们有了新的感受，艺术家就用“领先半步”的方法告诉你。

徐冰认为现代艺术培养了广泛的自虐心理：越看不懂越要看，假装看懂了以显示自己有品位。有些搞艺术的也就浑水摸鱼，做出如皇帝的新衣一样的东西。要想看懂现代艺术，不是不可能，只是需要先对西方艺术史有完整的了解。西方艺术的特点是每个阶段都会颠覆和否定前一个阶段，如果不知道它在有针对性地“破”什么，你就看不懂它现在要“立”什么。就像单独看一句话很容易不懂，联系上下文就马上明白了。

就说超现实主义艺术家杜尚的那个小便池[1]吧，它为什么了不起？因为它从观念上反抗了人们对“什么是艺术”的理解，确立了艺术和生活的平等关系。这个小便池不是由杜尚制作的，而是来自杜尚，所以评论家说“杜尚最好的作品，正是他度过的时光”。

也许西方艺术史的这个特点来自西方文化的特性。西方文明是后一个时代颠覆掉前一个时代的断裂式演进，和中国古代文明的渐进性、绵延性特质不同。徐冰的形容是：中国艺术不断在传统的基础上丰富，让它变得更有魅力。西方艺术是创造新玩法，东方艺术则是看谁玩得更微妙、更有高度。

不要太把艺术当回事儿，今天是艺术概念最不清楚的时代。艺术家真正要去思考的，是这个时代的问题，未来人看我们这个时代，能代表最高文明的东西到底是什么？不一定是艺术，很可能是科技。所以，聪明的艺术家要和艺术保持距离，从艺术之外获取养分。

也有人当面问过徐冰：为什么做出这么现代的东西？

他回答：因为时代走得太快，我得抓住它。当年，这个时代的前

1　1917年，杜尚将一个从商店买来的男用小便池命名为《泉》，匿名送到美国，要求作为艺术品展出，成为现代艺术史上里程碑式的事件。

沿在西方，我就被甩到那边去搞艺术，成了国际艺术家；如今中国是最具有实验性的国度，是最有可能提示未来的、有价值的新文化方式的地方，时代就又把我甩了回来。

从这个角度说，现代艺术和传统艺术没有本质的差别，艺术的核心价值是处理艺术家和社会之间的关系。徐冰说得干脆："社会没有义务让你游手好闲地只做想做的事。你不和社会交换，你就不是一个好艺术家。"

就说到这里吧。

异乡
与他乡

9

ALL THE SAND IN THE WORLD

第九场对话

这一场谈话我拿出的是个人的文学阅读经验，我们在“无乡的乡愁”里谈家园，而文学就是我的家园……还是说得正常一点儿吧，来聊聊我印象里的文学。

在“文化参考”第一季里，还有一个没有铺开的话题是世界文学，只短暂地触及了俄罗斯、美国这两座文学异乡，此处只保留有关俄罗斯的部分内容。

不同语言之下的文学，各自呈现出什么样的底色？

俄罗斯作家最伟大的传统是什么？

最后回到那个我们关心的视角：

从作家的体验去看，中国文学和西方文学的不同之处在哪里？

怀屈原

虽然自觉没有资格说中国文学，我也还是要说：文学对我的意义等同于家园。我在地上若丧家之犬，想象不出该怎么在不通行我的母语的土地上生活。

我在得到 App 开“贾行家说千古文章”课程时有一个遗憾，庄子开启了中国文章的先河，那诗歌的源头是谁？该是屈原吧。然而我不懂诗，只能在第二讲用贾谊的《吊屈原赋》来暗示了。

庄子和屈原在文学传承上的关系很复杂，清代诗人龚自珍对此有一个论断：庄子和屈原存在内在的对立，不能合并，但有一个人把他们统一起来了，这个人就是李白。

为什么说庄子和屈原既可以相提并论，又难以调和呢？

可以相提并论的原因不只是时代。他们的文学底色都是浪漫的，但屈原积极，庄子消极，只有李白这样既追求道教梦想又渴望现世功名的人，才能实现统一。

至于庄子与屈原的对立，从他们一个写散文、一个写诗就能看出来。庄子的文章里有许多富于诗意的奇思妙想，但他的本色是冷静的理性，他是以哲学家的眼光来观察世界的，刻意与现世、政治保持距离，以便为个人生命寻求出路。庄子的文章近似散文诗，其实属于阐释思想的论文。屈原就不一样了，虽然有深邃的思想，但他写的是以热烈的情感为驱动的长诗。

前文[1]说过，影响汉代的两大文化系统是楚文化和齐文化，刘邦的宫廷和兵营里唱的都是楚歌。可以说，楚文化是受屈原影响的民间文化。

前文[2]还说过，王国维把战国各家分作北方的“帝王派”和南方的“非帝王派”。帝王派是要恢复上古圣王政治的儒家、墨家，非帝王派是冷静、民间化的老庄。

楚地地势复杂，风俗里有很多神秘成分，人民性格奔放，最有名的是出“狂人”。那么，楚地出身的屈原是“非帝王派”吗？这就有意思了，他在政治思想上是北方的“帝王派”，参政过程里一直使用的是北方的政治思想，屈原的诗歌《离骚》《九章》《怀沙》[3]都在召唤儒家理想中的贤明帝王，执着地想要在楚国推广“仁政”模式。同时，他对个人命题的思考、情感乃至审美，又完全是楚人式的，对自然有一种与生俱来的亲近感。所以，屈原的思想和个性属于“南北混合”。

这一混合，能量就大到了不可思议的地步。

在屈原以前，古诗都是类似于《诗经》那样的短诗，很少有屈原写的那种长诗。鲁迅在《汉文学史纲要》里描述了诗歌“由短到长”的过程。因为屈原的长诗太惊人了，大家纷纷效仿，这种从楚地传过来的诗就称为《楚辞》。和《诗经》相比，屈原的诗写得很长，思想奇幻，文辞瑰丽，主题分明，完全发自内心，不遵守之前的规则。鲁迅认为，屈原的文学影响甚至在《诗经》之上。不过，在屈原之后，

1　详见前文“第五场对话：刘邦的歌声”。
2　详见前文“第五场对话：思想旧山河”。
3　《怀沙》是否为屈原所作，暂未有定论。

好像很少有人再这样写诗了。

屈原身上集中了南北文学里最有利于发展诗歌的条件。屈原心怀故国，喜欢描写楚地的山川自然、花草树木；等到他抒发政治理想的时候，歌颂和怀念的则常常是中原文明里的人物。他爱南方的自然和血脉，同时也爱中原的华夏文明。在他以前，北方人有深沉的情怀，但没有南方人那种奔放的幻想，所以很难对诗歌的主题和意象进行发散，导致无法写长诗歌。而同时代的南方人思想散漫，缺少观念上的中枢，意象很美丽，却无法汇集成篇章。直到屈原这个南北结合的天才出现，又因为他深沉的个人悲剧，压抑到了不得不用全新的诗歌样式来自我抒发的地步。

天才和时代的关系，就像导火索和火药，文化是埋在下面的黑火药，经屈原这根引线点燃，炸出一片空前伟大的诗歌。

屈原作为诗人是独特的，作为爱国者也十分独特。有一种说法错得明显，说屈原不算什么爱国者，只是效忠于没落的、分裂的楚政权，而且阻挠了秦国统一。在那个时代，天下处于列国对立状态，没人知道未来是什么样。屈原要爱国，当然首先爱他的楚国和楚国同胞，何况他是楚王的本家。他不像后来的文人，因为儒家道统而忠君爱国，他从血统上就决定了不仅要爱国，更要忠于作为家族领袖的君王。在《离骚》中，屈原一上来就自豪地列举了自己贵族王子的出身。说他比别人更爱国是一种身份特权，也是可以的。

屈原对天下是什么态度呢？他对外主张联齐抗秦。秦国走的是强军路线，齐国靠经济文化实力，楚国代表不同于中原的新变量。纵横家苏秦的判断是：假如南北方向的国际合纵完成，那就是楚国称王；假如秦国由西向东的国际连横完成，那就是秦国称帝。屈原大约是要把楚国的“北方圣王政治加南方文化活力”的模式推广到中原去。

汉代史学家司马迁和文学家扬雄，都对屈原有一些疑惑：何苦在一棵树上吊死，为什么不学其他的士人离开故国呢？司马迁说，“离骚”的意思就是“离忧”，对离别的忧愁。扬雄写过一篇《反离骚》，和屈原隔空讨论，说“离骚”就是牢骚。与其发牢骚，为什么不离开楚国？鲁迅说得更损：《离骚》通篇是“不得帮忙的不平”。

屈原生来是对楚国有责任的“王子党”，他关于天下的理想必须由楚国完成。很多后代文人是“学得文武艺，卖与帝王家”，帝王不买，就骂骂咧咧地自比屈原，其实就身份而言，是不能比的。

他选择自沉以明志，这又是一种楚人式的性格。在他之前，楚国的将军如果战败了，常常要自杀以谢国人，这种壮烈或者说激烈的行为，在楚国很受景仰。西楚霸王项羽自刎于乌江，有人说是他气量不够，其实那是楚国男子汉的传统。

怀杜甫

杜甫出生于公元712年，月份不详。20世纪50年代编订的《杜甫年谱》[1]考证杜甫生于正月初一，这个说法并不可靠。历史学家洪煨莲推断，这个问题是考察不清的。

2020年，BBC制作了一部纪录片《杜甫：中国最伟大的诗人》，除了不知道为什么用马头琴配乐之外，大多恰当。不过，片中说杜诗影响了英国摇滚乐队平克·弗洛伊德有误，平克引用的是李商隐和李贺的诗句[2]。总之，这部纪录片对中国传统文化的领悟能力，绝不比《舌尖上的中国》第三季差。

片子最后说："如果说杜甫是中国最伟大的诗人，可能限制了他的文化意义。在西方文化里，还没有人像他这样能体现整个文明的情感和道德的人物。他为什么如此受中国人崇拜？因为他对中国价值观的塑造，超过了任何帝王。他用中文里最伟大的辞藻，阐释了作为中国人的意义。"

我们因为"身在此山中"，对杜甫所代表的这层含义反而没有观察得如此清楚。所以，人真是应该时不时地听一听外人怎样评价自

1 《杜甫年谱》，四川省文史研究馆编，四川人民出版社1958年版。

2 英国摇滚乐队平克·弗洛伊德的歌曲《设置太阳之心的控件》，歌词化用了中国诗人李商隐、李贺的诗句。

己。刘德华说得好，面对批评要“字字反思，不要事事反驳”。

我是开着弹幕看的纪录片，很多观众抱怨杜甫的诗一翻译成英文就没有神韵了。这恐怕在所难免，还是那句老话：“诗意就是在翻译里丢失的东西。”所以，一个民族必须有自己的伟大诗人，或者说直到拥有自己的伟大诗人，母语才得以建立。

《新唐书·杜甫传》说杜甫“褊躁傲诞”，一个好字都没有。有人说这是歪曲，杜甫的诗如此深沉含蓄，人怎么可能会这样？还真不一定，诗人的性格古怪，言行出圈儿，在历史和现实中，我们都见过不少。当时的人对他偏激高傲的描述是完全有可能的，也在情理之中。杜甫坚持“语不惊人死不休”，永远要把最终极的写法找出来。真正的诗人，性格是不能模棱两可的。

李白、杜甫这对难兄难弟有一个共同命运——把自己的政治抱负当成政治才能，在指点江山的诗歌想象里，把想干的事当成已经干成的事，于是觉得全世界都欠自己一个“出将入相”。我估计，杜甫这个性格做官会害苦不少人，直到为自己惹下杀身之祸。

我们来看看文学批评家顾随的讲法。

第一，人们说起杜诗时，总要说韵味，但读杜诗，最需要注意的是杜甫的“力”，他靠着这股力量感完成了唐诗的革命。杜甫的力量不是蛮力，而是如河水拍击堤岸一般的生命力，他写的山水也是大地上的山水，不是园林或盆景。

第二，杜甫的诗，欢喜中有凄凉，凄凉中有安慰，情感复杂，如果是戏剧，那一定是最难表演的。

第三，杜甫的诗分量太重，读杜诗的正确顺序是：先读七绝，获得一个印象，再去读五言、七言古诗。读七绝，先注意整体的感觉，再注意情绪。杜甫的文字和意象感觉是敏锐、纤细的，而情绪则表现得热烈真诚。杜诗郁勃，先蓄积再喷涌，这是他和其他任何诗人都不一样的地方。如他咏诸葛亮“三分割据纡筹策，万古云霄一羽毛”[1]，上句很平常，甚至都不能算好诗，下句则把积蓄的力量一下子喷射出来。他写消极的情感，说“千秋万岁名，寂寞身后事”[2]，还是有一种力量在里面，绝不会让人走上悲观的道路。

我不会作诗，倒是向杜甫学习了写文章的方法。公元756年，唐军和安史叛军在长安西北陈陶决战，一天之内，唐军四万精锐全部战死。杜甫听闻此事，写下《悲陈陶》，开头两句是：“孟冬十郡良家子，血作陈陶泽中水。”如同扛着摄影机航拍，该说的信息又都说到了，压迫感如泰山，正是顾随所说的力量感。

1　出自杜甫《咏怀古迹五首·其五》。

2　出自杜甫《梦李白二首·其二》。

怀沈从文

瑞典文学院院士、汉学家马悦然证实：1988 年的诺贝尔文学奖已经通过短名单评审，确定要给沈从文，却听说沈从文在当年 5 月 10 日于北京去世[1]。他打电话问中国大使馆，接电话的人居然不知道沈从文是谁。也不怪那人，沈从文最后两篇小说发表于 1947 年，之后他就宣布"封笔"，转入历史文物研究。他也预料到了后面的事，在一本书的序言里写道："我和我的读者都行将老去。"在 1988 年，许多作家都没怎么读过沈从文。

《边城》[2]自然极美，像所有完美的东西一样容易脆弱。爱情小说很多，而《边城》是伟大的，沈从文写的是干净的生命，是心目里最美的民族精神。干净和美很难保持，所以被推到极致的时候，容易让人悲哀。

沈从文在《从文自传》[3]里写，他十几岁在外当兵时，在街上"常常还可以看见一幅动人的图画，前面几个兵士，中间一个十二三岁的小孩子，挑着两个人头，这人头便常常是这小孩子的父亲或叔伯"。常常有人说他爱卖弄离奇的场景，但我总觉得这代表着典型的心理创

1 诺贝尔文学奖于每年 10 月公布获奖者，要求获奖者必须是在世的人。

2 沈从文：《边城》，北岳文艺出版社 2002 年版。

3 沈从文：《从文自传》，人民文学出版社 2017 年版。

伤。那个场面刺激了他的童年记忆，他用了“动人”这么一个奇怪的词。

一个人从小目睹这类场景，肯定要出问题，更何况沈从文还有特殊的感官天赋，能把视觉、听觉、嗅觉、触觉的体验，用文字表现得准确而强烈。他连甲虫的味道都写得出来，是“印象派”作家，所以他的创伤也尤其严重。然而更多的情况是：他努力从残酷的现实里寻找美，寻找感动。

沈从文中年给妻子张兆和的信里说：对于自然和生活，“我皆异常的感动，且异常爱他们……我希望活得长一点，同时把生活完全发展到我自己这份工作上来。我会用自己的力量，为所谓人生，解释得比任何人皆庄严些与透入些！……对于我自己，便成为受难者了……因为我爱了世界，爱了人类。”[1]

这算得上使我心灯不灭的话。我们写血污，写灰暗，写绝望和挣扎，皆因为我们生而不幸，没有见过别的，还因为我们相信人值得一个更好的所在。我不会用一个自己不相信的、光明却空洞的东西来搪塞。导演侯孝贤在拍《悲情城市》时，标准之一就是拍出沈从文笔下那种“太阳底下努力生活的人”。

我爱沈从文的小说，但并不敢过高估计，他的创伤来得太早，创作又是纯感性的，作品里缺少审视和反思的力量，当然，即使如此，那也是极少有人能抵达的境界。

1948 年，沈从文的儿子沈虎雏问他：“有人说你是中国的托尔斯泰，我看你比不上他。”沈从文认真地回答：“没错，我确实比不上，许多事情耽搁了我，我以后要好好赶一赶。”沈从文后来在北京大学

1　沈从文：《边城湘行散记》，人民文学出版社 2017 年版。

当教授，据作家汪曾祺回忆，有人在北京大学张贴了郭沫若的《斥反动文艺》，沈从文在政治上被定性，之后再也没有机会“赶一赶”。复旦大学张新颖教授的著作《沈从文的后半生》[1]，详细地记录和分析了这件事。

沈从文的拒绝，也使我的心灯不灭。要看一个作家是否伟大，你可以看他写了什么，也可以看他绝对不写什么。其实并没有人禁止沈从文写作，甚至还常常有人点名要求他写，但是他坚决搁笔。他的老朋友巴金说：“别看从文性格温和，他不想做的事儿，你强迫他试一试？”

他进了历史博物馆，搞文物研究。他做过十年文物讲解员，别人觉得可惜，他自己却兴致勃勃。他说：一片颜色，一把线，一块青铜或一堆泥土，都能使我这个以鉴赏人类生活与自然现象为生的乡下人，继续领会人类的智慧。

他不能用创作表达真，就去探索民族文化里的美。没有抱怨和消沉，在自己的生命里继续寻找可能性。

1953 年，有一个志愿军战士从朝鲜战场上下来，第一次到故宫参观，认识了一位老讲解员，他就像教幼儿园孩子一样，耐心地一个柜子、一个柜子地讲解。到了中午，干脆领这个战士回自己家吃饭。过了一周，战士问老者：“请问你的大名？”对方告诉他自己名叫沈从文。

这个战士叫王㐨，因为这件事，他复员以后进了中国科学院考古研究所，做沈从文的助手，成为中国纺织考古的专家。这是沈从文点燃他人的方式。

1 张新颖：《沈从文的后半生》，上海三联书店 2018 年版。

怀张爱玲

张爱玲小说处女作《沉香屑·第一炉香》的故事，“张迷”们应该都很熟悉，说的是20世纪30年代末，上海女孩葛薇龙因为家道败落，投靠了在香港过着放纵生活的寡妇姑妈。她被纸醉金迷的生活所诱惑，成为交际花，迷上了花花公子乔琪乔。从此，她不是忙着替姑妈拉拢男人，就是替丈夫乔琪乔搞钱，还说自己是自愿做了妓女……

张爱玲一开笔，把一个世俗故事讲得既华丽又苍凉。有人说她的底色是凄凉，有人说是悲凉。我看到的最好形容还是苍凉，这是一种既开阔又虚无的状态。

许鞍华导演凭借由这部小说改编的同名电影《第一炉香》，获得了威尼斯电影节终身成就奖。观众对照小说来看电影，大多不满于主角人选，觉得与小说的描写不符。张爱玲的魅力真是大，这么多年过去，我们还为她争来争去。不过，观众只知道“像不像”，导演有更多的问题要解决。

真的是应了《第一炉香》里的那句话：“我爱你，关你什么事。”在2005年之前，我们能买到的简体版张爱玲作品，几乎全都属于侵权出版。如今的版权作品，包括许鞍华获得的授权，来自张爱玲的遗嘱执行人，一位在香港生活的退休统计学家宋以朗。他的父母宋淇、邝文美与张爱玲是至交。现在，宋以朗手里仍旧有大量张爱玲的文字和信件需要整理。

徐皓峰导演有一个观点，杰出的电影在于提供特殊的价值观，或者对常规价值观进行反讽。张爱玲就是这样，她总是在反讽，对自己迷恋的俗世享乐采取揭穿的态度，她主要在说“是什么”和“不是什么”，但不太说“应该是什么”。这对改编电影的导演来说有点儿难办。

比如《色・戒》，有人觉得导演李安可能把性爱场景处理得过于直白了。与电影对应的场景，张爱玲的小说里写得含而不露，真正使读者刺激和毛骨悚然的反应都在心理层面。在小说中，汉奸易先生指使手下处决了放走自己的王佳芝时，是自我陶醉的。他认为这才能证明自己是心狠手辣的大丈夫，而王佳芝没有爱错自己。但李安在电影里让易先生最后面带愁容地忏悔，美化了结局。

也许李安的心比张爱玲软。我们大多数人，如果有心的话，也显得比张爱玲软，因为张爱玲的命比我们苦。

张爱玲少女时代的家庭生活很压抑，后来的大半生又像是在逃亡，导致她的文学天才被刺激到了病态的方向。病态美往往表现为过度成熟。张爱玲小小年纪就把文字写得惊人地复杂、铺张和华丽。她在 23 岁拿出这部小说来，一下子就把中国语言的可能性推到了一个新领域。今天如果有一个 23 岁的作家写出《沉香屑・第一炉香》，仍然是不可思议的。

至今还有很多人喜欢模仿张爱玲的笔调和口吻，要学得三分像不难，但学她的透彻和苍凉就不行了，那是骨子里就不幸的人才能写出来的。

不学也罢，真学会了也未必幸福。

怀萧红

我是在哈尔滨长大的，到年龄很大了才不得不离开。我4岁那年秋天，一个人在楼下的空地玩，听到了响彻全城的警报声，不知道是哪里传出来的。我感觉是出了事儿，既恐慌又忧郁，跑去问大人，他们只回答了一句话："今天是九一八。"这对当时的我来讲，没什么解释作用。"九一八"是几辈东北人不可磨灭的切身之痛。

1931年"九一八"前后，萧红正在哈尔滨，她家乡的呼兰河是松花江左岸的支流。人很容易对着江河感慨人世短暂，而江河一直静静流淌。

用最平实的话概括萧红的一辈子，那就是"很短"，她只活了31岁，命也很薄，颠沛流离，兵荒马乱。但是，萧红的文学声誉很高，在现代中国女作家里，"打败"时间、拥有最多读者的两位，一个是张爱玲，一个是萧红。许鞍华导演也为萧红拍过一部《黄金时代》。

张爱玲不用说，一直是文学研究的"显学"。我看过几部萧红传记，觉得学界对她的研究并不充分，可能大家觉得萧红简简单单，没什么好说的。可是，为什么她简简单单，却无可替代？

1930年，萧红在19岁那年夏天，因为反抗父亲为她定的婚事而离家出走。后来她遇到了同样从事文学创作的萧军，两人坠入爱河。她有不少文章写自己出逃以后如何挨饿受冻，我这个哈尔滨人读时，不怀疑她的困窘，却觉得她和萧军是真不知道该怎么过日子。他们住的是中央大街（当时叫中国大街）上外国人开的高级旅馆，吃的是列巴，不知道几里之外就有一个巨大的贫民区，那儿的房租和窝窝头要便宜得多。

萧红在和萧军合写小说、散文之后，很快展露出文学天才，成为“东北作家群”里的重要一员。1934 年，萧红写出了呼吁救亡图存的长篇小说《生死场》[1]。鲁迅在给《生死场》写的序言中，评价这部小说是“北方人民的对于生的坚强，对于死的挣扎，却往往已经力透纸背；女性作者的细致观察和越轨的笔致，又增加了不少明丽和新鲜”。不过我们今天看，《呼兰河传》[2]比《生死场》重要，当萧红专注于个人感受时，风格展现得更充分。

张爱玲像那种教堂上的花玻璃窗，当一种生活穿过她的描写之后，就会蒙上瑰丽离奇的色彩，这是迷人的变形能力。萧红则是最纯净的玻璃窗，我们读她时，总以为眼前没有任何介质。在很多领域里，高纯度和直接，都是宝贵的属性。

要是你问我这个哈尔滨人，萧红写我们那个地方准不准？我得告诉你：太准了，简直是一部极简版的“东北民族志”。我指的是人类学研究中的民族志，是对一个地方的地域文化、价值观、角色和社会规范的学术观察和描述。从《呼兰河传》的第一页，写当地的严寒气候，到民俗、风气、生活场景和典型性格，都极其精准。

对世界的捕捉能力是感受天赋，也是思想天赋。即便是抒情，萧红用的也是高纯度语言，克制得恰到好处，这在年轻的女作家身上

1 萧红：《生死场》，人民文学出版社 2005 年版。
2 萧红：《呼兰河传》，江西人民出版社 2019 年版。

尤其难得。可惜她的智慧全用在了文字上，个人的生活和情感却一塌糊涂。

她过日子总是缺少规划。她生命的五分之一用于和萧军恋爱，但萧军是个浪子，后来又有了新欢，而且他脾气火爆，甚至打过萧红。萧红后来和萧军分手，怀着他俩的孩子，跟作家端木蕻良结了婚，感情之路也一波三折。

多说一句，端木蕻良也是被读者忽视的奇才，他 22 岁写出长篇小说《科尔沁旗草原》[1]，是不亚于曹禺写出话剧《雷雨》《日出》的奇观。

萧红临终前被实施了喉管切开手术。她写下遗言："我将与蓝天碧水永处，留得那半部《红楼》给别人写了。""半生尽遭白眼冷遇……身先死，不甘，不甘。"

最后陪在她身边的，是仰慕萧红的文学青年骆宾基。据说，萧红临终前，曾在恐惧和绝望中，求骆宾基带她回家乡。

我们那个刚走出蛮荒的地方，从此丢失了一条世上最纯净的灵魂。

1 端木蕻良：《科尔沁旗草原》，江苏文艺出版社 2010 年版。

怀钱锺书

艺术家黄永玉的个性激烈亢直，文章也挥洒漂亮，写旧事比真的还真，抄一段他在散文集《比我老的老头》[1]里记载的一段关于学者钱锺书的故事：

> “四人帮”横行的时候，忽然大发慈悲通知学部要钱先生去参加国宴。办公室派人去通知钱先生。钱先生说：“我不去，哈！我很忙，我不去，哈！”
>
> “这是江青同志点名要你去的！”
>
> “哈！我不去，我很忙，我不去，哈！”
>
> “那么，我可不可以说你身体不好，起不来？”
>
> “不！不！不！我身体很好，你看，身体很好！哈！我很忙，我不去，哈！”

然而黄永玉不是历史学家，钱先生的妻子杨绛已经证实过钱先生当天请的是病假[2]。不过，黄永玉传错了故事，也是善意。

1　黄永玉：《比我老的老头》，作家出版社 2003 年版。

2　杨绛在《我们仨》中说过：“一九七五年的国庆日，锺书得到国宴的请帖，他请了病假。”

此外，有人说，钱锺书曾逐个点评过西南联大外文系的教授，说这个太懒，那个太俗，在清华大学教过自己的老师吴宓“太笨”。这个传言被很多人写进了文章，杨绛愤怒地说绝无此事。钱锺书年轻时写过一篇英文文章讽刺吴宓的婚外恋，让他后悔了一辈子，后来他不仅当面向吴宓道歉，还向吴宓的女儿道歉，检讨自己年轻不懂事，轻薄卖弄，伤了老师的心。

还有人说，钱锺书在家与妻子、女儿讲的是外语，周一讲英语，周二讲法语，周三讲德语，周四讲意大利语……这属于憨厚的想象，有点儿像吕剧所唱的“东宫娘娘烙大饼，西宫娘娘剥大葱”[1]。对这路传说，钱锺书在给文学史家夏志清的信里说过：“弟法语已生疏，意语不能成句，在家与季康[2]操无锡土话。”

我猜，钱锺书纵然有高傲的一面，也不会在待人接物中流露。他世事洞明，无心谋求政治和学术霸主的地位，才学和名望大于野心，能游刃有余地找到保全之道。在这个基础上，他有被称为“痴气”的一面，也就是好开戏谑的玩笑，好展露才学，这是他的固有性情。

哈佛大学的汉学家艾朗诺曾提出选译钱锺书的《管锥编》。钱锺书的答复也表现出这种复杂性格：他先是彬彬有礼地说《管锥编》是一部松弛、不成型的庞然大物，能有一位成熟的学者肯翻译是自己的荣誉；然后又顽皮地说，我只有一个条件，如果翻译过程中碰到任何困难，你可千万别来问我，我是乖戾的老头，没有牙了，咬人肯定没有吠声厉害[3]。

《管锥编》一共五本，并没有完整架构，是像读书笔记一般零碎

1 出自吕剧《下陈州》。吕剧是国家级非物质文化遗产，中国八大戏曲剧种之一，山东最具代表性的地方剧种。

2 杨绛本名杨季康。

3 《艾朗诺谈〈管锥编〉》，载《上海书评》1999 年第 10 辑。

的文章集合。从第一册的《周易》《左传》《史记》开始，评讲各个时代的典籍文章，既有文学鉴赏批评、考据，也有与西方文学的比较。主体是用文言写的，夹杂了好几种外语。虽然旁征博引，但也不至于晦涩。钱锺书不时要讲几个笑话，有时候还会讲讲自己儿时的事。因为零散，可以随手翻开只读其中一段，只看某个具体问题。

《管锥编》很好买，二手书网站上才一百多块钱。我买它是因为“工作需要”，拿到手才发现用不上——不是深，是分辨率太精微。比如西汉史学家司马迁《报任安书》的第一句“太史公牛马走司马迁再拜言”，钱锺书用了四五种古籍做对比和推导，写了很长一段文字，认定是字抄错了，原文不是“牛马走”，而是“先马走”。

贬低者由此认为他没有系统思想和方法，把智慧空耗在鸡毛蒜皮上。尤其是互联网时代，有了便捷的搜索引擎，钱锺书做的那些研究似乎意义不大。

我看到的评论里，还是艾朗诺更深思熟虑：钱锺书为什么写的都是零碎片段？因为他根本就反对在文学研究中建立宏大的结构。钱钟书在《读〈读拉奥孔〉》[1]一文中说：“严密周全的思想系统经不起时间的销蚀，好比庞大的建筑物已遭破坏，住不得人、也唬不得人了，而构成它的一些木石砖瓦仍然不失为可资利用的好材料。整个理论系统剩下来的有价值的东西只是一些片段思想。”所以他才使用这样的体例。对钱锺书来说，炮制一套理论，描述得眼花缭乱，根本不是什么难事。有人劝他写一部更宏大的《中国文学史》，他却说自己不敢写。这可以说是他特殊的历史感受。

《管锥编》的体例是中国古代学者特有的札记体。钱锺书的目的，

1 钱锺书：《七缀集》，生活·读书·新知三联书店 2019 年版。

正是要和擅长考证的清代学者们对话。他不同意清代考证派把文学当作历史材料的态度，要通过这本书证明中国古代文学有着独立的价值。所以，这本书非用文言来写、非用繁体字来印不可。

至于他引的那些千奇百怪的英、法、德、拉丁文，是用来具体比较其他语言中和中国文学相通的意象、比喻和思想。他反对一般化的文学比较，而要深入到微妙的艺术感受。

这些外文部分也是艾朗诺翻译时最头疼的。他让一个读德国文学的博士生帮助核对原文，那个学生失踪了好几个星期，回来时说："你到底在研究什么人？他引用的东西太冷门了！"

现代学者普遍不满于古人"只见树木，不见森林"，而钱锺书担心后人"只见森林，不见树木"。他留下《管锥编》这样一棵树，不是为了炫耀自己、让别人仰望，而是希望有人能从这个标本中看到更丰富、更确凿的东西。只有那些知道得多的人，才最知道自己不知道的也多，一定会对知识和智慧格外谨慎和敬畏。

关于我的中文文学记忆，就说到这儿。下面来说俄罗斯那一边。

这件终身大事

人人都谈 19 世纪的俄罗斯文学，我也不能免去这份光荣。

不知道从什么时候开始，作家变得像跑车，比拼速度和控制力，而俄罗斯两位伟大的文学家托尔斯泰和陀思妥耶夫斯基则像坦克，有时嗡嗡作响般啰唆，有时毛糙，但永远力拔千钧，好似不屑于技巧，所过之处寸草不生，随便走就是路。

托尔斯泰的心胸能装下整个时代。他写社会，不用隐喻手法或者寻找精巧的切入，而是张开吞天大口，正面去包容。陀氏是深入心灵的最隐秘处，揭开那些痛苦的根源。意识流小说在他面前，显得只是在描述表面经验。

睿智的法国作家纪德断言，陀氏"将会永远是所有小说家里最伟大的一位"，读他的小说是每个人的"终身大事"。这句话封死了后代作家的可能，至今还是正确的。

我觉得原因在于那个时代的不可复制性。19 世纪的欧洲激荡着启蒙思想和人文主义，俄罗斯的社会风云变幻，又有超越的信仰力量，是最能酝酿伟大文学的时代。

当然，也有人对他不以为然。一种说法指向陀氏的人品，他不大像悲悯的先知，更像是一个行为猥琐、没什么信誉的赌鬼。英国作家毛姆在挖苦陀氏追求女人时说："最让女人不耐烦的，就是这种丑陋的男人还有欲望。”

只有少数人敢直接指斥作品本身。俄裔美籍作家纳博科夫是20世纪最卓越的小说家，很可能“没有之一”。他说：“陀氏写出来的不是人类的反应，都是一些精神变态，现实里的人谁会有那样的心理活动？”

我的个人感受虽然无足轻重，也不妨一说：陀氏的力量是通过把个人体验变形化、戏剧化来实现的。他那矛盾的、不十分正派的行为经过小说这面棱镜，投射出骇人的倒影。

陀氏的小说里那种厚重的力量，让我们容易忘记他是一个才华横溢的少年天才。第一部小说《穷人》[1]震惊了当时最重要的文学批评家别林斯基，迫不及待地把他介绍给了整个俄语文学圈。陀思妥耶夫斯基的性格常在极度的自卑和自大之间摇摆。在文学沙龙上，他怀疑别人都在藐视自己，言谈之中总要刻意地显出高人一等。都是年轻才俊，当然谁也不服谁，他很快就和比自己大三岁的作家屠格涅夫结仇。

我猜，他的个人思想戏剧化被彻底开启是从那场因言获罪的“假死刑”开始的。1849年，他和一群空想社会主义[2]青年被秘密警察搜捕，被判死刑，却在临刑前被赦免，改判流放西伯利亚服苦役。这在中国古代叫“陪绑”，陪绑的人会以为自己也要受刑，并接受完整的死亡恐吓。那一天，陀思妥耶夫斯基穿着死刑犯的白衬衫丧服，做了临终祷告，连受刑的队形都排好了，却突然得知自己被赦免死刑，这大概是他一辈子里最戏剧性的一刻。

此后，在他心底，哪怕是最平常的抽象想法，也可能变得相当复

1 〔俄〕陀思妥耶夫斯基：《穷人》，许磊然译，人民文学出版社2021年版。

2 又称乌托邦社会主义，主张建立一个没有阶级压迫和剥削、没有资本主义弊端的理想社会。

杂具体，把他搞得激动不已。他会添加一段具体的故事，用大量的人物对白，不断地向下挖，直到触及几乎无人抵达之处。

陀氏的名作《罪与罚》[1]故事很简单，放在今天就是几行新闻报道：一个贫穷的大学生杀死了一个放高利贷的狠毒老太婆，禁不住良知的折磨，在反复思考下自首了。但是我们读的时候，那些对具体场景和心理的刻画，真是压得人喘不过气来，像是跟着发了一场高烧。

这是怎么做到的呢？一般作家写自己不认同的人或观念，会给自己发一把手枪，给对方发一只苍蝇拍，于是总是所向披靡。而陀氏敢于给对手发出和自己一样的武器。小说里那些最聪明、最让他喜欢的人物，往往站在他信仰的对立面。他会给那些人物赋予充分的行为动机、值得同情的理由和道德依据，然后和他们势均力敌地血战下去。这是一种自我审判，自我剖析。在这个过程中，他会逐渐达到其他作家无法设想的深度。陀氏的小说有一个特点：一到这样的段落，故事就好像中断了，只有人物在不停地思辨。

纳博科夫的质疑有道理：这样复杂激烈的精神活动确实不现实。但它又是真实的，就像我们的梦虽然不现实，却可能比说出来的话更真实。

《罪与罚》中的大学生不是现实里的人，而是当时俄国一类人的集合。陀氏写的是比个体更真实、更普遍的现实。这种集合形象，要让别人来写，就会空洞扁平，而他的感知却异常地敏锐和发达，写出来就既真切又深刻，恰好是戏剧性的强度。他性格里的虚荣、多疑、偏执和爱钻牛角尖，这时候全都成了创作的助燃剂。对一般作家来说，人是如此不同，但到了陀氏所下潜的深度，所有人又都有了相同

1 〔俄〕陀思妥耶夫斯基：《罪与罚》，岳麟译，上海译文出版社 2006 年版。

的一面。世俗标准不是用来评判伟人的，常见的文学技术指标在他面前也都会失灵。

除了文学家，伦理学家、心理学家和哲学家也喜欢分析他的作品。哲学家很喜欢用经典的文学人物当样本，如浮士德、哈姆雷特，陀氏小说里的样本是最多的，尼采就最佩服陀氏对人心的观察。小说里有很多典型的精神自虐狂，刻画得比心理分析报告还要细腻准确。所以，越是近现代，陀氏的研究者就越多。

就连在赌场上的惨败、被女人拒绝的挫败，陀氏也能一路挖到最深处，写出好小说来。他的痛苦是深沉的，他的忏悔是真诚的，然而他确实也没什么了不起的行动。他似乎没有能力实践那些高尚的理想，只能把它们写出来。然而，他写得如此伟大，好像也就足够了。

他不到 60 岁就去世了，被俄国青年当作“灵魂导师”来纪念，送葬队伍足足有一英里。熟悉他的人则说他“既不善良，也不快乐。心术不正，爱妒忌而又堕落”。这一点很奇怪，人们比较容易原谅，甚至是期待画家的道德污点，对作家的要求则要高很多。也许是因为文字常常作为道德的载体。

读陀氏是人生大事，你要准备一段时间，什么都不做，就用来感受：读他的作品，最先感受到的是恐惧和压抑；然后是激情；最后，陶醉和惊叹会不断加强。幸运的话，你能感受到短暂的幸福，那就是纯粹的宗教体验了。要读的话，可以按照《穷人》《白夜》《被侮辱和被损害的》《罪与罚》《白痴》《群魔》这个大体上的时间顺序；如果只读一部，那就读《卡拉马佐夫兄弟》吧。[1]

1 〔俄〕陀思妥耶夫斯基：《白夜》，荣如德、周朴之、翁文达译，上海译文出版社 2015 年版；《被侮辱和被损害的》，徐玉梅译，长江文艺出版社 2009 年版；《白痴》，荣如德译，上海译文出版社 2015 年版；《群魔》，臧仲伦译，译林出版社 2002 年版；《卡拉马佐夫兄弟》，荣如德译，上海译文出版社 2015 年版。

渴望成为刺猬的狐狸

关于托尔斯泰，有一个必讲的故事。还是前文提到的那个挖苦过陀思妥耶夫斯基的纳博科夫，他在美国一所大学讲俄罗斯文学时，让学生们把窗帘拉上，屋里顿时黑了下来。他让学生们先开一盏灯，说这就是普希金。这是什么意思呢？19世纪初，有了普希金，俄罗斯文学才有了自己的风格，所以他是最初带来光明的人。然后，纳博科夫让学生把另一侧的灯打开，说这就是果戈理。从果戈理开始，俄罗斯作家学会了怎么描写客观世界。接着，他让学生把教室中间的那排灯也打开，说这就是契诃夫。契诃夫的短篇自成一派，堪称是“小说家里的小说家”，到今天也没人敢说自己的风格能超过他。紧接着高潮来了：纳博科夫快步走到窗边，一下子扯开窗帘，阳光顿时洒满了整间教室，他说：“看吧，这就是托尔斯泰！”

纳博科夫策划的这段戏剧性的表演，有可能是受到一件哲学轶事的启发。德国诗人海涅在论述康德时说：康德的《纯粹理性批判》[1]把上帝的存在给抹除了，后来他又在《实践理性批判》[2]里让上帝复活了。这种做法就像在夜里打碎了街上所有的路灯，好让人在黑暗中感

1 〔德〕康德：《纯粹理性批判》，邓晓芒译，人民出版社2017年版。
2 〔德〕康德：《实践理性批判》，邓晓芒译，人民出版社2016年版。

受路灯的必要性。

托尔斯泰的伟大是毋庸置疑的。美国作家海明威骄傲地估算过历史上的杰出文学家，最后说自己绝对不敢到拳击台上和托尔斯泰较量，两个人根本就不是一个重量级。屠格涅夫挖苦托尔斯泰说："他就像大象在表演，笨手笨脚，但确实巨大无比。"大象动起来既轻柔又缓慢，但是有碾压旁人的力量。

开头讲的那个故事没有提到陀氏，但这并不能说明陀氏不伟大。据说，托尔斯泰临终前还在读陀氏的《卡拉马佐夫兄弟》。他们两个先后出现，俄罗斯这个位于欧洲文明东北端的边缘地带，一下子成了文学上的超级大国，从另类变得令世界景仰。

托尔斯泰和陀氏的区别，如果只从阅读体验来看，托尔斯泰是完整的现实主义，就算尽情地大发议论，故事和人物依然引人入胜，能让读者一直看下去；陀氏更"现代派"，通常会探索情感的最深处，揭示那些最极端的人格心理，不是那么好读的。

如果说他们一个阳光，一个幽暗，略显做作。英国哲学家以赛亚·伯林有一个更好玩的比喻，可以直接归纳他俩的思维方式。伯林有一篇文章叫《刺猬与狐狸》[1]，灵感来自一句古希腊格言："狐狸知道很多事，刺猬只知道一件大事。"他发现思想者可以分成两大类：

一种是狐狸型，也就是灵巧机智的多元主义者。他们兼容并包，有开放的思考方式，同时追逐多个目标。亚里士多德是标准的狐狸型哲学家，歌德、莎士比亚是狐狸型作家。一开始，伯林认为托尔斯泰也是狐狸型。

另一种是刺猬型。他们始终以一个核心原则来看待和判断世界，

1　〔英〕以赛亚·伯林：《俄国思想家》，彭淮栋译，译林出版社 2011 年版。

“吾道一以贯之”[1]，柏拉图、尼采是刺猬型哲学家，陀氏也属此类。他在现实中好赌成性也是一个证明。

伯林最后的分析是：托尔斯泰其实是一个努力想当刺猬的狐狸。他生来是狐狸，经历得多，知道得也多，却有当一只刺猬的信念，努力在永恒的真理中安放自己的心灵。

以赛亚·伯林的传记作者伊格纳季耶夫说：伯林自己其实也如此，他偏爱狐狸的思考，但渴望成为刺猬。这不难理解，“始于怀疑，忠于信仰”，是思想者的圆满结果。

托尔斯泰性格偏执，坚信怎么想就要怎么说、怎么做，要做一只笃定的刺猬。他认为，凡是不像他这样做的人，就是虚伪卑鄙的。这是高尚者的常见病，因为道德优越而待人苛刻。他有足够的理智，又有足够的迷狂；既是伟大的观察者，又努力投入生活，想全然地奉献自己。他既像一只多疑的狐狸，对人类生活的方方面面进行追踪，又像刺猬那样追寻唯一而永恒的答案。

1 出自《论语·里仁》。

三个故事和一个传统

20世纪上半叶，俄罗斯作家有一个传统，很简单——无论如何，都必须要写下来。

俄罗斯文学在经过18世纪末到19世纪末的“黄金时代”后，迎来了几十年的“白银时代”。在小说上，有象征主义大师别雷，对文学的影响不下于写《追忆似水年华》[1]的普鲁斯特；在诗歌上，有未来派的马雅可夫斯基和阿克梅派的古米廖夫、阿赫马托娃和曼德尔施塔姆。这些作家和诗人们有共同的悲惨命运：不是被迫流亡，就是被流放、关押乃至处决，作品也长期被查禁。

其中，我最热爱的一位作家叫布尔加科夫，出生于1891年。他是学医出身，在散文里写过自己如何在毫无经验的情况下不得不给一个美丽的少女做整条腿的截肢手术的故事。他一边做，一边懊恼地想：回宿舍就自杀。几个月后，他却看到那个少女快乐健康地生活着。布尔加科夫后来做了剧团的编剧，因为写小说讽刺官僚主义，所写剧本涉嫌美化资产阶级而不能出头。

布尔加科夫去世于1940年。26年后，人们找到了他悄悄写成的

1 〔法〕马塞尔·普鲁斯特：《追忆似水年华》，李恒基、徐继曾等译，译林出版社2012年版。

一部长篇小说手稿——《大师和玛格丽特》[1]。小说发表后，立刻在苏联“洛阳纸贵”，每次加印都被抢光。说句题外话，一个国家的文学创作水平和民众的阅读水平是息息相关的。有人给我讲过一件事：有个中国教授看俄罗斯的留学生总爱喝酒泡吧，就指着自己的书架说你有时间也读读文学名著，学生向书架上扫了一眼说，这些书他在中学时就读完了。

西方文学界把《大师和玛格丽特》作为世界性的文学发现，称它是“20 世纪俄语小说的巅峰”。苏联的权威部门也跟着修改了布尔加科夫的介绍资料，有保留地承认他的文学成就，最后又为他恢复了名誉。有人问加西亚·马尔克斯，魔幻的《百年孤独》[2]是不是受了这部小说的影响？不难想象马尔克斯听到这个问题时心里有多憋屈，但他还是回答说：我是写完了《百年孤独》才看的《大师和玛格丽特》，那部小说真是精妙绝伦。

如果小说手稿在当时就被发现，一定会让布尔加科夫罪上加罪。然而作家都有这样的执拗：明知如此，也要不计个人利害地把它写出来。这似乎是俄国作家的天命：写作来自信仰，大过个人的安危荣辱。

另一位和布尔加科夫同龄的大诗人帕斯捷尔纳克，父母和托尔斯泰是朋友。他早年在德国学哲学，却说：“哲学对艺术和生活来说，只不过是一个乏味的季节。”在布尔加科夫不能出头的时候，他被苏联官方评论家捧上了天，被塑造成继马雅可夫斯基之后的诗人魁首。

中年以后，帕斯捷尔纳克被禁止发表诗歌作品，他也感到诗歌不

1 〔俄〕米哈伊尔·布尔加科夫：《大师和马格利特》，高惠群译，上海译文出版社 2017 年版。
2 〔哥伦比亚〕加西亚·马尔克斯：《百年孤独》，范晔译，南海出版公司 2011 年版。

能展现他这一代俄罗斯人的经历，于是开始写长篇小说《日瓦戈医生》[1]。他说："我对我的时代有一种巨大的负债感，我想要偿还。对我来说，有责任对我们的时代表明立场，我想记录过去，为那些年代俄罗斯美好高尚的一面而骄傲。"

他写这部小说，等于是一次关于政治生命和社会地位的自杀。他因为悄悄把作品送到意大利出版而被俄国作家协会除名。有人组织高尔基文学院的学生到他家门前示威游行，连他的情人都被送去劳改了4年。在这些威胁和折磨里，帕斯捷尔纳克只怕一件事，就是离开故土，流亡海外。他以放弃领取1958年诺贝尔文学奖为代价，请求不要强迫他离开祖国。一年多以后，他在孤独忧郁中因病去世。

1970年的诺贝尔文学奖得主索尔仁尼琴被关在劳改营时，没有纸笔，就把自己的全部作品背诵下来。为了记住长达几万行的诗，他要反复回想诗的韵脚和格律。一有空闲，就把火柴杆折断，在地上摆来摆去帮助记忆，又常常因为忘记了几个段落而痛苦万分。在劳改临近期满时，他开始在头脑里创作散文，背熟刚刚想出来的大段景物描写和对话。每隔一个月，他就专门腾出一个星期来温习和背诵最近写过的东西。他说："闲适的作家总是唠叨说，工作里排除干扰多么重要，我早就在劳改营里学会边在囚犯队伍里行进边吟诗写作。"在旁人看来，这时候的索尔仁尼琴就是一个不停自言自语的疯子。

他刚离开劳改营，就开始为再度入狱做准备了。比如，他学会了写一种特别小的字，密密麻麻地写满一张纸就塞进瓶子里；每完成一遍手稿，他就把前面的清样焚毁。他说："在迈出文学活动的第一步时，我只相信火。"阳光充足的时候，他把最终的手稿拍成了微缩胶

1 〔俄〕鲍·帕斯捷尔纳克：《日瓦戈医生》，蓝英年、张秉衡译，人民文学出版社2006年版。

片，准备在被捕或者失踪以后传出去。他写了两个信封：美国，托尔斯泰娅农场。他说："在西方世界我不认识什么人，但我相信托尔斯泰的女儿不会不帮助我。"

他当时估计，除了作家协会晚宴上的那些文学名流，像他这样冒险悄悄写作的作家，在整个俄罗斯大概有几十个，其中自然包括布尔加科夫和帕斯捷尔纳克。同时代的俄语文学，今天还受文学界承认、被读者阅读的，也正是这几十个人。他们的理由简单而执拗：我们已经置身于如此沉重的现实之中，不去描写是不可能的。

凡事怕比较，我也常常想起中国现当代作家的表现。我相信文学对于时代有义务，作家不做工、不种田，那就应该去记录、去保存、去呈现、去思索，不能推卸这种职责。日子过得太舒服、太聪明的写作者，恐怕是对社会有所亏欠的，因为他总在真相面前绕着走。后来流亡美国的纳博科夫说："当我读到他们的那些诗时，我感到羞愧。这种时候，自由的味道是苦涩的。"俄罗斯的土地善于制造苦难，也善于承受苦难，这种矛盾在文学里表现得异常伟大，任何天才在它面前都要低下自己的头。

这本书该结束了，再会。

图书在版编目（CIP）数据

世界上所有的沙子 / 贾行家著 . -- 北京：新星出版社，2022.7

ISBN 978-7-5133-4952-9

Ⅰ . ①世… Ⅱ . ①贾… Ⅲ . ①散文集－中国－当代 Ⅳ . ① I267

中国版本图书馆 CIP 数据核字（2022）第 085697 号

世界上所有的沙子

贾行家　著

责任编辑： 白华召
策划编辑： 师丽媛　田　迅
营销编辑： 王　荃　wangquan@luojilab.com
封面设计： 别境 Lab
责任印制： 李珊珊

出版发行： 新星出版社
出 版 人： 马汝军
社　　址： 北京市西城区车公庄大街丙 3 号楼　100044
网　　址： www.newstarpress.com
电　　话： 010-88310888
传　　真： 010-65270449
法律顾问： 北京市岳成律师事务所

读者服务： 400-0526000　service@luojilab.com
邮购地址： 北京市朝阳区华贸商务楼 20 号楼　100025

印　　刷： 北京盛通印刷股份有限公司
开　　本： 787mm × 1092mm　1/32
印　　张： 10.375
字　　数： 249 千字
版　　次： 2022 年 7 月第一版　2022 年 7 月第一次印刷
书　　号： ISBN 978-7-5133-4952-9
定　　价： 69.00 元
